PIERRE-JEAN DARCHE

H2O

Cap sur la Corse

Éditions

Préface

H20 – Cap sur la Corse : un titre bref, percutant dans l'injonc-tion qu'il semble donner au lecteur : s'il veut connaître l'aventure, celle qui vous empoigne et ne veut plus vous lâcher jusqu'à son dénouement, telle est la route qu'il faut prendre, sans plus en dévier.

Et le lecteur ne saurait être déçu : tout de suite, il se sentira pris dans cette immense toile où le mystère et l'aventure se disputent la suprématie.

Le mystère : celui qui remonte du fond des âges pharaoniques, depuis les temples mystérieux et leurs tombeaux dans lesquels ces antiques souverains fondaient leur espoir d'immortalité et d'où la science moderne commence à extirper des secrets jusqu'ici bien cachés, des secrets qui permettraient aux médecins égyptiens de riva-liser avec les scientifiques les plus modernes… !

Partant de là, mystère et science poursuivent une quête qui va pénétrer les fondements mêmes des principales religions, allant jusqu'à donner une nouvelle identité à Jésus-Christ en personne… !

Mais n'en disons pas plus et conseillons au lecteur de ne pas abandonner l'intrigue, de la suivre dans ses rebondissements multi-ples, qui ne laissent pas un instant de répit, pas le moindre temps mort et précipitent les personnages dans des épisodes au rythme effréné, haletant, hésitant presque à chaque instant entre réalisme et fantastique… !

Mettez le cap sur la Corse, île de Beauté à nulle autre pareille, et vous y découvrirez des épisodes truculents et dynamiques qui vous tiendront en haleine jusqu'à l'ultime et prodigieuse découverte !

Thierry ROLLET, *Agent littéraire*

Chapitre 1

En ce mois d'août les journées étaient longues et une chaleur lourde écrasait les touristes qui se pressaient autour des monuments historiques. De nombreux badauds s'étaient regroupés autour de Notre Dame. Certains admiraient la belle cathédrale et mitraillaient de leurs appareils photos numériques, dernière génération, l'imposante façade récemment restaurée. Les vêpres se terminaient et la foule présente se dirigeait vers la sortie.

Au premier rang, non loin de l'autel, Walter Bevans, murmurait une dernière prière.

– Donne-moi la force d'accomplir mon destin, afin de sauvegarder ton œuvre. La foi est en grand danger et un péril, comme nul autre pareil, la menace. Le monde ne pourra supporter un tel cataclysme et je dois impérativement intervenir avant qu'il ne soit trop tard.

D'un air grave et solennel, il se leva, se signa et emprunta l'allée centrale pour se rendre vers la sortie. Il jeta un rapide coup d'œil sur sa montre, qui indiquait vingt heures et prit le chemin vers son rendez-vous.

Il était arrivé l'après-midi même de New York et s'était rendu directement à Notre Dame. Il ne pouvait concevoir de venir à Paris, ne serait-ce que vingt-quatre heures, sans passer par cette illustre cathédrale qui restait dans son cœur, sa préférée. Un lieu rempli d'une phénoménale énergie spirituelle, doublé du poids de l'histoire des événements passés. Sa visite éclair n'en était pas moins capitale et il n'avait plus droit à l'erreur. Ces récents échecs l'avaient terriblement affecté et il se savait condamné en cas de récidive. Il se dirigea d'un pas rapide vers le palace parisien où il avait rendez-vous.

1

Après avoir traversé l'île de la cité, longé les quais, il pénétra dans le jardin des Tuileries, en direction de la rue de Rivoli. Cinq minutes plus tard, il entrait dans le hall de l'hôtel, gardant ses lunettes de soleil et sa casquette des Spurs de San Antonio sur la tête. Après un salut rapide aux concierges, afin de ne pas trop attirer l'attention, il fila vers les ascenseurs et profita d'être seul pour s'engouffrer dans la cabine. Il appuya sur le dernier étage et arrivé sur le palier s'orienta vers la luxueuse suite, qu'il avait réservée la semaine précédente, sous un faux nom. Il frappa à la porte qui s'ouvrit sur un homme corpulent et de petite taille:

– Bonsoir, apôtre Jean lui dit l'homme.

– Bonsoir, apôtre André.

Il passa d'abord par la salle de bain pour se changer et ensuite, il entra dans le salon.

Là, autour d'une grande table ovale, neuf autres personnes étaient assises dans un silence religieux. Chacun d'entre eux portait le nom de l'un des douze Apôtres. Ce qui faisait avec Walter et l'apôtre André onze au total. Le douzième, Pierre, était décédé deux jours auparavant et cette réunion extraordinaire avait été provoquée par cet événement unique, car la mort soudaine de Pierre avait rompu la chaîne des Apôtres, qui jusqu'à ce jour avait toujours été préservée.

L'apôtre Jean, alias Walter, prit place avec les autres et observa la scène avec jubilation.

Tous les Apôtres et lui-même étaient vêtus de la tenue traditionnelle de l'époque du Christ. Ils portaient la tunique et le manteau.

La tunique était en lin, avec des manches, ajustée au corps et descendant jusqu'aux pieds. Le manteau servait de pardessus. Il était composé de deux couvertures cousues par trois côtés et formait ainsi une sorte de sac retourné avec un trou dans le fond pour la tête et deux pour les bras.

Chaque apôtre avait une tenue aux couleurs éclatantes, comme cela se faisait à l'époque. Pourpre, violet, cramoisie. Elles étaient assorties avec beaucoup de goût et l'ensemble était harmonieusement bigarré.

Il y avait autour de la table, Jacques, André, Philippe, Barthélemy, Thomas, Jacques le mineur, Simon, Jude, Judas et un peu en retrait Matthieu. La place de Pierre, à sa droite, était tristement vide.

Walter était l'instigateur des « douze Apôtres », il en était le chef d'orchestre, la tête pensante et surtout le mécène. Il avait scrupuleusement sélectionné chacun des onze autres Apôtres.

À soixante cinq ans c'était un homme grand et robuste, au regard gris d'acier qui vous sondait et semblait lire dans votre âme. Leader naturel et charismatique, vénéré, écouté et craint, car capable d'une terrible cruauté au nom de Dieu.

Originaire du Texas, d'une famille d'éleveur de bétail, il avait fait fortune grâce au pétrole découvert sur la propriété familiale, dans les années 70.

Il avait été élevé à la dure, dans un monde d'hommes, avec le respect du travail et des valeurs fortes de la religion.

D'obédience catholique, son père, fervent pratiquant, avait fait bâtir une petite chapelle près de leur grande demeure et toute la famille participait à l'office quotidien. Son oncle Sam, prêtre, l'avait toujours impressionné par la perspicacité de ses sermons et il avait souhaité lui-même entrer dans les ordres et prêcher la bonne parole.

Son destin avait été bouleversé par la mort de son père, car étant l'aîné de la famille, il avait dû reprendre le flambeau de l'entreprise. Mais sa foi inébranlable était restée la même et elle s'était même renforcée dans cette dure épreuve à laquelle Dieu l'avait soumis.

Certains événements extraordinaires l'avaient finalement convaincu d'investir la fortune familiale dans la protection de la foi et du christianisme et il avait ainsi fondé en 1975 la société secrète des douze Apôtres, plus connus dans les milieux bien informés comme « les douze »

Il avait déjà constaté que, dans le monde, les valeurs du christianisme se perdaient au profit d'autres religions et avait pressenti les événements à suivre dont l'émergence de l'intégrisme, avec son lot de violence. Les terroristes de Dieu semaient la mort et la désolation au nom du divin et, par le sacrifice de leurs vies, ils prêchaient la soi-disant bonne parole.

C'était son engouement pour les vieux manuscrits à caractère prémonitoire qui avait été le déclencheur de son action et de la création des «douze».

En effet en 1974, lors d'un de ces nombreux voyages dans la quête de nouvelles prédictions, il était tombé par hasard ou, pensait-il, par fatalité, sur un écrit qui allait changer le cours de sa vie.

Cet été-là, il avait décidé de se rendre en Egypte, berceau de l'une des plus grandes civilisations d'avant l'ère chrétienne et base géographique qui vit grandir le mouvement initiateur de la foi en l'unique Dieu.

Il avait donc jeté son dévolu dans la recherche de vieux hiéroglyphes susceptibles de lui apporter de nouvelles révélations dans sa quête du sensationnel. Il n'aurait jamais pensé tomber sur ce texte, authentifié et daté de cent vingt ans avant JC, trouvé dans la sépulture d'un scribe royal et dérobé, à grand frais, dans le musée du Caire, par un gardien peu scrupuleux.

Les propos de ce papyrus auraient pu prêter à sourire, si ce n'est que Walter avait trouvé douze mois plus tard, à Paris, un autre document corroborant le premier.

Le texte du scribe annonçait la fin proche des croyances égyptiennes, la disparition des rites et la fin des dynasties pharaoniques. Il prévoyait la naissance du fils du Dieu unique et l'essor de la grande foi qui inonderait le monde.

Enfin, fait le plus surprenant, il prévoyait la disparition de ce mouvement à l'aube du deuxième millénaire de sa naissance.

Détail troublant de l'auteur de la prédiction, il précisait que la fin de cette époque et la chute de ces croyances seraient l'œuvre, comme lui, d'un scribe, qui dévoilerait à l'humanité, par ces écrits, la nouvelle voix, celle de la révélation.

Ce texte, aussi étonnant soit-il par les précisions de ses révélations, n'en restait pas moins qu'une curiosité sans suite.

Mais lorsqu'un an plus tard, à Paris, il mit la main sur une prédiction du célèbre Nostradamus, Walter comprit alors l'importance de ce papyrus et le rôle que Dieu lui avait confié s'était imposé à cet instant.

Nostradamus prévoyait l'Apocalypse dans la première décennie du deuxième siècle de notre ère chrétienne.

Il s'agissait-là en réalité, de l'annonce de la fin du monde spirituel et religieux et non de la destruction de notre planète.

Une phrase toute particulière avait retenu l'attention de Walter : pour être exact, il s'agissait de la dernière phrase de la prémonition.

«Ni guerre, ni cataclysme, ni météorite, car de la plume seule, viendra l'hérétique qui jettera sur du papier la vérité nue et sur les croyants, le doute».

Walter prit la parole :

– Nous sommes réunis ce soir en l'hommage de l'apôtre Pierre, qui nous a quitté il y a deux jours. Sa mort accidentelle, dans l'incendie de sa propriété, est le signe qu'il est temps pour nous d'aboutir à notre quête dans les plus brefs délais. Dieu nous met à l'épreuve, une fois de plus et nous ne pouvons plus nous permettre de nouvelles erreurs.

André intervint :

– Apôtre Jean, nous sommes dubitatifs sur la cause de la mort de l'apôtre Pierre et …

Walter l'interrompit brutalement :

– L'heure n'est pas à la réflexion, mais à l'action. Nous avons tous échoué dans la recherche du manuscrit maudit et l'échéance est proche. Ne comprenez-vous pas l'importance de notre mission ? Je vous répète que notre objectif est de trouver et de détruire ce manuscrit, car si par malheur il devait un jour être publié, il serait la cause de notre perte.

Un lourd silence pesait sur l'assemblée, car tous redoutaient les foudres de Walter.

Il avait raison et chacun savait qu'il fallait, coûte que coûte, le trouver avant qu'il ne paraisse. Mais c'était chercher une aiguille dans une botte de foin et les nombreuses pistes exploitées dans cette quête s'étaient avérées infructueuses. La flamme de l'espoir, un instant allumée, deux ans auparavant lors de découverte d'un livre, à paraître, s'était éteinte lorsqu'il ne s'était trouvé être qu'un roman fantastique sans autres prétentions que de faire parler les crédules et les ignorants.

Il faut bien reconnaître que, malgré tous les efforts et les millions investis dans leurs recherches au travers le monde, sur les cinq continents, ils étaient toujours bredouilles.

Ils y avaient des centaines de personnes qui œuvraient, dans l'ombre, pour eux. Des individus, à des postes influents, politiciens, scientifiques, chercheurs, hommes et femmes d'affaires fortunés. Tous grassement payés pour trouver des informations.

Et toujours rien, le néant, le trou noir et Walter lui-même, n'aurait abandonné s'il n'avait eu cette indestructible détermination guidée par une foi inébranlable.

Walter chercha ses mots, afin de donner le maximum de poids à ses paroles.

– Je sais que chacun d'entre vous a fait tout ce qui étaient en son pouvoir pour le trouver et notre seigneur compatit à cette grande douleur qui est la nôtre, dans le désespoir qui nous unit. Mais nous devons garder la foi et tous ensemble nous mènerons à terme cette mission et, pour ce faire, j'ai décidé d'utiliser notre dernier joker, c'est -là l'ultime opportunité qui s'offre à nous car il nous reste peu de temps avant que la prédiction ne se réalise.

Se tournant vers Mathieu, il lui demanda d'aller ouvrir la porte. Il s'exécuta et revint un instant plus tard accompagné. Il s'écarta pour laisser passer une étrange apparition.

– Je vous présente Madi, annonça Walter, qui se leva et vint à la rencontre de la nouvelle venue.

Les Apôtres se regardèrent, incrédules, car jamais une femme n'avait été admise dans leurs réunions.

– Je sais ce que vous pensez tous, reprit Walter, mais cette jeune femme est probablement le seul espoir qu'il nous reste.

Tous les regards se tournèrent alors vers Madi. Elancée, d'allure sportive, elle avait une grande chevelure rousse et bouclée qui tombait, en cascade, sur ses épaules et lui couvrait la poitrine. Une peau de lait et de grands yeux verts qui n'avaient rien de candides, mais étaient étincelants et impassibles derrière la moue amusée qui contemplait les Apôtres.

Le plus étonnant était sa tenue, car elle était vêtue d'une robe de moine de lin blanc avec une grande capuche dans le dos et serrée à la ceinture par un cordon or. Chaussée de simples sandales de cuir, sans bijoux, ni maquillage, elle semblait sortie de nulle part.

Derrière cet aspect sage et empreint de simplicité, se dissimulait un être redoutable et déterminé qui travaillait dans l'ombre de Walter à la recherche de tous les écrivains susceptibles d'être l'auteur de cette révélation. Elle avait un objectif qui était de le trouver et de l'éliminer. Rien ne se mettrait en travers de son chemin et une fois sa cible trouvée, elle n'hésiterait pas un seul instant à accomplir cette besogne.

– Prenez place à mes côtés, Madi, lui dit Walter, à la surprise des autres Apôtres qui la virent s'installer à la place de l'apôtre Pierre.

Walter, guettant la moindre remarque, attendit quelques secondes et comme personne n'osait intervenir, il se leva et fit face à l'assemblée.

– Madi travaille pour moi, dans le plus grand secret, ou devrais-je dire pour nous, depuis bientôt cinq ans. Je lui ai confié une mission toute particulière consistant à écumer le monde à la recherche de nouvelles preuves des prédictions du scribe et de Nostradamus. L'objectif étant de trouver de nouveaux indices nous permettant d'avancer dans nos recherches. Sa connaissance de nombreuses civilisations, de leurs cultures et surtout de leurs littératures, devait nous servir à éclaircir le mystère. Il se trouve que, récemment, une nouvelle piste est apparue. Un texte qu'elle a déniché dans un temple bouddhiste au fin fond de l'Himalaya. Un moine tibétain a, lui aussi, au début du siècle, prédit un changement majeur dans le monde pour le début du deuxième millénaire. Il, parle d'une révélation qui fera trembler les fondements de toutes les religions.

Un murmure parcourut les Apôtres et Judas qui était assis à côté de Madi prit la parole.

– Que sait-on de plus sur ce moine, ces écrits ont-ils une quelconque valeur?

Judas avait été le dernier apôtre recruté par Walter qui avait longtemps hésité à intégrer le « traître » dans le groupe. Mais il ne pouvait y avoir les douze sans Judas et il avait été conquis par cet homme d'affaires romain très respectable, qui avait gagné sa confiance et n'avait pas hésité à endosser le rôle du « délateur ». Il s'était juré de redonner ces lettres de noblesse au si détesté Judas qui, malgré le pardon de Jésus, était resté, pour tous, le mouton noir du troupeau du seigneur.

– Ces notes, répondit Walter, ont été retrouvées dans ses effets personnels quelques jours après sa mort et il était reconnu pour la justesse de ses révélations.

– En quoi nous apportent-elles des informations que nous ne savions déjà?

demanda Barthélemy.

– Justement, intervint Madi, tout nous porte à croire que ce que nous cherchons se trouve, ici, en France et que nous touchons au but.

Dans le brouhaha qui s'élevait, Walter fit signe aux Apôtres de l'écouter.

– C'est pour cela que je vous ai réuni à Paris ce soir ; la mort de l'apôtre Pierre était un prétexte pour vous rassembler et vous annoncer cette formidable nouvelle. En effet, le moine précise dans ses notes la chose suivante : « C'est du cœur de l'Europe, comme une traînée de poudre, que la nouvelle se répandra, car c'est de France qu'elle viendra. »

Walter regarda Madi qui ne cilla pas, car cette histoire de moine était totalement fausse : il avait tout inventé afin de préserver la vraie source de cette information.

Il en avait informé Madi avant de venir et elle devait jouer son rôle pour rendre son mensonge crédible.

Cette information venait en réalité de l'apôtre Pierre, qui était l'intervenant sur la France et en charge des recherches dans ce pays.

La veille de sa mort, il avait appelé Walter et l'avait informé d'une découverte majeure confirmant la prochaine parution d'un ouvrage en France, dont il possédait une copie. Craignant pour sa vie et redoutant d'éventuelles écoutes, il avait souhaité le rencontrer de toute urgence afin de lui donner plus de détails sur cette découverte.

Malheureusement, la nuit suivante, il avait péri dans l'incendie de sa propriété parisienne, dans des circonstances très obscures, puisque le médecin légiste avait découvert des traces de perforations au centre des paumes et sur le dessus des pieds.

Madi, informée par Walter, était parvenue, in extremis, à faire disparaître, aux yeux de la police française, toutes traces de ce fâcheux incident.

Elle avait soudoyé et menacé le médecin légiste afin qu'il modifie son rapport et fasse disparaître tous les indices.

Car il apparaissait clairement que l'apôtre Pierre avait été crucifié sur le mur de son salon avant d'être carbonisé dans l'incendie de sa maison, et ça, en aucun cas il ne pouvait le dire aux autres Apôtres.

Pierre éminçait finement les échalotes, avec toujours le même plaisir, lorsque l'odeur piquante et si particulière lui montait aux narines, éveillant les plaisirs du palais. Le gros éminceur volait le long de ses doigts et le bruit de la lame sur la planche à découper rythmait les mouvements saccadés de son bras. À côté sur le feu vif, les filets de rougets crépitaient dans l'huile d'olive et l'ail haché dansait un ballet frénétique au-dessus de la poêle. Il jeta les échalotes dans le beurre fondu et les laissa dorer gentiment. Il prit sur la tablette à côté du fourneau, une bouteille de muscat du Cap Corse et aspergea les rougets. D'un geste vif et précis, il craqua une allumette et enflamma les vapeurs d'alcool qui, instantanément, s'embrasèrent.

Il réserva sa poêle à côté du feu et versa une bonne rasade de muscat, sur les échalotes ayant bien sué et légèrement doré. Il laissa ensuite cuire le tout à feu doux, afin d'obtenir une belle réduction. Puis, il dispersa sur les filets un mélange finement haché de zeste de cédrat et d'herbes aromatiques fraîches, couvrant le tout et laissant les arômes imprégner la chair délicate du poisson. La réduction achevée, il incorpora alors des petits morceaux de beurre, à l'aide d'un fouet et monta sa sauce afin d'obtenir un résultat onctueux et homogène, terminant par une lampée de crème fraîche.

Dans l'assiette légèrement décorée de deux zestes de cédrat et un brin de coriandre, il disposa délicatement les deux filets de rougets au centre d'un cratère de riz safrané, puis nappa les bords de ce volcan fumant et de l'assiette de beurre blanc. Deux pincées de basilic finement haché en touche finale…

– La suite de la six ! cria Pierre.

Louis, l'élégant maître d'hôtel, entra en trombe dans la cuisine, happa quatre assiettes d'entrées et tourna les talons.

– Chaud devant, s'exclama-t-il en poussant du pied le côté droit de la porte battante.

– La suite de la six ! répéta Pierre un ton au-dessus.

– Ça vient, Chef ! lança le maître d'hôtel avant de disparaître dans la salle.

Pierre essuya le bord de l'assiette brûlante avec le coin du torchon qui pendait le long de son tablier et admira son travail, fier de lui. Il posa l'assiette sur le passe et reparti derrière son piano, la, où se trouvaient tous les feux, les plaques et les friteuses, afin de donner les directives aux commis, contrôler les cuissons, rectifier les assaisonnements et envoyer les suites.

Louis revenait au pas de charge dans la cuisine et s'empara prestement de l'assiette dressée par Pierre, qui au même moment cria :

– Assiette chaude !

Trop tard ! Louis avait déjà saisi le bord en porcelaine et cria au contact du bord encore brûlant.

– Aïe !

Il retira sa main sous l'effet de la douleur et saisit son liteau, cette petite serviette posée sur son avant bras. Attrapant l'assiette, il repartit en marmonnant :

– Assiette chaude, brûlante oui ! Chaud devant, dit Louis avant de passer la porte.

Pierre sourit un instant et reprit son activité dans la ruche bourdonnante qu'était sa cuisine au moment du coup de feu du service. Lançant des ordres aux jeunes, les bousculant parfois, suivant le bon déroulement du service pas à pas, courant d'un feu à l'autre, contrôlant et rectifiant les assiettes, si nécessaire, avant de les envoyer.

Quinze heures : le nettoyage se terminait, c'était la fin du service. Un commis frottait le sol, aspergé de désinfectant et d'eau, à l'aide d'un balai brosse. Pierre, quant à lui, tirait l'eau jusqu'à l'évacuation, avec une grande raclette. Son travail fini, il alla en salle retrouver Louis qui, avec ses deux chefs de rang, terminait de redresser la salle pour le service du soir.

– Quarante quatre couverts.

– C'est pas mal pour un vendredi midi.

– Surtout début août et avec les vacances.

– Au fait, merci j'ai failli laisser mes doigts collés sur le bord de ton « assiette chaude », lui dit Louis un sourire en coin.

– Tu avais l'air de roupiller et j'ai pensé que cela te secouerait un peu.

Après un instant d'observation, comme deux boxeurs prêts à bondir au son du gong, ils éclatèrent de rire et Louis fit mine de frapper son ami au menton.

Ils se connaissaient depuis un peu plus de trente ans, avaient passé de nombreuses vacances ensemble, avaient fait les mêmes études, les stages et les saisons ensemble et avaient même joué dans la même équipe de rugby. À vingt-cinq ans, ils avaient franchi le pas et décidé de monter leur petite affaire. Cela faisait maintenant dix ans qu'ils avaient ouvert « Cap sur la Corse » leur restaurant, rue de la Convention, à Paris dans le XVe arrondissement.

Cette complicité et cette amitié sans faille, malgré les inévitables prises de tête et autres légendaires coups de gueule, dataient de leur petite enfance.

Pierre et Louis s'étaient connus à l'âge de trois ans et, à cette époque, Louis Criscilio habitait un petit village du Cap Corse du nom de Pietra. Pierre venait pour la première fois passer ses vacances d'été à cet endroit qui deviendrait très vite le lieu de villégiature de sa famille pour les trente-deux prochaines années.

Pierre, fils unique, et ses parents avaient, un jour caniculaire du mois d'août, après une traversée mouvementée depuis Marseille, débarqué à Bastia, encore un peu endormis et vaseux du fait d'une mer quelque peu agitée.

Seul, Jean, le père de Pierre, ancien marin, avait jubilé au rythme du roulis et du tangage, prenant un certain plaisir à observer les autres passagers blêmes, prostrés dans leurs fauteuils et, au lever du soleil ils étaient arrivés à Bastia pour se rendre par la route sinueuse qui longe le cap dans ce petit village typique.

La grand-mère de Pierre y connaissait un vieux Corse qui lui avait proposé, depuis très longtemps, de recevoir ses enfants et leur famille. C'était avec une grande joie que Jean s'était décidé, cette année, à traverser la grande bleue pour découvrir l'île de beauté.

– Tu rêves encore ? dit Louis, ramenant Pierre à la réalité.

– Hein ! Non je pensais aux vacances.

En effet, le mois d'août commençait à peine et leur clientèle, d'habitués et d'hommes d'affaires, se faisait de plus en plus rare.

Comme chaque année, depuis cinq ans ils faisaient relâche trois semaines en août.

Le départ de Pierre était prévu le dimanche matin aux aurores et il savait que la route serait longue avant d'arriver à bon port. Mais c'était aussi un moment merveilleux car ce voyage ressemblait plus à un pèlerinage annuel qu'à une sinécure.

Ce matin-là, Cathy Waters arrivait, comme tous les jours de la semaine, depuis quatre mois, a son lieu de travail : la bibliothèque François Mitterrand de Paris. Après de brillantes études en anthropologie, à l'université de Montréal, elle avait voyagé sur plusieurs continents, pour des œuvres humanitaires : l'Amérique latine, l'Afrique et plus récemment en Asie, lors des terribles tsunamis. Elle avait offert sa gentillesse et son dévouement aux plus démunis, cherchant à apaiser le malheur des gens en leur offrant un peu de réconfort. Malgré son extrême timidité et sa discrétion, elle savait se mettre au service des bonnes causes et n'hésitait pas à mettre la main à la pâte, même dans les tâches les plus ingrates. Son physique, plutôt avantageux, passait pourtant inaperçu et c'était le genre de personne dont on ne se souvenait que vaguement tellement sa présence était légère. Elle était avare de paroles, mais toujours à l'écoute des autres et passait tout son temps libre plongée dans la lecture de tous les ouvrages et revues qu'elle pouvait dénicher. Après quatre années passées à voyager, elle avait décidé de se fixer, pour quelques temps, en France et avait donc naturellement postulé à la Bibliothèque Nationale de France, afin de parfaire sa connaissance de la littérature française. Ses références aidant, elle avait, sans difficulté, été embauchée et son travail consistait à classer tous les nouveaux romans par catégories et à les répertorier dans le fichier informatique. Elle avait toujours entretenu de très bonnes relations avec plusieurs maisons d'édition qui lui permettaient de prendre connaissance des derniers ouvrages avant leur parution. Ces conseils avaient toujours été payants car ses connaissances hétéroclites faisaient d'elle une lectrice avertie, au sens critique modéré, mais bien avisé. De plus, sa candeur et son dévouement à la littérature avaient touché la sensibilité de ces derniers qui n'hésitaient pas à lui faire confiance, en lui confiant des copies de manuscrit. Américaine de vingt-neuf ans, née de l'union d'un père originaire du Vermont et d'une mère canadienne francophone, elle était d'autant plus appréciée que parfaitement bilingue.

Elle aimait l'atmosphère de la bibliothèque, son calme et son austérité et, en dehors de ses heures de travail, elle passait le reste de son temps disponible à consulter méthodiquement toutes les archives concernant la littérature française ancienne et contemporaine. Le passe, accès libre, qu'elle avait obtenu lui permettait d'accéder à tous les niveaux et elle avait déjà arpenté les moindres recoins des différents bâtiments, à la recherche de la lumière, qui redonnerait un sens à sa vie.

En effet, elle avait une obsession qui était apparue à l'âge de seize ans, lorsque qu'elle s'était retrouvée piégée dans une rivière avec ses parents. Ce jour-là, il faisait beau et la rivière Kazan qui coule vers le Nord du Canada, depuis le lac Kasba jusqu'à la rive sud du lac Baker, était gonflée par les pluies hivernales, ce qui en faisait l'une des destinations les plus prisées des canoteurs. Cathy était sur un nuage, au comble du bonheur, car ses parents avaient décidé de faire une semaine de rafting dans ce cadre magnifique. Elle aimait, tout particulièrement, ces moments privilégiés où elle se retrouvait avec eux pour partager leur passion commune de la nature et de l'aventure. Ils préparaient, tous les trois, cette semaine depuis bientôt six mois et tout leur périple, au travers des vastes lacs, de larges méandres avec des rapides étroits et des chutes, était minutieusement organisé. Son père, James, était un habitué de ce genre d'exercice, car il avait lui-même, dans sa jeunesse, guidé pendant les périodes d'été de nombreux touristes dans des excursions de rafting.

Cela aurait du être une semaine inoubliable de joie et de plaisir, mais c'était resté le souvenir le plus terrible de toute la vie de Cathy.

Le troisième jour de leur voyage canadien, lors de la descente d'une portion difficile de la Kazan, leur embarcation avait violemment heurté un rocher immergé et Cathy, distraite à cet instant, avait basculé dans les tourbillons de la rivière. Bien qu'excellente nageuse, elle avait senti les flots la submerger et avait paniqué. Son père avait alors plongé pour la sauver, suivi de sa mère qui avait alors abandonné le raft devenu fou dans la violence des tourbillons. Cathy avait alors réussi, dans un ultime effort avant de sombrer dans l'écume branche, à s'agripper à la souche d'un arbre qui avait accroché son gilet. Elle avait assisté, impuissante, à la disparition de ses parents qui avaient été avalés par la rivière et son cri de désespoir s'était perdu dans le vacarme du torrent. Elle avait été retrouvée un jour plus tard par le garde forestier, errant sur la berge.

Le destin allait lui apporter son aide, en la personne de Walter Bevans. Il était présent aux obsèques de ses parents et il s'était immédiatement pris d'affection pour cette jeune fille, perdue et désemparée.

Il était subvenu à ses besoins primaires, comme la charité chrétienne le demande : « Au plus nécessiteux tu offriras le gîte et le couvert. »

Il lui avait assuré ses études et lui envoyait chaque mois une petite rente, pour lui permettre de vivre convenablement.

Elle était gâtée pour Noël et pour son anniversaire. Cathy lui en était reconnaissance, mais étrangement elle ne le voyait jamais.

En effet, Walter s'occupait d'elle à distance, sans jamais l'approcher, trop occupé par ses affaires.

Chapitre 2

Samedi matin Pierre se réveilla, comme d'habitude, à sept heures. La journée serait chargée, car il avait programmé de nombreuses occupations avant son départ, le lendemain matin. De plus, il devait faire un saut à la bibliothèque afin de récupérer un ouvrage, qu'il avait prévu de consulter durant ses vacances. Son petit déjeuner copieux avalé, il commença par sortir de l'armoire et de la commode ses vêtements des vacances. Il y ajouta ses affaires de chasse sous-marine qu'il n'avait pu se décider à laisser à Paris, malgré le peu de temps qu'il voulait consacrer à cette activité. Il sortit son vieux sac de marin, dernier souvenir de son service militaire passé à Toulon.

Son deux-pièces était toujours impeccable. D'un naturel ordonné, voire maniaque, il aimait que chaque chose soit à sa place et il s'appliquait à ne rien laisser traîner. La décoration et le mobilier étaient de bon goût, mais d'une sobriété un peu forcée. Sur un mur blanc, les deux seules photos de tout l'appartement. La première représentait la façade de leur restaurant lors de l'ouverture. Avec Louis, la mine réjouie, ils pointaient fièrement du doigt l'enseigne fraîchement accrochée Cap sur la Corse. La deuxième, celle de ses parents, avec lesquels il conservait des liens réguliers, mais cependant éloignés. Il était parti à l'école hôtelière à dix-huit ans, trop heureux de trouver son indépendance. Il s'était ainsi libéré de l'amour possessif de sa mère, qui aujourd'hui encore le harcelait pour qu'il trouve une femme et lui donne des petits-enfants. Son père était un homme discret et travailleur, qui lui avait inculqué des valeurs simples et distillé son amour avec timidité. Il pensait souvent à eux, mais il les appelait peu. Sa mère lui reprochait de ne pas venir assez souvent les voir à Lyon. Il les aimait sincèrement, mais son restaurant et la vie tout simplement, les avaient séparés de quatre cent cinquante kilomètres.

Son regard se voila un instant. Son bel appartement traduisait sa réussite professionnelle, mais il n'en était pas moins seul.

Il avait bien trouvé une deuxième famille avec les Criscilio et il le leur rendait bien. La rupture avec son amour de jeunesse l'avait profondément marqué et c'est peut-être pour cela que ses relations avec les femmes ne duraient pas. À l'époque, il était dans la Marine, insouciant, rêvant du grand large et d'escales exotiques. Il l'avait rencontrée sur une plage de Toulon, un jour de juillet. Cette amourette estivale s'était transformée en sa première histoire d'amour. La vie de marin leur laissait peu de temps ensemble, mais l'absence cultivait la passion et nourrissait leur idylle.

Après son service militaire, Pierre était parti à Londres, parfaire son anglais. Sa petite amie poursuivait ses études dans l'Est de la France. Cette fois, leur histoire n'y résista pas.

Elle rencontra un étudiant et, malgré le retour désespéré de Pierre, elle lui échappa.

Il partit sans se retourner le cœur brisé et plus jamais il ne chercha à la contacter. Cette cicatrice ne s'était jamais vraiment refermée.

Parfois, il sentait encore son parfum, sur le quai du métro parisien ou dans un magasin. Il se retournait alors, humant l'air, fermant les yeux, retrouvant les souvenirs d'un amour si lointain.

Pierre revint à la réalité et, pour la troisième fois de la semaine, il vérifia que les billets de bateaux étaient toujours à leur place. Il faut dire qu'il aimait tout particulièrement les toucher et les vérifier. Cela lui donnait un peu l'impression d'être déjà sur le quai, à attendre l'embarquement des voitures. Il se doucha, prenant le temps de se raser et s'habilla légèrement, car la journée s'annonçait chaude : un pantalon et une chemise de lin beige, des chaussures en toile marron clair et une ceinture assortie.

La matinée touchait à sa fin et il ne voulait pas perdre trop de temps à récupérer les livres. Il descendit dans le parking de l'immeuble et profitant du beau soleil, il décapota son petit quatre-quatre. Il se plaisait à l'appeler sa voiture "action-man", car il est vrai que son petit tout-terrain beige laissait perplexes les amateurs de grosses cylindrées et les citadins curieux. Peu performant et gourmand sur l'autoroute, il n'en restait pas moins un vrai véhicule de loisir, très à l'aise dans le franchissement et la balade dans les chemins. De plus, Pierre aimait rouler les cheveux au vent, un coude à la fenêtre, avec ce petit goût d'aventure que ne pouvait offrir la plus performante des climatisations.

Il démarra, sortit dans la rue de Vouillé, jeta un coup d'œil à gauche, pensant à leur restaurant, qui se trouvait non loin de là en allant vers Convention, direction la Seine. Il hésita à prendre par Paris, puis se décida pour le périphérique, pensant gagner du temps. Comme bien souvent, il opta pour la mauvaise solution et se retrouva coincé dans un embouteillage.

Pestant contre le mauvais sort et les conducteurs du week-end, il dut prendre son mal en patience et, quarante-cinq minutes plus tard, atteignit enfin son objectif. À midi et quart, il se garait finalement, contrarié de ce temps perdu, devant les quatre bâtiments formant la bibliothèque François Mitterrand.

Walter Bevans était en avance sur son rendez-vous de douze heures avec Madi. Il devait prendre l'avion pour Londres l'après-midi même, mais avait souhaité s'entretenir, de vive voix, avec elle avant son départ. Les événements de ces derniers jours semblaient précipiter leur quête. Il ne devait rien négliger et agir au plus vite.

C'est Madi qui avait choisi le lieu de leur rencontre et c'était la première fois qu'il mettait les pieds dans cet endroit. Il était arrivé en avance, à onze heures, ayant décidé de profiter de l'opportunité pour visiter les lieux. Son excellent français aidant, il aurait été dommage de ne pas consulter quelques ouvrages dans un des plus prestigieux sites de la Bibliothèque Nationale de France, en l'occurrence celui qui avait pris le nom du défunt Président français, François Mitterrand.

Il paya le taxi et monta les marches vers l'entrée ouest. Il s'arrêta un instant pour regarder les quatre tours de verre se faisant face, ressemblant à des livres ouverts. En ce samedi matin d'août, le soleil attirait plus les promeneurs sur les quais de la Seine ou les pelouses des Invalides, que dans les salles climatisées de la bibliothèque. C'est donc sans difficultés qu'il pénétra dans le grand bâtiment. Il avait choisi la Tour des Lettres, plutôt que celle du Temps, des Lois ou des Nombres. Il se dirigea vers le plan détaillé, cherchant son chemin. Repérant son itinéraire, il s'orienta vers la salle J, département philosophie, histoire et science de l'homme, afin de trouver la partie réservée à la religion et l'anthropologie.

Il arriva finalement à destination et choisit d'aller directement consulter les différents exemplaires de la Bible qui s'offraient à lui. Après avoir feuilleté plusieurs éditions du livre saint, il consulta sa montre, constatant que le temps était passé vite et qu'il était déjà onze heures quarante-cinq. Il devait se rendre au point de rendez-vous. Il nota sur un petit bout de papier les références du dernier ouvrage, une bible très ancienne qui lui avait tapé dans l'œil et qu'il souhaitait acquérir. Cette dernière viendrait compléter la collection sans cesse grandissante de sa bibliothèque de livres religieux.

Il devait retrouver Madi à l'exposition consacrée aux peintres brésiliens. Il gagna l'étage supérieur et se dirigea d'un pas souple vers la Tour des Lois, direction la salle d'exposition temporaire. En ce samedi radieux, la peinture ne faisait pas recette et lorsque Walter pénétra dans la galerie il était totalement seul. Passant devant quelques représentations de la baie de Rio, du carnaval ou autres favelas, il poursuivit jusqu'au fond de la salle, s'arrêtant parfois, feignant de s'intéresser à une toile. Il avait déjà repéré la silhouette de Madi qu'il connaissait bien, mais traînait un peu, afin de ne pas attirer l'attention d'un hypothétique visiteur.

Il la rejoignit devant une représentation magistrale de la crucifixion du Christ, par un peintre dont il n'avait jamais entendu parler auparavant. Très libre interprétation, au demeurant, puisque l'ensemble des sujets de la peinture était vêtu de tuniques plus chatoyantes les unes que les autres. Du rose fuchsia pour Marie, du jaune électrique pour Marie-Madeleine et du rouge cramoisi pour la tenue du Christ sur la croix. Les autres personnages étaient nantis de vêtements dans les mêmes tons. Le plus surprenant étant sans conteste, le demi-sourire, tel celui de la Joconde, qui semblait illuminer le visage du Christ, dont le sang rouge vif coulait abondamment.

– Surprenant, dit Walter, à voix basse.

– Si l'on veut, répondit Madi, sur le même ton.

Elle avait délaissé sa robe de moine de la veille, pour un ensemble de lin blanc, formé d'une longue tunique et d'un pantalon. Elle avait gardé ses sandales et la ceinture dorée qui serrait sa taille. Ses longs cheveux roux étaient attachés en une queue de cheval basse et de nombreuses mèches cachaient une partie de son visage.

– Tout va bien ? demanda Walter

– Parfaitement, répondit-elle.

– Quel endroit étonnant pour un rendez-vous, vous ne cesserez donc jamais de me surprendre.

– J'aime assez, dit-elle, et puis stratégiquement, c'est parfait. Discret, calme et facile à surveiller.

– Venons-en au fait, dit Walter. Je voulais absolument vous voir avant de reprendre mon avion pour New York, cet après-midi. Vous saviez, continua-t-il, que l'apôtre Pierre m'avait téléphoné mardi dernier et qu'il désirait me voir de toute urgence. Il détenait des informations cruciales sur le manuscrit. Malheureusement, il est mort le lendemain, avant que je ne puisse le revoir et je n'en sais pas plus. Nous devons impérativement découvrir ce qu'il savait.

– J'ai déjà commencé mes investigations. Le médecin légiste a disparu avec la forte somme d'argent que vous m'aviez transférée. Il ne réapparaîtra plus et il tiendra sa langue, sans quoi, j'ai promis de la lui couper. Il a falsifié le rapport d'autopsie et l'original est en ma possession. J'ai aussi les objets personnels de l'apôtre Pierre, enfin ce qu'il en reste.

– Une piste ? demanda Walter, impatient.

– J'y viens. Tout était brûlé, excepté une montre à gousset en or, qui avait résisté à l'incendie. Cachée à l'intérieur, une inscription ou plus précisément un prénom.

– Quel prénom ? s'enquit Walter avec impatience.

– Barthélemy, souffla Madi.

– Vous pensez ?

– Je ne peux encore rien dire, mais si l'apôtre Pierre portait cette montre avec ce message, c'était certainement pour nous laisser un indice, au cas où il lui arriverait malheur. Il se savait menacé. Je vais donc suivre cette piste et me rendre, au plus vite chez l'apôtre Barthélemy.

– Très bien. Après les derniers événements, j'ai demandé aux douze, qui d'ailleurs ne sont plus que dix, hormis moi, de rester en France. Notre quête touche à sa fin et nous sommes tout près du but. Nous devons regrouper nos forces et aboutir rapidement. La mort de l'apôtre Pierre est un avertissement et prouve bien que nous brûlons dans nos recherches. Barthélemy est aujourd'hui sur la route et doit s'établir dès demain à Bandol, où il possède une maison, pour superviser les recherches dans le Sud de la France.

– Entendu, je prendrai le train demain pour Bandol, afin de lui rendre une petite visite, dit Madi.

– Je vais le prévenir de votre venue.

– Ne prenons aucun risque, conseilla Madi, nous vous téléphonerons ensemble, dès ma prise de contact.

– Parfait, conclu Walter, c'est une sage décision. À demain donc et que Dieu vous protège.

Il s'approcha d'un autre tableau, fit mine d'observer la peinture, puis se dirigea vers la sortie.

Pierre était agacé d'avoir perdu stupidement du temps sur la route et il gravit rapidement les marches, deux par deux, se dirigeant vers la Tour des Lettres. L'endroit était pratiquement vide, seuls quelques couples d'amoureux se prélassaient sur les marches, profitant du soleil, à son zénith, pour bronzer. Alors, qu'il se préparait à pousser la porte d'entrée de la Tour des Lois, un homme sorti au même instant. Il s'écarta pour le laisser passer et eut juste le temps de croiser le regard gris acier de l'inconnu. C'était le genre de regard qui ne laissait pas indifférent et qui lui glaça le sang. Il regarda l'inconnu qui s'éloignait à grandes enjambées et s'engouffra dans le bâtiment à la recherche d'un plan qui pourrait lui indiquer la zone qu'il cherchait. L'ayant trouvé, il se repéra rapidement. Longeant le jardin intérieur, qui remplissait l'espace vide entre les quatre tours, il se dirigea vers la Tour des Temps. Tout en marchand rapidement, il observait la végétation, deux paliers plus bas, car le jardin n'était pas au niveau du sol, mais dans les profondeurs de la bibliothèque. Il était tellement absorbé par sa contemplation qu'il ne vit pas surgir, à l'angle de la tour, une personne au moins aussi pressée que lui et qui, dans sa précipitation, ne le vit pas non plus.

Le choc frontal fut rude et Pierre, étourdi, vit s'envoler devant ses yeux un grand nombre de feuilles qui allèrent s'éparpiller sur le sol. Il s'excusa maladroitement et, instinctivement, se baissa pour ramasser les feuilles.

– Vous ne pourriez pas faire attention ! lui dit une voix agressive.

– Je suis désolé, répondit Pierre.

Alors, qu'il continuait sa récolte de papier, il aperçut deux pieds et se décida enfin à lever les yeux vers la voix féminine qui venait de l'interpeller.

Cathy Waters rajusta son tee-shirt et remonta ses lunettes sur son nez. Elle chercha autour d'elle, dans la réserve, le classeur qu'elle avait déposé une heure auparavant. Il contenait plus d'une centaine de fiches, rangées par ordre alphabétique, représentant les derniers ouvrages reçus. Elle conservait toujours avec elle ce classeur et cela lui permettait de suivre précisément les nouveautés. Elle le trouva, ainsi que les livres qu'elle avait laissés, sortit de la réserve rapidement, referma la porte derrière, remonta le couloir à grandes enjambées et tourna à l'angle.

Elle vit trop tard l'homme qui arrivait en face d'elle et qui semblait absorbé par l'admiration du jardin en sous-sol. Elle se détourna au dernier moment et son épaule heurta l'inconnu à la poitrine. Dans le choc son classeur lui échappa et tomba lourdement, en s'ouvrant. Les feuillets méticuleusement classés se dispersèrent sur le sol. Les deux livres s'envolèrent un peu plus loin. Déjà, l'inconnu se baissait pour les ramasser.

Son travail venait de partir en fumée et elle pensait déjà au temps qu'il lui faudrait pour tout remettre en état.

– Vous ne pourriez pas faire attention !

Elle avait parlé fort, malgré elle, et elle regrettait déjà son emportement.

– Je suis désolé, répondit l'inconnu

Pierre releva la tête, confus de sa maladresse. Il remonta le long des longues jambes vêtues d'un jean bleu, puis d'un tee-shirt blanc, avec l'inscription

Paris, en bleu, blanc, rouge. Enfin, il découvrit un visage, fin, pâle, encadré par des cheveux blonds et courts. La mâchoire serrée et derrière les lunettes un regard vert, brillant, laissait deviner une colère contenue.

Puis, soudain, les traits s'adoucirent, laissant place à une jeune femme souriante et gênée.

Cathy, réalisant son énervement, se ressaisit et observa l'homme accroupi devant elle qui ramassait maladroitement les feuilles. Des cheveux blonds et bouclés cachant en partie deux grands yeux bleus, ébahis, comme un enfant venant de faire une bêtise...

Son regard semblait demander pardon.

Un instant, ils se regardèrent, puis Cathy, lui dit gentiment :

– Ce n'est pas grave.

– Je ne vous ai pas fait mal, répondit Pierre, ressentant encore le choc dans son thorax et étonné, après coup, de voir la jeune femme moins étourdie que lui.

– Non tout va bien, merci. Laissez ça, je vais m'en occuper, lui dit-t-elle en désignant les feuilles dispersées sur le dallage.

– Je tiens à réparer ma bêtise, répondit Pierre, qui avait regroupé le tout.

Il ouvrit le classeur et déposant les feuilles à l'intérieur, constata qu'il y avait un répertoire.

– Elles étaient rangées par ordre alphabétique ?

– En effet.

– Vous allez en avoir pour une heure à tout classer ! s'exclama-t-il.

– C'est mon travail, ne vous inquiétez pas pour ça.

– Vous êtes sûre?

– Mais oui, dit Cathy, qui voulait repartir au plus vite.

Pierre se releva, lui faisant maintenant face. Ils avaient, à peu près, la même taille, mais comme elle ne se tenait pas tout à fait droite, elle paraissait un peu plus petite que lui. Elle était plutôt jolie, quoiqu'un peu effacée. L'instant d'avant, au premier regard, elle semblait prête à le massacrer et maintenant, elle était douce et passive.

C'est étrange comme la première impression est trompeuse, pensa-t-il.

– Très bien et encore désolé, dit-il en reprenant son chemin. Et bonne journée.

– Bonne journée.

Il n'avait fait, que quelques pas, lorsqu'il vit sur le sol les deux livres. Il se baissa pour les ramasser et se retourna vers la jeune femme qui s'éloignait :

– Vous oubliez vos livres, cria-t-il en revenant sur ses pas.

Elle se retourna et vint à sa rencontre.

– Où ai-je la tête ! s'exclama-t-elle.

Il lui tendit les deux livres et observa distraitement les titres. L'un s'intitulait: les Secrets de l'ADN et l'autre le Clonage.

Alors, qu'il s'apprêtait à les lui donner, il retint son geste et observa de plus près les deux couvertures. Le premier ouvrage sur les secrets de l'ADN était écrit par un certain professeur Trousseau de l'Institut Pasteur, dont Pierre avait déjà entendu parler et qu'il avait déjà lu. C'était un illustre scientifique qui s'était spécialisé dans le décodage de l'ADN et avait fortement contribué, ces derniers mois, aux nouvelles découvertes concernant l'extraction des informations contenues dans cette molécule. Le deuxième livre, sur le clonage, était écrit ou plutôt co-écrit par James et Lisa Waters. Il en avait entendu parler, pour la première fois, la semaine précédente, lorsqu'il avait fait des recherches sur Internet. Il était venu afin de l'emprunter à la bibliothèque.

Curieux de cette coïncidence, il demanda :

– Ce sont vos livres ?

– Oui et non. L'un est à moi et le deuxième à la bibliothèque.

– C'est incroyable ! L'un d'eux est justement l'ouvrage sur le clonage que je suis venu chercher.

Elle ne répondit pas tout de suite et Pierre constata qu'elle était troublée par sa remarque. Elle fronça légèrement les sourcils, avec un regard mi-étonné, mi-suspicieux et demanda sèchement :

– Comment connaissez-vous ce livre ?

Une fois de plus, Pierre constata le nouveau changement d'attitude de la jeune femme, qui le regardait maintenant avec méfiance.

– J'ai juste fait des recherches sur Internet, car je cherchais une référence en la matière et j'ai trouvé cet ouvrage, répondit-il. Et aussi, parce c'est aussi un sujet sur lequel je travaille. Et puis… vous êtes de la police pour me demander tout ça ? C'est simplement un sacré hasard, voilà tout !

Cathy lui offrit son plus beau sourire et s'excusa de son indiscrétion. Une fois encore, la deuxième en cinq minutes, elle avait laissé paraître son agacement à cet étranger. Elle n'aimait pas montrer ses émotions et elle était intérieurement furieuse de s'être laissée aller de la sorte, mais il était trop tard et elle devait maintenant se faire pardonner.

– Écoutez, je suis encore désolée pour mes questions et finalement, si vous le souhaitez encore, nous pourrions ranger ensemble mes fiches et, par la même occasion, je vous offrirai un café, annonça Cathy.

Pierre regrettait déjà sa proposition car il était pressé et ne voulait pas perdre de temps à la bibliothèque. De plus, cette jeune femme avait un comportement étrange qui ne lui plaisait pas. Mais comme il lui fallait ce bouquin, il décida d'accepter.

– Entendu, je vous suis.

– Nous allons recommencer depuis le début, sur des bases plus tradition-nelles, dit Cathy, avec un grand sourire. Je m'appelle Cathy Waters et je travaille comme bibliothécaire au service des nouveautés.

Elle lui tendit une main molle.

Je m'attendais à une poignée plus vigoureuse de la part de cette jeune femme, pensa Pierre. Il raffermit sa prise de main légèrement, de manière à ne pas lui faire mal et se présenta à son tour.

– Bonjour, répondit-il amusé. Pierre Fontaine, restaurateur et à mes heures perdues, maladroit et tête en l'air.

Puis, se répétant intérieurement le nom de la jeune femme, il demanda.

– Waters, vous dites. C'est amusant, vous avez le même nom que les auteurs du livre !

La jeune femme sembla s'assombrir un peu et répondit simplement :

– Ils étaient mes parents…

Puis, afin de changer rapidement de conversation et d'éviter d'autres questions, elle demanda, avec une naïveté volontaire :

– Restaurateur… de vieux monuments ?

Pierre avait bien noté le « étaient » concernant les parents de la jeune femme et sa mine tandis qu'elle répondait à sa question. Il fit semblant de ne pas s'en être aperçu, afin de ne pas prolonger le malaise et, rentrant dans le jeu de son interlocutrice, il répondit, avec un léger sourire :

– Je fais la cuisine dans un petit restaurant parisien.

– Ah oui, de la restauration ! dit-elle en tournant les talons et elle ajouta, suivez-moi.

Ils prirent donc la direction de la cafétéria du personnel. Pierre suivait Cathy, cinq pas derrière et observa la silhouette de la jeune femme qui marchait bon train. Fine et élancée, elle semblait pourtant un peu hésitante et fuyante dans sa démarche. Mais elle ne manquait pas de charme, surtout lorsque ses jolis yeux verts lançaient des éclairs. À cet instant, elle semblait animée d'une farouche détermination et la timide jeune femme s'effaçait pour laisser place à quelqu'un plein de confiance et d'autorité.

Ils arrivèrent finalement à la cafétéria et s'installèrent à une table. Posant ses affaires, Cathy lui demanda :

– Café ?

– Oui, sans sucre, merci.

Elle se dirigea vers la machine à café, pendant qu'il patientait debout devant la table.

Elle revint rapidement avec les deux cafés et ils s'installèrent l'un en face de l'autre.

– On commence par quoi ? demanda Pierre

– Il faut faire le tri des fiches par ordre alphabétique, expliqua-t-elle. La référence étant le nom de l'auteur. Ensuite, il faudra les classer par date de parution, de l'ouvrage le plus récent au plus ancien.

– On devrait peut-être s'étaler un peu plus et faire des tas par lettre ? proposa-t-il.

– Bonne idée.

La demi-heure suivante se passa dans le plus grand silence, seulement interrompu de temps en temps par une question de Pierre demandant les consignes. Chacun restait concentré sur ses fiches, travaillant avec une telle rapidité qu'ils parvinrent finalement à reconstituer le classeur en un temps record.

– Voilà une bonne chose de faite, s'exclama Cathy, vous avez été super efficace, merci de votre aide.

– C'était le moins que je puisse faire, pour m'excuser de ma maladresse.

– N'en parlons plus. Vous êtes tout pardonné et même remercié de m'avoir permis de refaire tout le rangement de ce classeur. Dites-moi plutôt, si ce n'est pas trop indiscret, pourquoi vous vous intéressez tant à cet ouvrage.

Elle avait posé la question, après avoir délicatement posé ses lunettes sur la table et plongé son regard dans celui de Pierre.

Pierre était subjugué car, sans ses lunettes, Cathy était radicalement différente et ses yeux à demi-cachés par les montures se révélaient totalement à cet instant d'une profondeur incroyable et avec une intensité telle qu'ils semblaient sonder son esprit. Pierre était comme hypnotisé par ce regard dont il ne pouvait se détacher et, malgré lui, il le soutenait, cherchant à en percer les mystères.

Après trente minutes passées dans un silence quasi total, il lui semblait qu'ils étaient maintenant plus proches que s'ils s'étaient raconté leurs vies, pendant des heures. Il était envahi par le sentiment troublant de l'avoir toujours connue. Leurs mains s'étaient frôlées, leurs parfums emmêlés et leurs regards s'étaient plusieurs fois croisés. Un dialogue muet, une communication des sens, au-delà de leurs corps.

– Cesse de délirer, pensa Pierre en son fort intérieur.

Pourtant, il se sentait particulièrement bien auprès de cette inconnue et, même s'il ne la connaissait pas, cela lui permettrait de parler de son projet sans risque de jugement de sa part. Peut-être même pourrait-elle le comprendre mieux que tout autre.

– Vous n'êtes pas obligé de répondre, vous savez ! lui demanda Cathy, qui lui avait laissé le temps à la réflexion.

– Depuis cinq ans, en dehors de mon métier, je me suis lancé dans l'écriture, commença Pierre. J'ai depuis toujours aimé écrire. Rien d'extraordinaire : des poèmes, des textes et d'autres petites choses sans importance. Au fond de moi, j'ai toujours sou-haité écrire un livre ou, si vous voulez, un roman. Mais je voulais faire quelque chose d'unique, dans la mesure du possible, bien sûr.

Si je devais écrire un roman et ne plus jamais en écrire d'autres, je voulais que ce soit une réussite par son originalité. Alors, continua Pierre, que rien ne pouvait plus arrêter, j'ai commencé à écrire sur le seul sujet qui, à mes yeux en valait la peine : l'évolution de la vie. Vous devez penser: comment un cuisinier peut s'intéresser et même imaginer comprendre l'évolution de la vie ?

Sans lui laisser le temps de répondre, il reprit son monologue :

– Je ne prétends rien du tout et c'est juste une réflexion personnelle fondée sur mon imagination et mon interprétation de certains mystères de la vie. Ainsi, pour étayer certaines de mes idées farfelues, je cherche dans certains ouvrages des informations plus ou moins scientifiques. C'est pour cela que je m'intéresse à l'ADN et au clonage. Je suis donc venu chercher ce livre pour l'emmener avec moi en vacances et terminer mon roman.

Il guettait la réaction de Cathy, un peu inquiet, se sentant stupide d'avoir parler de son petit monde imaginaire.

Cathy, l'observa mi-amusée, mi-intéressée. Elle se sentait étrangement bien avec cet inconnu qui sans même la connaître s'était confié à elle, simplement, sans jugement ni à priori. C'était la première fois qu'elle rencontrait une personne qui semblait ne rien attendre d'elle et qui spontanément lui faisait partager son jardin secret. Elle avait toujours donné aux autres, sans ne jamais rien attendre en retour, s'était investie dans toutes ses fonctions humanitaires sans compter, avec le seul but de comprendre les misères du monde et d'approcher la mort. Lui, il parlait de la vie, il respirait la vie, comme le premier rayon de soleil qui vous éblouissait au lever du jour. Elle ressentait sa chaleur et l'aura du bonheur qui l'inondait telle une grande lueur. Elle le découvrait seulement maintenant avec un autre regard, comme s'il s'était défait de sa carapace et lui apparaissait dans toute sa splendeur. Un ange descendu du ciel, aux boucles dorées, aux yeux clairs et captivants comme l'océan. Elle était troublée par son apparente douceur et cette passion qui l'animait quand il parlait avec son cœur.

À son tour, comme un robot, sans même réaliser, elle lui parla de son drame, dont elle n'avait jamais parlé à personne depuis douze ans.

– J'avais seize ans quand mes parents sont décédés. Cela devait être les plus belles vacances de ma vie. Mais la mort en a décidé autrement. Nous étions tous les trois partis faire du rafting au Canada. Je suis stupidement tombée dans les rapides et mes parents ont plongé pour me sauver. J'aurais du mourir ce jour -là, mais la mort n'a pas voulu de moi et elle a emporté mes parents à ma place. Ils étaient les scientifiques les plus réputés de l'époque, pour ce qui était du clonage et avaient écrit ensemble cet ouvrage.

Elle avait parlé vite, sans émotion, répétant un message enfoui tout au fond de son cœur, se libérant d'un énorme fardeau. Puis, elle prit le livre dans ses mains et le caressa affectueusement.

– C'est tout ce qu'il me reste d'eux, j'ai brisé leurs rêves et je ne me le pardonnerai jamais.

Sans comprendre ce qui lui arrivait, elle sentit les larmes lui monter aux yeux. Elle n'avait plus jamais pleuré, depuis cette journée tragique et même lors des obsèques, elle était restée de marbre. Les corps n'avaient jamais été retrouvés engloutis par les flots déchaînés et la semaine de recherches n'avait rien donné.

Elle ne bougeait plus et Pierre abasourdi voyait couler les larmes sur ses joues. Son regard était brisé mais son visage restait de marbre. Il ne savait pas quoi faire et n'osait esquisser le moindre geste de peur d'être maladroit ou trop familier. Son cerveau lui interdisait de réagir, mais son cœur le guida et il prit la jeune fille tendrement dans ses bras.

– Je suis désolé, dit-il simplement

Elle se blottit dans le creux de son épaule, sentant la fraîcheur de sa peau contre sa joue, humant le délicat parfum qu'il portait, adoucissant son chagrin.

Elle resta un moment ainsi, laissant sa peine quitter son corps, son cœur saigner et son esprit se vider du poids du passé.

Elle reprit lentement ses esprits, mais ne chercha nullement à sauver les apparences. Elle se redressa, prit le livre de ses parents et le tendit à Pierre.

– Je vous le confie, jusqu'à votre retour, prenez-en soin.

Elle lui donna le livre et glissa dans les pages sa carte de visite.

Pierre savait qu'il ne devait plus rien demander et qu'il était temps pour lui de s'éclipser.

– Merci, répondit-il, en se levant.

Il allait tourner les talons quand elle l'interpella gentiment :

– Pierre, merci à vous.

Il lui sourit et elle lui rendit son sourire. Il ne devait plus jamais oublier cet instant magique, quand ses yeux verts avaient pénétré son âme. Cette image allait rester gravée dans sa mémoire et ne plus la quitter.

Exceptionnellement, Cathy prit sa demi-journée et passa l'après-midi à traîner dans la bibliothèque, sans but précis. Elle avait besoin de se changer les idées. La rencontre avec Pierre avait ravivé en elle de douloureux souvenirs et elle était encore troublée. Néanmoins, son désarroi venait plus de ce moment passé avec lui que de l'évocation de la mort de ses parents. Elle se sentait plus légère, soulagée d'un fardeau trop lourd pour ses frêles épaules. Pour la première fois, elle déambulait dans les couloirs et dans les salles, pour son seul plaisir.

Elle rentra tôt à son appartement et, lorsqu'elle ouvrit la porte, l'austérité de l'endroit lui sauta à la figure.

Son studio était plongé dans l'obscurité, car les épais rideaux étaient tirés. Tous les murs étaient encombrés de livres et des cartons ouverts, posés sur le sol, laissaient entrevoir d'autres ouvrages. Le canapé convertible, qui lui servait de lit, était fermé et elle s'endormait toujours un livre à la main.

Un plaid vert fluo trônait sur l'accoudoir, seul îlot de couleur dans son univers monotone. Elle s'approcha du canapé et porta le tissu à son visage. Elle le respira longuement, cherchant en vain le parfum de Pierre.

Un rai de lumière perça l'obscurité et vint illuminer ses yeux verts aux éclats retrouvés.

La nuit tombait lentement sur Paris et pourtant, la chaleur semblait toujours aussi écrasante. Le soleil terminait sa course avant de se coucher et l'air chaud imprégné des senteurs de la ville stagnait, car nul vent ne soufflait. Lucas Bertino sorti du taxi et se dirigea vers la passerelle. Il avait demandé au chauffeur de le déposer à la station de métro, afin de terminer le reste du chemin à pied. Il avait rendez-vous à vingt-deux heures au restaurant panoramique du stade de France avec son commanditaire. Il passa la grille de contrôle, présenta son invitation, et se dirigea vers la porte donnant accès au restaurant. Il emprunta l'ascenseur et quelques instants plus tard se retrouva à l'accueil. Un maître d'hôtel le conduisit jusqu'à la table réservée par son interlocutrice.

Il rejoignit une femme d'une quarantaine d'années, les cheveux bruns coupés courts, un visage dur, mais souriant, dominé par un immense regard noisette rempli d'intelligence. Elle se leva à son arrivée pour le saluer et, malgré sa petite taille, elle semblait le dominer par sa prestance et son charisme.

– Bonsoir, Lucas.

Elle avait une voix douce, posée, chaude et profonde, qui captivait l'attention de ses interlocuteurs et elle n'avait nullement besoin de parler fort pour se faire entendre. Elle le regarda intensément et il remarqua le trouble qu'elle essayait de cacher.

Marie-Jeanne de Galpi était issue d'une vieille famille française, vestige d'une aristocratie oubliée. Elle avait le port de tête altier de ses ancêtres, qui avaient perdu la leur à la révolution française. Quant à elle, elle l'avait bien sur les épaules et de plus, bien faite. Chef du PF, le Parti Français, elle avait succédé à son père et son ambition politique était encore plus forte que la sienne. Aux dernières élections présidentielles ce dernier avait, à la surprise générale, accédé au deuxième tour, mais s'en était suivi un cinglant échec face au président sortant. Il n'avait jamais réussi à se remettre de cette défaite et avait finalement transmis le flambeau à sa fille.

Marie-Jeanne comptait faire mieux que son père et à ce jour les sondages ne lui donnaient pas vraiment tort. Mais elle savait le chemin qu'il lui restait à parcourir et ne devait pas perdre de temps si elle voulait parvenir à ses fins. Pour cela, elle comptait sur Lucas pour lui fournir l'arme secrète qui lui ouvrirait les portes du pouvoir.

– Bonsoir, Madame de Galpi, répondit Lucas, vous êtes toujours aussi rayonnante.

Elle était sensible à ses compliments et profondément attirée par cet homme dont le visage cabossé et le physique puissant l'attiraient irrésistible-ment. Elle, qui avait toujours était un objet de convoitise pour tous les hommes, se sentait désemparée et troublée en sa présence.

– Merci, Lucas, répondit-elle, auscultant le colosse qui se penchait pour lui baiser la main.

Il savait qu'elle était totalement sous son contrôle et l'ardeur de son désir se lisait dans ses yeux. Il aimait en jouer et profiterait de son avantage pour obtenir d'elle ce qu'il voulait.

– Asseyez-vous, je vous prie et faites moi part de l'avancée de nos affaires, lui demanda-t-elle.

Il prit le temps de plonger ses yeux dans les siens afin d'ancrer un peu plus son pouvoir en elle. Il lui sembla qu'elle vibrait d'un plaisir contenu.

Mais c'était une femme de caractère et, malgré son émoi, elle retrouva sa lucidité et se ressaisissant, lui fit face sans ciller.

– Avez-vous des nouvelles du manuscrit Lucas ?

– Malheureusement non. Tout ne s'est pas passé comme prévu.

– Vous m'avez déjà dit cela quand vous êtes allé chez l'apôtre Pierre et on sait comment cela s'est terminé. J'ai pris énormément de risque en mettant Walter sur écoute, lui dit-elle d'un ton sec.

– Je vous ai expliqué que c'était un accident, rétorqua-t-il, sans se démonter.

Elle se radoucit et continua :

– Vous deviez retrouver le médecin légiste qui a fait l'autopsie de l'apôtre Pierre et glaner de nouveaux éléments.

– En effet, j'ai suivi vos conseils et j'ai retrouvé sa trace à l'aéroport de Roissy. Il était pressé de disparaître, mais j'ai pu l'intercepter et lui soutirer une information intéressante.

– Laquelle ? demanda-t-elle impatiente.

– Pierre portait sur lui, au moment de sa mort, une montre de gousset avec le nom de Barthélemy à l'intérieur.

– Quelqu'un d'autre est au courant ?

– Oui, Madi lui avait donné une forte somme d'argent pour lui remettre cette montre, falsifier le rapport d'autopsie et disparaître dans la nature.

– L'ange gardien de Bevans nous devance, cette fois. Nous devons reprendre l'avantage sans traîner et mettre la main sur ce fichu manuscrit avant eux, lança-t-elle, une lueur de défi dans les yeux.

Elle avait rencontré Walter Bevans des années auparavant et ils avaient été amants pendant trois années, qui avaient été les plus belles de sa vie. Elle gardait en souvenir de leur histoire d'amour un mélange de bonheur et de douleur, car il lui avait déchiré le cœur lorsqu'il l'avait quittée. Elle ne lui avait jamais pardonné cet abandon, car à cette époque elle n'avait d'autre ambition que de vivre le reste de sa vie auprès de lui. Il avait été son mentor et avait transformé la jeune fille pleine d'énergie et de joie de vivre en cette femme qu'elle était maintenant devenue : une machine à gagner tous les défis politiques, une bête de congrès, une croqueuse d'électeurs. Il l'avait préparée à être sa marionnette politique, celle qui réhabiliterait les valeurs chrétiennes et la foi populaire dans la vieille Europe. Il l'avait finalement abandonnée, quand avait surgi l'histoire du manuscrit, pour courir le monde à sa recherche.

Elle tirait, aujourd'hui, sa force et sa détermination dans son désir d'assouvir sa vengeance. Elle n'aurait de cesse que lorsqu'elle aurait brisé le rêve de Walter Bevans.

– Je pars demain pour le sud afin de rendre une petite visite à ce cher Barthélemy, qui sera ravi de me revoir, dit Lucas avec un grand sourire.

Elle lui rendit un sourire sous-entendu.

– Je compte sur vous, Lucas, pour aboutir cette fois-ci.

Il posa sa main sur la sienne et elle ne fit aucun geste pour la retirer.

– Vous savez que je vous suis totalement dévoué et que vos désirs sont les miens.

L'image de Walter disparut de sa mémoire, elle sentit un frisson de plaisir lui parcourir le corps et une fièvre l'envahir.

Il retira sa main et lui offrit son plus beau sourire.

Il devait maintenir la pression sur elle, afin d'altérer son jugement et de continuer de profiter de la situation.

Il lui avait habilement caché l'interrogatoire mené sur l'apôtre Pierre, qui n'avait rien donné, si ce n'est sa crucifixion et sa mort.

De la même manière, il avait omis de lui parler de sa rencontre avec le légiste, qui avait fini étranglé.

Il voulait lui laisser croire qu'il était à sa botte et n'obéissait qu'à elle, alors qu'il suivait son propre dessein.

Lucas était fils unique, d'un père italien et d'une mère française. Adolescent, il avait passé dix ans au Pakistan. Son père attaché militaire avait été affecté à Islamabad. Il avait fréquenté l'Islamabad Grammar School et les fils des plus grandes familles régionales. Entre un père absent et une mère alcoolique, le comble dans un pays musulman, il avait trouvé sa voie. Solitaire et rêveur, il était particulièrement vulnérable et influençable. Un jour, qui resterait comme le tournant de sa vie, il s'était endormi en classe, sur son bureau. Situation tout à fait tolérée dans l'école lorsqu'un élève était malade et souhaitait se reposer. Il s'était réveillé au milieu du cours d'Islam, auquel il ne participait jamais. D'abord un peu effrayé par cette religion dont il ne connaissait rien, il s'était ensuite abandonné aux paroles brûlantes du professeur. Il avait épousé sans tarder l'Islam et avait fréquenté en cachette une école coranique. Durant ces années à Islamabad, à l'âge où l'apprentissage est naturel, il avait été totalement converti et était devenu un allié de choix pour les intégristes qui souhaitaient faire de lui un agent de l'Islam sur le vieux continent.

Il avait été formé pour infiltrer les milieux d'extrême droite, approcher les castes religieuses, afin de trouver la faille du système qui régissait les pays voués au christianisme.

Les attentats ne suffisaient plus dans la lutte contre le capitalisme et l'oppresseur, car ils n'avaient fait qu'érafler « la grosse pomme » de leurs ennemis. Ils devaient combattre le mal de l'intérieur, tel un ver dans un fruit, pour que l'attaque soit efficace et la victoire totale.

Après de multiples contacts sans succès, aussi bien au Vatican que dans les hautes sphères politiques de plusieurs pays, Lucas avait eu l'opportunité de croiser le chemin de Marie-Jeanne de Galpi. Jouant de son charme et sa persévérance, il avait gagné sa confiance et c'est naturellement vers lui qu'elle s'était tournée pour lui proposer cette mission très spéciale.

Il devait récupérer, à n'importe prix, un manuscrit d'une valeur inestimable capable de faire s'effondrer les fondations, vieilles de deux mille ans, du christianisme.

Une aubaine pour les islamistes qui auraient là une occasion unique de porter un coup fatal à l'Europe et surtout à la grande Amérique.

Pour mener à bien sa mission, Marie-Jeanne de Galpi, avait usé de toutes ses relations pour introduire Lucas auprès de Walter Bevans et le faire rentrer dans le cercle très fermé des douze Apôtres.

Il avait donc, très adroitement, été présenté au fondateur des douze comme un fervent catholique proche du Vatican et désirant mettre sa foi et sa fortune au service d'une telle organisation.

Après avoir été sondé par Walter Bevans, ce dernier avait donc accepté de l'intégrer auprès des douze et de faire de lui le dernier apôtre encore manquant. À savoir : Judas.

Chapitre 3

En ce dimanche 6 août, la journée promettait d'être belle et Pierre s'était levé à trois heures. Il aimait ce moment du début des vacances et, comme à chaque fois, il avait mal dormi, excité par le départ. Il se prépara rapidement, jeta son sac à dos sur son épaule, ramassa ses affaires de chasse sous-marine et sa glacière. Il descendit dans le parking, rangea les deux sacs dans le coffre puis vérifia sa sacoche. Il tâta dans le fond de celle-ci le livre qu'il avait récupéré la veille à la bibliothèque. Il voyait encore les yeux humides de Cathy Waters et son sourire, quand il l'avait laissée. Il avait eu le sommeil agité par des rêves confus dont elle était l'actrice principale. Curieusement, cette jeune femme, qu'il n'avait côtoyée qu'une demi-heure ne quittait plus ses pensées et il était hanté par son souvenir. Il s'expliquait mal cette situation, mais il sentait au fond de lui qu'il s'était passé quelque chose de spécial, qu'ils avaient vécu un moment intense. Elle était si réservée et si confiante, si fragile et si forte, si ordinaire et si belle. Elle était pour lui un mystère, dont il voulait percer les secrets.

Il se voyait encore lui parlant de son livre, dont il sentait le poids du manuscrit dans son sac. Il avait déjà écrit l'ensemble des chapitres, mais il devait maintenant mettre en forme le tout, afin d'obtenir un roman abouti. Il savait quel sens il voulait donner à son histoire mais, jusqu'à ces dernières semaines, il n'avait ni trouvé la clé de la chronologie ni la cohérence de l'intrigue.

Enfin, il avait eu le déclic, un premier germe d'idée avait fait son chemin. Une petite graine d'histoire avait poussé dans son imagination et le plan, une fois sorti de terre, avait grandi comme un haricot magique. Les séquences s'étaient bousculées dans sa tête et l'histoire avait clairement pris forme. Il devait maintenant composer le tout et établir la chorégraphie des événements. Il était excité à la perspective de se mettre au travail et comptait bien aboutir au résultat final avant la fin de ses vacances.

Il émergea dans la rue de Vouillé encore baignée par la pénombre de la nuit et prit la direction du périphérique qui, à cette heure, était moins fréquenté. Son itinéraire était déjà prévu et il avait décidé de descendre jusqu'à Valence, de s'octroyer une pose à la cafétéria de la sortie sud, comme il avait l'habitude de le faire. Ensuite, il continuerait sa route vers le Sud, en direction de Toulon, afin de prendre, tard dans la soirée, le bateau pour Bastia. Avant cela, il devait faire une nouvelle halte en début d'après-midi, chez son cousin, à Bandol.

Madi avait pris le train de huit heures, gare de Lyon. Avec le TGV Méditerranée, il lui avait fallu trois heures pour atteindre la gare de Marseille Saint Charles. Elle n'avait pas voulu se charger et voyageait avec un petit sac à dos. Elle avait eu le temps, durant le trajet, de penser aux événements de ces derniers jours. Tout avait commencé par le meurtre de l'éditeur, l'apôtre Pierre, qui avait été en possession du manuscrit. Mais le fait le plus inquiétant était que quelqu'un, en plus de Walter Bevans, savait qu'il le possédait. Cette information n'était connue que d'eux et c'était certainement quelqu'un de très proche, capable d'être dans la confidence, qui avait été informé. Reste qu'ils avaient pu être mis sur écoute et que leur discussion au sujet du manuscrit avait pu être interceptée. Elle était perplexe et sentait que les choses prenaient une mauvaise tournure. Jusqu'à présent, ils avaient toujours été maîtres du jeu et maintenant qu'ils semblaient toucher au but, la situation leur échappait. Quelqu'un connaissait l'existence du manuscrit et mettait tout en œuvre pour le récupérer. La mort de l'apôtre était un exemple de leur détermination. Elle avait à faire à un adversaire redoutable et non à un écrivain sans défense comme elle l'avait imaginé.

Soudain, elle se remémora tout le chemin parcouru depuis sa rencontre avec Walter. Elle n'était alors qu'une jeune femme égarée qui avait perdu sa foi en Dieu et dans la vie en général.

Elle était alors âgée de dix-huit ans et avait assisté, en tant jeune militante verte, à une conférence de Walter Bevans sur les nouvelles énergies. Ce dernier sillonnait alors les États-Unis, afin de recruter de jeunes diplômés pour sa fondation.

Elle l'avait ensuite harcelé pendant des semaines pour qu'il l'intègre dans son équipe. Il avait finalement accepté de la recevoir. Sa ténacité, sa volonté et sa force de caractère l'avaient immédiatement séduit.

Elle savait se fondre dans n'importe quel environnement et avait une empathie incroyable. Il l'avait alors pris sous son aile, avait veillé à son bien-être, son éducation et lui avait inculqué toutes ses valeurs chrétiennes. Il n'avait pas été souvent auprès d'elle car trop occupé par ses recherches, mais il avait subvenu à ses besoins et lui avait assuré son avenir. Il venait ponctuellement, sans prévenir, passer de longs moments avec elle. Alors, il lui parlait de Dieu, du Christ et du dur combat qu'ils devraient mener, ensemble, pour préserver la terre du chaos. Elle ne comprenait pas toujours ses paroles, mais elle était subjuguée par sa voix chaude et envoûtante et par la flamme qui brûlait dans ses yeux. Elle avait adhéré à son idéologie et avait embrassé sa cause. Il l'avait formée pour qu'elle devienne le bras armé de son organisation et préparée à donner jusqu'à sa vie pour sauver l'humanité.

Un frisson la parcourut et elle se demanda si cela pouvait venir de la climatisation de la salle d'attende de la gare Saint Charles. Elle consulta sa montre qui indiquait midi. Elle pestait car elle aurait déjà du être à Bandol, mais le retard de son train lui avait fait manquer le TER. Elle avait une nouvelle correspondance dans quinze minutes et arriverait vers treize heures. Elle souhaitait maintenant être sur place le plus vite possible, car elle sentait encore plus le poids de la menace et elle regrettait maintenant de ne pas avoir loué une voiture pour se rendre chez l'apôtre Barthélemy au plus tôt.

Lucas Bertino avait attrapé le vol Paris-Marseille de neuf heures et, une fois arrivé à Marignane, il avait récupéré une voiture laissée à sa disposition pour se rendre à Bandol. Il était sur l'autoroute et jeta un coup d'œil sur l'horloge de bord qui indiquait douze heures. Dans quelques minutes, il serait arrivé à destination. Il était venu chercher une information capitale pour son avenir et mettrait tout en œuvre pour récupérer le manuscrit. Calme et détendu, comme à son habitude, lorsqu'il était confronté à des situations délicates, il répéta mentalement le plan qu'il avait élaboré pour soutirer l'information à l'apôtre Barthélemy. Mais il avait du mal à se concentrer, l'image de Madi ne le quittait plus depuis qu'il l'avait vu vendredi soir au palace parisien. Il connaissait son existence, par Marie-Jeanne de Galpi, mais ne l'avait jamais rencontrée auparavant. Il avait été subjugué par sa beauté et il s'était tout de suite senti attiré par cette femme sortie de nulle part, en robe de moine et en sandales. Elle était restée indifférente à sa présence et, malgré son intervention pour se faire remarquer, rien n'y avait changé. Il avait été vexé, piqué au vif mais paradoxalement satisfait et excité par son manque d'intérêt. Cela attisait son envie de la conquérir et encore plus son désir de la posséder. Les femmes avaient toujours été des proies trop faciles pour lui et il se lassait du peu de résistance qu'elles lui opposaient. Même la belle et rebelle Marie-Jeanne avait succombé a son charme et, malgré tous ses efforts pour lui résister, elle lui était déjà toute promise. Il avait enfin trouvé une femme digne de lui et elle serait à lui et à personne d'autre.

Il aperçut le panneau indiquant la sortie Bandol et retrouva la réalité. Il mit son clignotant et se dirigea vers le péage. Le paiement acquitté, il prit la direction de Bandol par la route de Saint-Cyr. Il était déjà venu rendre visite à l'apôtre Barthélemy et connaissait le chemin. De plus, la chance était avec lui car ils avaient de très bonnes relations et il se méfierait moins en le voyant débarquer sans prévenir. Sur le rond point suivant, il s'engagea sur la route qui montait vers les hauts quartiers de Bandol. Ensuite, suivant la ligne de chemin de fer il passa devant le petit chemin de terre au bout duquel se trouvait la maison. Il gara sa voiture de l'autre côté de la route, car il savait que le passage était très étroit et qu'il se terminait en cul de sac. Il ne voulait pas perdre de temps dans son départ et encore moins se retrouver bloqué. Il avait prévu de repérer les lieux et de vérifier si Barthélemy était seul. Il fit donc le tour par la gare et observa un moment la maison. Aucun bruit ne filtrait et tout semblait très calme. Lorsque la route fut dégagée, il s'engagea dans le chemin étroit et trouva au fond de l'impasse un grand portail de fer forgé. Il appuya sur la sonnette de l'interphone et, après quelques secondes d'attente, qui lui parurent une éternité, une voix métallique se fit entendre dans l'interphone :

– Bonjour, à qui ai-je l'honneur ?

Lucas reconnut la voix, déformée par la machine, de Barthélemy et lui répondit simplement :

– Bonjour, apôtre Barthélemy, c'est l'apôtre Judas.

Il avait horreur d'utiliser ces patronymes et trouvait ridicule cette mascarade des Apôtres. Musulman converti, il se sentait souillé chaque fois qu'il devait prononcer ces paroles.

– Entrez, apôtre Judas et rejoignez-moi sur la terrasse, je vous y attends.

– J'arrive.

Il poussa le portail et se dirigea calmement vers la terrasse. Il emprunta la petite allée, choisit volontairement le chemin le plus long afin de faire le tour complet de la demeure pour s'assurer que l'endroit était bien vide. Barthélemy vint à sa rencontre.

– Alors, apôtre Judas, quel bon vent vous amène à Bandol ?

– Je suis dépêché par l'apôtre Jean pour une mission de la plus haute importance qui concerne notre quête.

Il vit passer une lueur d'étonnement dans le regard de Barthélemy et celui-ci se figea sur place. Sans lui laisser le temps de répondre, Lucas lui tendit ses deux paumes ouvertes, bras écartés et prononça les paroles rituelles du salut des Apôtres.

– La paix du Christ, dit-il solennellement.

– La paix du Christ, lui répondit Barthélemy, exécutant le même geste et s'excusant de son manque de politesse.

Sans lui laisser le temps de continuer, Lucas reprit la parole:

– En effet, l'apôtre Jean a heureusement trouvé le message que l'apôtre Pierre nous avait laissé et qui vous désignait comme le nouveau destinataire du manuscrit. De peur d'être sur écoute et afin de ne pas mettre votre vie en péril, il a décidé de m'envoyer directement chez vous pour récupérer le document.

Le regard de Barthélemy s'assombrit et il répondit, désolé :

– Malheureusement, je ne l'ai plus car j'ai suivi les consignes qui m'étaient données et je l'ai directement posté à la première heure hier, en Chronopost.

Lucas fit un effort considérable pour cacher sa déception et surtout sa fureur.

– De quelles consignes s'agit-il ?

– Dans le colis, il y avait un mot de l'apôtre Pierre.

– Que disait ce mot ? demanda Lucas, d'un ton impératif.

– Il m'indiquait une nouvelle adresse où expédier le colis.

– Avez-vous consulté le manuscrit ? demanda Lucas, qui changea de sujet pour éviter de trop attirer l'attention de son interlocuteur.

– Non, je devais le considérer comme une bombe à retardement et, malgré ma curiosité, j'ai décidé de le poster directement.

– L'apôtre Jean m'a ordonné de le récupérer à tout prix et je dois me rendre, au plus vite, au lieu de sa destination. Nous touchons au but, apôtre Barthélemy et vous devez me donner cette information, pour qu'enfin notre quête s'achève, annonça gravement Lucas qui voulait donner du poids à ses paroles.

– En effet…, répondit Barthélemy, qui, voyant la lueur intense d'intérêt dans les yeux de son interlocuteur, suspendit sa réponse et se ravisa.

Après quelques secondes de réflexion, il reprit :

– Je pense que nous devrions contacter l'apôtre Jean afin de voir, avec lui, ce qu'il convient de faire.

Lucas savait que son regard l'avait trahi et se maudissait intérieurement, mais il s'attendait à ce que Barthélemy ne lui donne pas l'information aussi facilement. Il devait respecter la procédure et rendre compte avant toute décision à l'apôtre Jean. En effet, c'était bien Walter et lui seul qui tirait les ficelles.

Mais Lucas avait prévu cette éventualité et il lui fallait maintenant passer au plan B, qui était beaucoup plus radical et convenait beaucoup plus à son tempérament.

– C'est ce qu'il convient de faire, répondit Lucas, le gratifiant de son plus beau sourire.

– Allons à l'intérieur, nous serons plus au calme.

Ce dernier passa devant et se dirigea vers la chambre d'ami. Il franchit la porte et s'approcha du téléphone posé sur la table de chevet. Il prit le combiné tournant le dos à Lucas. S'apprêtant à composer le numéro, il se retourna alors vers Lucas. Avant même qu'il comprenne ce qui lui arrivait, Lucas lui assena un magistral crochet du droit à la mâchoire.

Il s'effondra sur le lit, inconscient.

Pierre avait passé le péage de Lançon de Provence et il lui restait une bonne heure avant Bandol. Il s'était arrêté à Valence, était sorti de l'autoroute pour faire le plein dans un supermarché et en avait profité pour faire des courses. Il avait acheté une bouteille de vin et des nougats de Montélimar pour son cousin et avait aussi pris le nécessaire pour son casse-croûte du soir, dans le bateau. Il s'était prévu un mini-festin pour le voyage. Il affectionnait ce trajet entre le continent et la Corse et comptait fêter ses vacances avec une bouteille de Bourgogne « côtes de Nuits Village ». Il avait méticuleusement rangé ses provisions dans son sac à dos glacière, dans lequel les accus de glace assuraient la bonne conservation des produits. Il espérait bien arriver pour le déjeuner, vers treize heures. Il avait eu le temps durant le long trajet depuis Paris de penser à sa rencontre de la veille. Il ressentait une sensation bizarre, un mélange d'euphorie et de mélancolie lié à ce moment passé avec Cathy Waters. Il souriait, tout seul, à la seule pensée de son regard plongé dans le sien et au souvenir de son parfum. Mais ses pensées s'assombrissaient lorsqu'il revoyait ses larmes coulant sur ses joues. Il n'avait pas cessé de se repasser, en boucle, le film de ces instants, cherchant des significations à son comportement et des signes favorables à son égard. Mais c'était un vrai casse tête, car elle n'avait cessé de souffler le chaud et le froid et il ne savait que penser. De plus, il était persuadé de se faire des illusions et de prendre ses rêves pour des réalités.

Elle lui avait laissé sa carte de visite dans le livre de ses parents et, depuis le milieu de la matinée, il avait été tenté, à plusieurs reprises, de composer son numéro. Il ne savait que faire, tiraillé par l'envie dévorante de l'appeler et la peur de se faire éconduire. Il regarda encore une fois le petit bout de carton avec le nom et les coordonnées de la jeune femme et se décida enfin à tenter sa chance. Après quelques nouveaux instants d'hésitation, il se dit qu'il n'avait rien à perdre ; et puis, si elle lui avait laissé sa carte, c'était un signe positif. Allez ! s'encouragea-t-il en composant fébrilement le numéro.

Il guettait la sonnerie se demandant soudain ce qu'il ferait s'il tombait sur le répondeur. Une sonnerie, deux, trois, quatre, cinq, puis une voix se fit entendre :

– Allô oui ? demanda une voix de femme d'un ton sec.

– Bonjour, je suis Pierre Fontaine… de la bibliothèque, dit-il d'un ton qu'il aurait voulu assuré mais qui restait hésitant.

Après un moment de silence, la voix à l'autre bout du fil répondit, avec plus de douceur, cette fois :

– Bonjour, Pierre, ça me fait plaisir de vous entendre.

Cela ne pouvait mieux commencer et Pierre se sentit transporté de joie.

– J'avais peur de vous déranger, un dimanche matin, mais j'avais très envie de vous parler. Vous êtes peut-être occupée?

– Non, pas du tout, en fait j'ai pris quelques jours de repos. Après mon petit moment de faiblesse d'hier, dont je dois m'excuser, j'ai décidé qu'il était temps pour moi de lever le pied et de profiter des plaisirs de l'été français.

– Alors, vous avez décidé de prendre des vacances !

– Je dois vous avouer que ce sont les premières depuis huit ans. Hier, vous m'avez, malgré vous, fait prendre conscience que j'étais encore vivante. Depuis la mort de mes parents, je n'ai cessé de culpabiliser. J'avais refoulé tout au fond de moi le chagrin que je m'étais condamné à ne jamais exprimer. Vous avez débloqué le processus et m'avez libéré d'un énorme poids. Je sais, Pierre, que cela doit vous paraître étrange, mais je vous dois beaucoup.

Pierre était sous le choc de ces paroles et il se sentait stupide de ne savoir quoi répondre. Il cherchait désespérément une réplique, quand la jeune femme reprit la parole :

– Voilà, c'est dit, n'en parlons plus. Je suis en vacances et heureuse de l'être.

– Quel est votre programme ? lui demanda Pierre, soulagé de changer de sujet.

– En fait, je suis déjà dans le train en direction du sud. J'ai opté pour le midi que je ne connais pas et dont on m'a tant parlé.

– C'est un très bon choix. Je suis moi-même sur l'autoroute du sud, en route pour la Corse. En fin de soirée, je prends le bateau au départ de Toulon, en direction de Bastia. Avez-vous une destination précise ?

– Pas vraiment. Je pars un peu à l'aventure et je ferai en fonction de l'inspiration du moment. Mais je vais en profiter pour faire la tournée de quelques vieux bouquinistes pour essayer de découvrir une rareté, dans le seul but pour une fois, de me faire plaisir.

– Ce sont de bien bonnes résolutions et puisque vous parlez de livres, je voulais encore vous remercier pour votre prêt d'hier. Cet ouvrage me sera d'une grande utilité.

– À ce sujet, vous avez réellement attisé ma curiosité avec ce roman que vous écrivez et dont vous m'avez brièvement parlé hier au musée. Vous voulez bien m'en dire plus ?

Pierre réalisa que, finalement, il n'en avait jamais parlé à personne. Seul Louis l'avait surpris en pleine écriture. Il avait rapidement rangé ses copies dans un tiroir de la cuisine et avait habilement évité de répondre à Louis qui le pressait de questions. Le sujet de son roman était tellement farfelu qu'il risquait de passer pour un fou et pouvait perdre toute crédibilité auprès de Cathy. Elle dut sentir son hésitation et tenta de le rassurer :

– Vous savez Pierre, je ne me permettrais pas de porter de jugements sur votre manuscrit, ni même de commentaires. C'est simplement que votre passion m'intéresse et que, malgré moi, je ne peux m'empêcher d'être à l'écoute du marché et à la recherche de nouveaux talents. On ne sait jamais, vous êtes peut-être le prochain écrivain à succès de notre siècle, lui dit-elle en rigolant.

Pierre se détendit et se dit qu'au fond de lui, il avait toujours espéré pouvoir partager son secret avec quelqu'un. Il ne risquait pas grand-chose, car c'était une quasi-inconnue qui pourrait, de part ses connaissances, le conseiller.

– Bien, lui dit-il en prenant une grande inspiration. Sans être prétentieux ou scientifique, j'ai imaginé une petite théorie sur l'évolution de la race humaine et plus particulièrement, sur le lien entre la mort et la vie.

– La mort est la fin de toute chose, le coupa-t-elle gentiment, et j'en sais quelque chose.

– Pas nécessairement, osa-t-il lui répondre, car il savait le sujet brûlant.

– Expliquez-vous, Pierre ?

– Commençons par le début. Je vais essayer de faire court et clair. Je suis parti d'un élément simple et universel, qui se nomme, l'eau, ou plus précisément : H2O. À savoir : 2 atomes hydrogène, 1 d'oxygène, plus du gaz, des sels minéraux et des composés isotopiques. On sait que la terre est recouverte à soixante-douze pour cent d'eau et que celle-ci se trouve, sur terre, mais aussi sous terre et dans l'air. Elle est en perpétuel mouvement et c'est probablement le meilleur conducteur que l'on puisse trouver, capable de véhiculer du plus grand iceberg à la plus petite bactérie.

– Je vous suis, Pierre, mais je ne vois pas le rapport ?

– Je vais y venir. Nous-mêmes, les êtres humains, nous sommes composés de soixante pour cent d'eau et, malgré ce que la Bible nous enseigne, ce n'est pas « tu es poussière et à la poussière tu retourneras » mais plutôt « tu es eau et à l'eau tu retourneras. » donc naturellement tu retrouveras le cycle, sous terre, sur terre et dans les airs. Cela, en fait, pourrait amener des réponses à bien des mystères de la mort et, par-là même, de la vie.

– Vous voulez parler d'une espèce de cycle perpétuel où la vie et la mort se confondraient, comme si la première avait besoin de la deuxième pour évoluer ?

– C'est exactement ça. J'ai imaginé que dans l'eau se trouvait une proportion si infime, qu'elle serait difficilement détectable, du patrimoine génétique de chaque mort.

– L'ADN ? lui dit-elle. Elle reprit avant qu'il n'ait répondu. Il est vrai que la molécule d'ADN est baignée dans de l'eau et que celle-ci pourrait être imprégnée d'informations génétiques propres à chaque individu. Je vous ai coupé, s'excusa-t-elle. Continuez, vous m'intéressez.

– Imaginons que les connaissances, les compétences, les qualités, mais aussi les défauts, de chaque disparu soient, en fait, récupérés par d'autres au lieu d'être perdus à jamais.

Il marqua une petite pause pour donner du poids à ses mots, puis continua:

– Tout ce savoir navigue dans l'eau du monde entier, car dans sa décomposition le corps perd son eau qui se confond avec les nappes phréatiques, les rivières, les mers, les océans et aussi dans son évaporation, elle rejoint les nuages, voyage de par le monde et finit de nouveau quelque part sur terre. Elle est consommée par chaque être vivant, humain, animal ou végétal. C'est là que le miracle se produit, car éclaté, dissout, disséminé en milliard de particules, l'ADN est toujours présent et retrouve un nouveau preneur.

– C'est plutôt aléatoire et finalement c'est un peu comme la loterie, dit-elle en souriant.

– En quelque sorte. Mais cela expliquerait aussi les prédispositions, les talents innés, le génie, voir les déviances de chacun. La précocité d'un Mozart, l'intelligence d'un Einstein ou même la folie d'un Hitler. Si ces hommes avaient récupéré, par le plus grand des hasards, une grande partie de l'ADN d'un ou plusieurs individus ayant eux-mêmes possédé les mêmes caractéristiques, compétences, qualités ou défauts, ils auraient alors touché le pactole génétique.

– C'est de la science-fiction, mais c'est une idée qui m'interpelle. Elle occulte juste les croyances chrétiennes et, en cela, je n'adhère pas, dit-elle d'un ton sans concession.

– Bien au contraire, elle donne une autre dimension à la religion. Car si je pars de cette hypothèse que je viens de vous exposer, je peux vous donner des explications à beaucoup de mystères, de faits historiques et autres légendes, lui répondit-il sur le ton de la confidence.

– Là, je ne vous suis plus, répondit-elle perplexe.

– Je m'explique. Ce ne sont, bien sûr, que des extrapolations de ma part, dit-il en voulant se justifier de ce qui allait suivre. Il y a deux mille ans naissait le christianisme. J'ai trouvé intéressant de me pencher sur les deux mille ans précédents. Comme vous le savez, cette période a été marquée, entre autre, par l'avènement et le règne de la civilisation égyptienne. Ils ont dominé sans partage pendant des siècles. Leur niveau d'évolution peut-être attribué, en grande partie, à leurs pharaons. Ces êtres exceptionnels étaient considérés comme des demi-dieux, clé de voûte de toute leur civilisation, garant des traditions et du savoir.

– C'est un fait, dit-elle pendant qu'il reprenait son souffle, mais je ne vois pas ou vous voulez en venir ?

– J'y viens justement. Je pense que les Égyptiens avaient découvert le secret de l'ADN dissimulé dans l'eau du corps et même le moyen de l'exploiter.

Par l'intermédiaire de la momification, qui consistait à vider le corps de ces organes. En premier lieu, ils extirpaient le cerveau de sa cavité en le sortant par les narines, ensuite ils sortaient le foie, les reins et l'ensemble des viscères, excepté le cœur. Tous ces organes étaient conservés dans des vases canopes, pour être ensevelis avec le défunt. Ils utilisaient des nitrates pour assécher le corps et faciliter sa conservation. Fait surprenant, on ne retrouve aucune trace ni du sang, ni du cerveau, deux éléments contenant la plus grande partie de l'eau du corps. Ils pouvaient ainsi récupérer l'intégralité du patrimoine génétique du défunt. De cette manière, il leur était possible de transmettre à la nouvelle génération, le savoir et l'expérience des anciens.

– Une sorte de résurrection, avança Cathy.

– Un peu, oui. C'est pour cela que le Pharaon avait une telle aura et une personnalité aussi mystique, car il était la fusion, ou plutôt la superposition de tous ses ancêtres réunis.

– Imaginons que cela soit le cas. Comment expliquer qu'ils aient si peu évolué, comparés à nos deux mille ans de christianisme ?

– C'est justement cette découverte qui les a perdus. Cet élitisme, cette préservation des connaissances réservée aux hautes castes, n'ont fait, en définitive, que ralentir leur évolution et appauvrir leurs connaissances. Ils n'ont pas compris que seule la mixité des patrimoines génétiques, le mélange aléatoire des ADN, pouvaient être la source de l'évolution humaine.

– Une fois de plus, c'est théoriquement possible, lui dit Cathy. Alors, maintenant, venez en au fait, à savoir la fin de la dynastie pharaonique et le début du christianisme. Je suis curieuse de connaître vos explications.

– Nous y voilà ! L'Égypte déclinante, rongée par l'empire romain, ne peut que constater sa fin. Les derniers Pharaons et plus particulièrement leur dernière représentante, Cléopâtre, décidèrent de conserver jalousement le secret de l'eau et de mettre à mal, par la même occasion, cet empire romain qui les avait spolié de toutes leurs richesses. Ils allaient donc créer, de toutes pièces, afin de brouiller les pistes du mystère de l'ADN, le plus grand mouvement idéologique de tous les temps, avec des conséquences sur le monde à venir, dont ils ne pouvaient soupçonner l'ampleur. Ils allaient mettre en place une campagne politique pharaonique pour que le peuple élise à l'unanimité et reconnaisse comme chef divin, le plus célèbre orateur, universellement populaire et incroyablement charismatique, que la terre ait jamais connu, à savoir : Jésus-Christ…

– C'est totalement absurde ! dit-elle, d'un ton sarcastique. Comment pouvez-vous seulement imaginer ou même penser que le Christ ait pu être une sorte d'espion à la solde des Égyptiens, et que son seul objectif était de détourner les Romains de la découverte de l'ADN présente dans l'eau ?

Pierre sentait bien qu'il avait touché un point sensible et qu'il avançait en terrain miné, mais, emporté dans un élan d'enthousiasme, il continua :

– En prouvant que le Christ était Égyptien et non Hébreu.

– De quelle manière ? questionna Cathy exaspérée.

– J'ai des interprétations très personnelles de certains faits marquants de la vie du Christ, telle que la Cène, le dernier repas du Christ.

– Et quelle est votre interprétation de cet épisode ?

– Lors de son dernier repas, le Christ a prononcé des paroles pleines de symboles. Lorsqu'il a dit : « Ceci est mon corps prenez-en tous, ceci est mon sang, buvez-en tous » on peut imaginer ce message au premier degré. Consommer et boire son corps consisterait à ingérer directement son patrimoine génétique contenu dans l'eau présente dans son organisme. Pierre continua avant que Cathy ne l'interrompe. Que dire de la quête du Saint-Graal, qui contiendrait le sang du Christ et donc son patrimoine génétique ?

Il y eut un long silence à l'autre bout de la ligne, rompu par la voix devenue glaciale de Cathy, qui lança :

– Vous ne pensez pas ce que vous dites, Pierre ?

Il sentit son euphorie retomber d'un seul coup et il reprit son calme pour répondre :

– Ce n'est qu'un roman, Cathy, une histoire sortie de mon imagination.

– Vous avez raison, dit-elle, d'une voix qui avait repris de sa douceur. Je suis désolée de m'être emportée de la sorte.

– Au moins, cela ne vous laisse pas indifférente.

– Il est vrai que je suis un peu susceptible quand il s'agit du christianisme et vous n'y allez pas avec le dos de la cuillère. Je suis désolée, mais je dois vous abandonner Pierre, car mon train arrive en gare. Je vous téléphone dans la soirée.

Pierre était contrarié, car il sentait bien qu'il l'avait froissée avec ses histoires. Il n'avait pas réfléchi aux conséquences de ses affabulations. Elle allait probablement rompre tous contacts avec lui et il réalisait, seulement maintenant, à quel point il tenait déjà à cette inconnue.

– C'est entendu, à ce soir alors, répondit-il d'un ton neutre, de manière à ne pas faire paraître son abattement.

– Au revoir, Pierre, dit-elle, avant de couper la communication.

Sous l'effet de la douleur, Barthélemy reprit connaissance. Il lui fallut quelques secondes pour réaliser ce qui s'était passé et dans quelle position il se trouvait. Sa mâchoire était encore endolorie par le coup qu'il avait reçu, mais la douleur venait de ses poignets et ses chevilles. Il était suspendu contre le mur du cellier, au fond de la cave. Les bras en croix, les poignets attachés avec du fil de fer aux canalisations qui couraient le long du plafond et les chevilles jointes, attachées au tuyau d'évacuation posé sur le sol. Ses pieds étaient à dix centimètres du sol et c'est le poids de son corps tirant sur les liens qui lui faisait horriblement mal. Il releva la tête et aperçut dans la pénombre l'apôtre Judas, qui lui faisait face. Il était assis sur un tabouret et l'observait avec le regard brillant de haine. L'apôtre Barthélemy sentit une bouffée de panique le submerger car il comprit instantanément que le pire était à venir. Il fit un effort énorme pour ne pas hurler et se débattre. Il savait que les murs épais de la cave étoufferaient ses cris et qu'au moindre mouvement, le fil de fer lui entaillerait la peau. Il devait garder son sang froid et faire face, Dieu le soutiendrait dans cette épreuve.

– Dieu ne te sera d'aucune aide Barthélemy, lui dit doucement Lucas.

Barthélemy sursauta, malgré lui, ce qui lui arracha un soupir de douleur.

– Que voulez-vous, apôtre Judas ?

– Je peux t'épargner bien des souffrances si tu te montres coopératif, Barthélemy. Tu sais ce que je suis venu chercher et je ne partirai que lorsque tu m'auras donné l'information que je veux. Sinon, tu vas souffrir plus encore que ton Dieu sur sa croix.

– Je suis prêt. J'ai voué ma vie à Dieu et rien ne pourra me détourner de cette voie. Tu n'obtiendras rien de moi apôtre Judas, j'ai foi…

– Cesse de m'appeler « apôtre Judas » ! le coupa Lucas, qui se leva. Je n'en attendais pas moins de toi, Barthélemy et nous allons voir si tu dis vrai.

Il tenait à la main une perceuse et il s'approcha de Barthélemy.

– Puisqu'il le faut, je vais t'offrir un cadeau à la hauteur de tes espérances.

À la vitesse d'un serpent fondant sur sa proie, il mit en marche la perceuse et planta la mèche dans le poignet droit de Barthélemy. Il appuya de toutes ses forces et transperça la chair, les os et fora dans le mur. Le hurlement de Barthélemy couvrit le bruit de la perceuse. Lucas cassa d'un coup net le foret et recula d'un mètre pour examiner son œuvre. Les yeux de Barthélemy étaient écarquillés par la douleur et sa bouche grande ouverte cherchait l'air. Sa cage thoracique comprimée par le poids de sa suspension ne lui permettait pas de respirer correctement. Il se sentit défaillir mais reprit ses esprits.

– On ne mesure jamais suffisamment le pouvoir de la souffrance, ni même son degré, lui dit Lucas.

– Et toi, tu mésestimes le pouvoir de Dieu, lui répondit Barthélemy dans un râle.

– Bien, apôtre Barthélemy, lui lança ironiquement Lucas. Nous allons voir si tu résisteras longtemps.

Il se retourna et se dirigea vers l'atelier, en quête d'un nouveau foret.

Barthélemy profita que Lucas lui tournait le dos pour tirer sur son poignet encore valide. Il secoua la canalisation de toutes ses forces, mais ne parvint qu'à dessouder légèrement le raccord. Un petit chuintement se fit alors entendre. Il était parvenu à ses fins car il savait qu'il s'agissait d'une canalisation de gaz et il cherchait juste à provoquer une fuite. Il avait compris que son temps restant à vivre était compté et qu'il ne résisterait pas longtemps aux tortures de Judas. Il devait mettre un terme à tout cela au plus vite.

Lucas avait trouvé ce qu'il cherchait et il revenait déjà, vers Barthélemy, la perceuse à la main. Barthélemy ferma les yeux et pria de toutes ces forces au moment où la mèche d'acier le cloua, une fois de plus, au mur.

Madi descendit précipitamment du train, à la gare de Bandol. Elle se sentait toute bizarre et n'arrivait pas se concentrer. Son malaise s'était accentué et son instinct souvent infaillible l'avait quittée. Elle se dirigea à grands pas vers la sortie de la gare. La maison de l'apôtre Barthélemy était toute proche et elle se hâta vers le chemin de terre. Elle arriva rapidement devant la grande grille de fer forgé. Elle chercha la boîte aux lettres car elle n'était pas sûre que ce fût la bonne maison. Elle n'en trouva pas et décida de sonner à l'interphone. Après deux tentatives sans réponse, elle essaya d'ouvrir la grille, mais celle-ci était fermée. Soudain, il lui sembla entendre, venant de la maison, un cri étouffé. Elle bondit sur les barreaux de la grille et se retrouva en quelques secondes de l'autre côté, se réceptionnant sur le gravier avec un minimum de bruit.

Elle fila le long du mur jusqu'à l'angle de la maison, tendant l'oreille, à l'affût du moindre bruit. Tous ses sens étaient en alerte, mais elle avait déjà commis une grossière erreur en signalant sa présence, par la sonnette de l'interphone. Elle s'était laissé déconcentrer et cela ne lui ressemblait pas. Elle s'approcha à pas feutrés de la porte de la cave, une odeur étrange émanait de l'endroit. Elle fit tourner la poignée de la porte, qui s'ouvrit sans résistance. Elle se dirigea vers les gémissements de plus en plus audibles qui venaient du fond de la pièce. L'obscurité était quasi-totale et elle chercha à tâtons son chemin. Elle déboucha sur une nouvelle pièce et distingua au fond de celle-ci une forme contre le mur. Elle laissa ses yeux s'habituer au peu de lumière et réussit enfin à entrevoir l'apôtre Barthélemy. Ce dernier était suspendu contre le mur, les bras en croix, les poignets ensanglantés percés de tiges métalliques, les chevilles liées. Sa tête pendait, le menton sur la poitrine. Elle constata avec horreur qu'il avait été crucifié sur le mur. Malgré elle, elle sentit la peur la gagner et elle partit à reculons, à la recherche d'un interrupteur. Elle en avait oublié cette odeur qu'elle avait sentie en entrant et qui maintenant était mélangée à celle du sang et de la transpiration de Barthélemy.

Elle toucha du bout des doigts le bouton de l'interrupteur et appuya dessus. À cet instant, son esprit s'éclaira et lui apporta l'information. Elle pensa :

– Mon Dieu ! Du gaz !

Elle fonça sur la porte de la cave et, au même moment, elle se sentit soulevée de terre, par la force de la déflagration. Elle fut projetée dans le jardin et perdit connaissance.

Déjà, le feu commençait à dévorer la maison.

Lucas, qui s'était abrité dans la chambre d'amis, sorti dans le jardin et se dirigea vers la forme, immobile, allongée sur le ventre. Il se baissa, tâta le pouls de la femme.

– Tu es encore en vie, dit-il, quelle chance pour moi… et quel dommage pour toi ! reprit-il, ricanant et démarrant la perceuse, qu'il tenait au bout de sa main, armée d'un foret flambant neuf.

Chapitre 4

Pierre venait juste de passer la sortie du Castelet et il se préparait pour celle de Bandol. Il était encore sous le coup de la déception de sa conversation téléphonique avec Cathy, qui s'était interrompue avant qu'il n'ait rattrapé sa maladresse. Décidément, pensa-t-il, j'ai vraiment un problème avec les femmes ! Il sourit, fataliste, huma avec plaisir les senteurs de la Provence, puis coupant le lecteur CD qui diffusait depuis Paris de la musique corse, il se laissa envahir par le chant strident des cigales. Perdu dans ses pensées, il faillit manquer sa sortie d'autoroute. Il jeta quelques euros dans le panier du péage, afin de s'acquitter de son droit de passage. Il décida de passer par la route de derrière afin de s'arrêter et d'acheter une fougasse aux olives noires et une autre aux lardons. En ce début d'après-midi, une chaleur écrasante régnait sur le Var, le mistral était inexistant et les cigales s'en donnaient à cœur joie. Pierre aimait ces conditions de grosse chaleur et la sueur qui lui collait la chemise dans le dos ne le dérangeait absolument pas. Après un bref arrêt à la boulangerie, il changea d'avis et décida de prendre par le port. Il savait que la route était très fréquentée à cette époque de l'année, mais il affectionnait tout particulièrement le bord de mer avec ses plages en enfilade et les bateaux bien alignés le long du quai. Il fit donc demi-tour et se dirigea vers la mer. Il longea la côte, passa devant le casino de Bandol et entra dans la ville par l'avenue du port, bordée de bars pleins à craquer d'estivants bruyants et cramoisis. Il sourit à toute cette effervescence pensant déjà au calme qu'il allait retrouver dans son petit village corse. Il pavoisa comme tout bon Parisien au volant de son quatre-quatre décapoté, poussant même le vice à monter le son de son autoradio.

Il avait un bon sens de l'autodérision et une âme d'éternel adolescent. Il tourna ensuite à droite en direction de la poste, pour rejoindre la gare et un peu plus haut la maison de son cousin. Au loin, il entendit une sirène de pompiers et pensa aux nombreux feux qui embrasaient le sud de la France à cette période de l'année. Il passa devant la poste et aperçut un long panache de fumée montant du côté de la gare. Il s'engagea ensuite dans le premier des deux grands virages menant au haut de la ville et leva les yeux vers la colonne de fumée qui maintenant le surplombait. Il entama la deuxième courbe un œil toujours rivé vers l'incendie qui semblait faire rage quelques mètres au-dessus de lui. Il avait ralenti et sortait lentement du virage, quand soudain, déboulant de nulle part, une forme vint se jeter sur la route. Elle roula sur son capot et tomba sur le sol. Il pila et se précipita vers l'individu qui se relevait déjà.

Lucas Bertino jubilait, car il aimait ces moments intenses où il tenait la vie de quelqu'un entre ses mains et surtout lorsqu'il la lui retirait. Barthélemy l'avait frustré car il n'avait pas pu mener son interrogatoire à sa guise et il n'avait pas eu le temps de lui soutirer l'information qu'il était venu chercher. L'intruse l'avait coupé dans son élan, mais lui avait aussi sauvé la vie, car c'est lui qui aurait dû sauter avec Barthélemy. S'il avait terminé sa crucifixion, les étincelles émises par la perceuse auraient immanquablement déclenché l'explosion.

Il saisit le bras de l'inconnue toujours inconsciente et retourna le corps afin de voir le visage de celle qui allait mourir. Il approcha la perceuse de sa tête, prêt à lui donner le coup fatal. Lorsqu'il regarda enfin son visage, il suspendit son geste, pétrifié.

– Madi ! s'exclama-t-il, malgré lui.

Il la regarda encore : il ne l'avait jamais vue de si près. Les cheveux roux éparpillés autour de sa tête luisaient au soleil et il lui semblait pouvoir sentir leur douce odeur au-delà de la fumée qui se dégageait de la cave en feu. Sa peau laiteuse était extraordinaire et sa bouche, tel un fruit rouge, une invitation au baiser. Sa poitrine se dessinait sous le fluide débardeur vert et montait au rythme de sa respiration. Il ne put se retenir de frôler, du bout des doigts, le contour d'un sein. Elle tressaillit à son contact et Lucas recula. Il ne pouvait la tuer car maintenant, plus que jamais, elle devait devenir sienne. Néanmoins, il ne pouvait prendre le risque d'être démasqué, avant qu'il ne mène sa mission à son terme. Il jeta la perceuse dans le brasier, constata que le feu s'étendait au reste de la maison, détruisant toutes traces de son passage et quitta rapidement les lieux. Il était furieux d'avoir échoué dans sa mission, mais déjà une nouvelle idée, pour rattraper son échec, germait dans sa tête.

À sa grande surprise, Pierre constata qu'il s'agissait d'une femme. Elle semblait étourdie, mais pas sérieusement blessée. Elle leva les yeux lui, croisa son regard et ouvrit la bouche pour parler, mais bizarrement elle ne prononça aucun mot.

– Ça va ? demanda-t-il, les jambes encore tremblantes et le cœur battant la chamade. Vous m'avez fait une sacrée peur.

– Oui, ça va.

Alors, seulement, il la regarda. Elle était rousse et bouclée, avec de grands yeux verts rehaussés par un ensemble de la même couleur et un air de déjà vu.

– On se connaît ? demanda-t-il stupidement.

– Pas du tout, répondit-elle sans hésiter.

– En effet, je suis désolé et certainement perturbé par ce qui vient de se passer, répondit Pierre maladroitement. Je vais vous emmener à l'hôpital, vous avez peut-être…

– Non tout va bien, coupa Madi, qui retrouvait ses esprits.

Elle avait été sonnée par l'explosion de gaz dans la cave, avait vaguement senti une présence auprès d'elle quand elle avait repris conscience. Elle avait ensuite filé pour ne pas avoir à justifier sa présence. L'apôtre Barthélemy était mort et elle n'avait pas l'information qu'elle était venue chercher. À l'évidence, leur adversaire avait de nouveau un coup d'avance sur eux. Elle s'en voulait d'avoir manqué l'opportunité qui lui avait été offerte et de son incompétence. Elle se ressaisit et prit le temps de repenser aux événements qui venaient de se produire. Soudain, elle revit le moment où elle était arrivée devant le portail de la maison de Barthélemy, lorsqu'elle avait cherché la sonnette. Il n'y avait pas de boîte aux lettres aux environs de l'entrée.

– Tout va bien ? s'enquit Pierre, qui se demandait si la jeune femme était bien lucide.

– Où est la poste ?

– Pardon ?

– La poste, pouvez-vous me conduire à la poste ? demanda Madi d'un ton autoritaire.

– Oui, bien sur, dit Pierre interloqué. Elle venait juste de passer par-dessus son capot et voilà qu'elle lui demandait, ou plutôt lui imposait d'aller à la poste.

Madi fit le tour de la voiture et monta côté passager. Il lui restait une infime chance de rattraper le temps perdu.

Dissimulé dans sa voiture, à l'angle de la rue, Lucas avait observé toute la scène. Il avait failli se jeter à la rescousse de Madi quand elle avait été percutée par la voiture, mais avait réfréné sa fougue en constatant qu'elle se relevait rapidement. Il avait regardé le jeune homme blond sortir de sa voiture et suivit leur brève conversation. Cet homme ne lui plaisait pas du tout. Son physique trop gracieux, son air d'adolescent désolé et ses gestes maladroits l'agaçaient. Il n'eut pas le temps de s'étendre d'avantage sur ses états d'âme car il aperçut, médusé, Madi qui montait dans le ridicule petit quatre-quatre. Il retrouva son sang froid, tous les sens en alerte. C'était le signe qu'il attendait. En quittant la maison en feu, il avait réalisé que la présence de Madi signifiait qu'elle avait retrouvé la piste du manuscrit. Sans les informations de Barthélemy, qu'il était venu chercher, sa dernière piste, c'était elle. Son instinct, une fois de plus, ne l'avait pas trahi et il démarra pour les suivre. Ils firent demi-tour vers le centre ville.

– Vous avez une lettre à poster ? demanda Pierre à Madi, pour faire de l'humour.

Lorsqu'il vit le regard foudroyant de la jeune femme, il regretta ses paroles, ravala son sourire et se concentra sur sa conduite.

Ils n'eurent que deux cents mètres à faire jusqu'à la poste.

– Nous y sommes, dit Pierre.

Elle sauta de la voiture sans un mot et entra dans la poste. L'heure de la fermeture approchait et les gens s'impatientaient aux guichets. Elle passa devant les boîtes postales des particuliers et observa les numéros, avant de remonter toute une file d'attente, sous les regards scandalisés et les grognements de contestation.

– Je suis désolée, dit-elle, je souhaiterais juste un petit renseignement.

L'agente de comptoir lui jeta un regard sévère et plein de reproche, mais daigna lui répondre.

– Vite, s'il vous plaît, je dois fermer.

– Je suis la nièce de Bernard Roule et je viens chercher son courrier, il me semble que c'est la 60, mais j'ai un doute.

Madi avait rapidement observé les numéros des boîtes postales et constaté qu'il y en avait cent vingt.

– Roule, la 42, répondit la postière, qui souhaitait se débarrasser de la jeune femme au plus vite.

– Merci, répondit Madi, qui heureusement connaissait le vrai nom de Barthélemy.

Elle se dirigea vers les boîtes aux lettres et trouva celle qu'elle cherchait. Elle constata avec dépit qu'elle était ouverte et, comme elle s'y attentait, elle était vide. Elle repoussa la porte avec une grimace de déception. Alors, qu'elle cherchait désespérément une autre piste à suivre, son regard accrocha l'étiquette de la boîte postale. Elle avait été, de toute évidence, récemment refaite, avait un beau 42 inscrit dessus. Détail surprenant : le chiffre était souligné par une flèche. Elle examina les autres numéros : aucun d'entre eux n'était souligné par le même signe. Elle regarda autour d'elle et, comme personne ne l'observait, d'un geste rapide et précis, elle fit sauter le cache en plastique et saisit la petite étiquette. Elle s'éloigna ensuite vers les cabines téléphoniques et, une fois à l'intérieur, elle ouvrit la paume de sa main, pleine d'espoir. Elle regarda le petit bout de papier sur lequel était inscrit 42 et, retenant son souffle, elle le retourna délicatement. Il y avait quatre mots inscrits distinctement : « Sainte-Catherine de Sisco ». Elle eut beau réfléchir, cela ne lui disait rien du tout.

Lucas était garé de l'autre côté de la rue et avait la sortie de la poste dans son champ de vision. Il se demandait ce que Madi pouvait bien y faire. Il avait été tenté, un instant, de s'approcher pour l'observer, mais il ne voulait prendre aucun risque. Il avait remarqué la détermination de la jeune femme et il avait instantanément compris qu'elle avait flairé quelque chose. Il regarda le petit quatre-quatre stationné sur le parking. Il voyait les boucles blondes du chauffeur briller au soleil. Il réprima une grimace de dégoût et sentit la colère l'envahir. Il voulait qu'il parte et s'éloigne au plus vite de Madi.

Pierre regardait distraitement dans le rétroviseur et cherchait sur l'autoradio une station locale, tout en se demandant pourquoi il attendait une inconnue. Il décida de repartir, mais au moment où il amorçait sa manœuvre, la jeune femme rousse réapparut devant la porte de bâtiment. Comme il passait devant elle, il lui demanda par courtoisie :

– Je peux vous déposer quelque part ?

– Indiquez-moi juste une station de taxi, répondit-elle.

– Vous savez, vous êtes à Bandol, pas à Paris, répondit Pierre. Pour avoir un taxi, il faut leur téléphoner.

Il attendit sa réponse et détailla la jeune femme pour la première fois. Une chevelure rousse attachée en queue de cheval, avec des mèches bouclées qui semblaient vouloir s'échapper. Un visage qui aurait du être beau, mais dont les traits empreints de dureté ne reflétaient que force et détermination. Le corps était mince et musclé et donnait l'impression d'être tendu comme la corde d'un arc prêt à se rompre. Toute trace de féminité avait déserté un corps pourtant sensuel et un visage presque parfait. Il constata qu'elle avait gardé quelques séquelles de leur choc. Son pantalon vert était couvert de poussière et déchiré au genou droit.

– Que regardez-vous ? lui demanda-t-elle brusquement, le sortant de sa contemplation.

– Si je peux me permettre, vous auriez bien besoin de vous rafraîchir. Vous êtes couverte de poussière et votre pantalon est déchiré, lui répondit-il timidement.

Madi se regarda dans le reflet des fenêtres aux vitres teintées et constata que sa présentation n'était pas enviable. Ce n'était pas le meilleur moyen de passer inaperçue. Pierre, voyant la réaction de la jeune femme, prit les devants.

– Mon cousin habite à trois minutes d'ici et vous pourriez vous changer chez lui, pendant que je vous appellerai un taxi.

Madi réfléchit quelques secondes et en conclut que c'était la meilleure solution.

– Entendu, répondit-elle, sans esquisser le moindre sourire.

Ce n'est pas l'amabilité qui l'anime, ni la politesse qui l'étouffe, pensa Pierre. Enfin, je l'ai quand même renversée et je lui dois bien ça. Il réalisa que cela faisait deux fois en deux jours qu'il percutait une jeune femme. Il faut vraiment que j'ouvre les yeux et que je cesse de rêver, sinon je vais finir par tuer quelqu'un ! Elle monta à côté de lui et il démarra. Il sortit du parking de la poste et s'engagea dans la circulation. Il croisa le regard d'un homme au volant de sa voiture garée de l'autre côté de la rue. Il lui sembla que le regard noir, de ce dernier, lui était destiné. «Je deviens paranoïaque !» pensa-t-il.

Lucas détourna vite son regard car l'homme au volant du quatre-quatre l'avait repéré. Il se demanda : «Pourquoi diable était-elle repartie avec lui ?» Après avoir laissé passé trois véhicules, il se mêla aux flux des voitures, à la poursuite de Madi.

Pierre avait reprit le chemin de la gare, puisque son cousin habitait un peu plus haut. Il repassa devant l'incendie qui avait, quelques minutes auparavant, détourné son attention. Maintenant, les pompiers sur place s'activaient pour éteindre le feu et la fumée noire avait laissé la place à de grands panaches blancs de vapeur d'eau. Passant devant le petit chemin d'où avait surgi la jeune femme, il constata que ce dernier était encombré par les véhicules des sapeurs-pompiers. Coïncidence ou lien direct, Pierre se souvenait très bien qu'elle était sortie de là au moment où l'incendie avait démarré. Il la regarda du coin de l'œil, mais elle avait le regard fixé devant elle et il s'étonna qu'elle ne s'intéresse nullement à l'agitation environnante. « J'espère que ce n'est pas une pyromane ! » pensa-t-il. Il garda ses commentaires pour lui et se concentra sur sa conduite.

– Je ne vous ai même pas remercié, dit soudain Madi, rompant le silence. J'étais sans doute sous le choc. Alors, merci pour votre aide.

– Je vous en prie, répondit-il simplement, nous serons chez mon cousin dans deux minutes.

En effet, cinq cents mètres plus loin, il mit son clignotant pour couper la route et se garer devant l'entrée de la maison. La circulation était arrêtée et Pierre descendit de la voiture. Il regarda machinalement les véhicules qui attendaient en file indienne et, à son grand étonnement il vit, de nouveau, l'homme de la poste. Celui qui attendait dans sa voiture et qui l'avait regardé avait insistance. Pierre fronça les sourcils, observant l'individu qui lui lançait un mauvais regard. Se sentant observé, ce dernier détourna rapidement les yeux et regarda de l'autre côté de la route.

Quel imbécile ! marmonna Lucas entre ses dents. Cette fois-ci, je suis repéré pour de bon. Cette femme me fait perdre mon sang froid !

Madi descendit de la voiture et suivit Pierre dans le jardin de la maison. Ils franchirent le portail et Pierre émit un étrange sifflement.

– C'est le sifflet de la famille, dit-il, c'est pour annoncer mon arrivée.

Au même instant, le même sifflet retentit et un homme surgit sur la terrasse les bras levés, lançant un joyeux :

– Pierre ! Content de te revoir !

L'homme remonta l'allée dans leur direction.

Ils s'embrassèrent et Pierre lui donna le paquet de nougats qu'il avait acheté à Valence. Son cousin le remercia chaleureusement, puis, apercevant Madi, il demanda :

– Tu me présentes ton amie ?

Pierre se retourna, réalisant qu'il ne connaissait même pas le prénom de la jeune femme et surtout qu'il ne savait pas comment expliquer sa présence à son cousin. Constatant son désarroi, Madi prit la parole :

– Bonjour, je suis Madi, nous avons eu un petit accrochage et Pierre m'a gentiment proposé de me rafraîchir chez vous, avant de repartir.

– Bonjour, je suis Marc, le cousin de Pierre et vous êtes la bienvenue chez moi, lui répondit-il, en lui tendant la main. Suivez-moi, je vais vous montrez la salle de bain. Mais juste avant j'ai une petite surprise pour Pierre, si vous permettez ?

– Je vous en prie, répondit-elle.

Pierre, qui était demeuré sans voix, se retourna et quelle ne fût pas sa surprise lorsqu'il vit apparaître sur la terrasse son ami et non moins associé

59

Louis. Un large sourire illumina le visage de Pierre, qui descendit à sa rencontre et lui demanda :

– Qu'est ce que tu fais là ?

Louis lui rendit son sourire, mais le voile de tristesse qui ternissait son visage alerta Pierre.

– Je vais t'expliquer, dit simplement Louis, qui remarqua alors la magnifique rousse dans le sillage de Marc.

Il retrouva tout son entrain et demanda à son ami :

– Alors, tu me fais des cachotteries, maintenant ?

– Ce n'est pas ce que tu crois, Louis.

– C'est ça, c'est ça, dit Louis qui se passa la main dans les cheveux, sortit son plus beau sourire et s'apprêta aux présentations.

– Ce sera pour plus tard lui lança Marc, qui emmenait déjà Madi à la salle de bain.

– Bonjour, lui dit-elle, avant de s'engouffrer dans la maison.

Voyant la mine navrée de Pierre, Louis lui demanda :

– Quoi ?

Pierre lui expliqua rapidement ce qui s'était passé et Louis se mit à rire.

– C'est bon de se marrer, dit-il. Surtout que les raisons de ma présence ici sont beaucoup moins drôles.

Madi remercia Marc et ferma la porte de la salle de bain, derrière elle. Sa petite fenêtre était ouverte et la jeune femme pouvait entendre la conversation des deux hommes sur la terrasse. Sans y prêter attention, elle retira son ensemble et, avant de se rafraîchir, elle sortit de son petit sac à dos le change apporté avec elle.

– Que se passe-t-il ? demanda Pierre.

– Mon oncle de Paris est mort et je dois être à son enterrement demain.

– Paolo, l'éditeur ? demanda Pierre.

– Oui, il a péri dans l'incendie de sa maison, mercredi dernier. Comme tu le sais, nous étions très proches et c'était un second père pour moi.

– Que s'est-il passé ?

– Il a été retrouvé carbonisé, par les pompiers, dans le salon de sa maison. Mais je n'ai eu aucune explication précise sur les causes du sinistre.

– Les pompiers n'ont rien trouvé ? s'étonna Pierre.

– Le plus étrange, c'est que j'ai été interrogé par des policiers en civil qui voulaient connaître nos relations et savoir si je l'avais vu récemment.

– Et que leur as-tu répondu ?

– Je leur ai dit que j'étais son plus proche parent et que je l'avais vu la veille de sa mort.

– Ils cherchaient quoi, exactement ?

– Ils m'ont demandé le but de ma visite. Je leur ai expliqué que je voyais régulièrement mon oncle et que nous avions juste discuté de la famille en Corse. Ensuite, ils n'ont rien voulu me dire et m'ont juste informé qu'une enquête était en cours et que je serais informé de son évolution. L'incendie accidentel est à ce jour la cause officielle de sa mort, expliqua Louis, en insistant bien sur la dernière phrase.

– Qu'est ce que tu entends par là ?

– À vrai dire, je me suis posé des questions et, du coup, je me suis renseigné auprès d'un de mes cousins corses qui travaille chez les pompiers de Paris. Il a mené une enquête chez ses collègues qui sont intervenus sur l'incendie et il a eu énormément de difficultés à avoir des réponses. Il semble qu'aucune information n'ait filtré sur les raisons de cet incendie. Finalement, en persévérant, il a récupéré une information de premier choix.

– Pourquoi tous ces secrets autour d'un incendie ?

– Parce que mon oncle, d'après cette information, était déjà mort avant que l'incendie n'éclate.

– Comment ça ?

– C'est ça le plus incroyable. Il était cloué au mur de son salon.

– Pardon ?! s'exclama Pierre.

– Plus exactement, crucifié dans son salon, lui confia Louis, et crois-moi, ce sont des choses qui marquent un pompier.

– Comment est ce possible ? C'est monstrueux !

– Mon oncle se confiait à moi car j'étais la seule personne de confiance qu'il connaissait. Il m'avait vaguement parlé d'un travail de recherche qu'il faisait pour son compte. En effet, en plus de son travail d'éditeur et surtout de dénicheur de nouveaux talents, il effectuait depuis plusieurs années un gros travail de prospection chez les bouquinistes des quais de Seine, les vieilles librairies et même les brocanteurs. Il était à la recherche d'un ouvrage très rare.

– Quel est le rapport avec sa mort ?

– La seule chose que je sais, c'est qu'il s'agit d'un bouquin sur la religion que beaucoup de personnes cherchent et qui a une valeur inestimable.

– Tu crois qu'il aurait pu être en possession de ce livre ?

– Je ne sais pas, répondit Louis, après un moment d'hésitation.

Madi, qui arrangeait sa coiffure, avait intercepté la conversation quand elle avait entendu prononcer le nom de l'éditeur Paolo. Elle savait que Paolo Corta était le vrai nom de l'apôtre Pierre. Elle n'en croyait pas ses oreilles. Par quelle coïncidence se pouvait-il que l'apôtre Pierre eût un lien direct ou indirect avec le jeune homme qui venait de la renverser ? Elle se rapprocha de la fenêtre et écouta attentivement la conversation des deux hommes sur la terrasse.

– Tu penses, reprit Pierre, qu'il pourrait y avoir un rapport entre ses recherches « secrètes » et sa mort ?

– Il faisait des recherches pour lui-même, mais j'avais bien compris qu'il me cachait quelque chose et qu'il devait y avoir, derrière tout cela, un commanditaire. Je lui ai demandé de m'expliquer, mais il est resté très évasif, il semblait même avoir très peur. Je pense finalement qu'il cherchait juste à me protéger en m'en disant le moins possible.

– As-tu appris quelque chose qui pourrait te donner des indications ?

– Il m'a juste parlé d'une mission extrêmement importante et dangereuse.

– Pourquoi n'as-tu rien dit à la police ?

– J'attends d'avoir les conclusions de leur enquête et je verrai ensuite. De plus, je vais activer mon réseau corse de Paris, afin d'avoir le maximum d'informations sur cet assassinat, lança Louis, d'une voix grave où perçaient des accents de vendetta.

– Ne fais pas de bêtises et laisse la police faire son travail, dit Pierre, qui connaissait les excès de colère de son ami.

– Il semble bien que cela ne soit pas le cas. Ils m'ont caché les causes réelles de la mort de mon oncle. Et puis, tu sais, je ne vais tuer personne, je veux juste que justice soit faite. C'est le moins que je puisse faire pour Paolo.

– Très bien, dit Pierre, qui avait compris qu'il y avait plus de douleur que de colère dans les propos de Louis.

– C'est pour cela que je suis ici. Je prends l'avion ce soir pour Bastia. Demain après-midi, nous l'enterrerons.

– Vous l'enterrez à Pietra ?

– Non, en fait Paolo était originaire de Sisco.

Sisco était le village situé, sur le littoral du cap Corse, juste avant Pietra.

– J'aimerais me joindre à vous, Louis.

– Merci, Pierre mais avec un départ ce soir de Toulon à vingt heures et une arrivée demain à Bastia à six heures, tu vas être crevé et tu ferais mieux…

– Je serai là, le coupa Pierre.

– Très bien, Pierre, la cérémonie aura lieu à dix-sept heures dans la petite chapelle du couvent de Sainte-Catherine.

Madi sentit son cœur bondir dans sa poitrine en entendant le nom de l'endroit qu'elle avait lu quelques minutes auparavant au dos de la boîte aux lettres de l'apôtre Barthélemy. Elle respira profondément, se remémorant les derniers événements, dans l'ordre chronologique, pour essayer de comprendre.

Tout d'abord, mardi soir, Louis avait rendu visite à son oncle, l'apôtre Pierre. Le lendemain, ce dernier était assassiné. Mais, avant de mourir, il avait envoyé le manuscrit à l'apôtre Barthélemy, l'expédiant, certainement à sa demande, au couvent de Sainte-Catherine. En conclusion, l'apôtre Pierre, se sentant menacé, avait envoyé via Barthélemy le manuscrit à l'endroit même où il serait enterré, s'il venait à disparaître. Il avait bien brouillé les pistes, mais Madi avait suivi la bonne.

Il lui restait à éclaircir la relation entre Louis, Pierre et Paolo l'éditeur, car elle ne savait pas à qui le manuscrit était réellement destiné. À un membre de la société des « douze Apôtres » qui aurait été présent à son enterrement, ou alors, plus sûrement, à la personne en qui il avait le plus confiance, à savoir son neveu Louis… ?

Elle devait prévenir Walter de toute urgence pour qu'il soit présent le lendemain à l'enterrement de l'apôtre Pierre. Plus rien, dans la conversation de Pierre et Louis, n'avait de rapport avec ce qu'elle cherchait, alors elle décida qu'il était temps, pour elle, de disparaître.

Elle rangea rapidement ses affaires dans son sac à dos. Elle savait qu'il lui fallait sans plus tarder faire ses preuves et cette perspective la grisait autant qu'elle lui glaçait le sang. Elle sortit son téléphone portable pour appeler Walter, mais se ravisa. C'était trop risqué, mais elle devait lui faire passer un message pour le lendemain sans éveiller les soupçons et risquer d'être sur écoute. Elle réfléchit rapidement et opta pour un SMS. Elle composa rapidement une petite phrase sur son portable et envoya à Walter le message suivant : « Rendez-vous à la dernière demeure de Paolo Corta. » Il comprendrait sans aucun doute. Elle sortit de la salle de bain et se dirigea vers la terrasse. Les deux hommes avaient été rejoints par Marc qui portait un tablier de cuisinier et, à son entrée, ils cessèrent leur conversation.

– Je vous remercie de votre accueil, mais il faut que je parte, annonça Madi.

Ils se levèrent tous les trois et Marc prit la parole.

– Restez déjeuner.

Pierre observa la jeune femme, maintenant vêtue d'un bermuda kaki avec des poches sur les côtés, d'un polo de la même couleur et de pataugas. Il avait compris à l'intonation de sa voix que son départ n'était pas négociable.

– Je vous appelle un taxi, dit-il.

– Non, Pierre, je vous remercie, mais vous en avez assez fait et puis, nous sommes tout près de la gare. Je vais y aller à pied et prendre le train.

Pierre croisa son regard et ses grands yeux verts lui sourirent imperceptiblement. Il lui rendit son sourire et ressentit une sensation étrange, comme s'il savait, au fond de lui-même, qu'ils seraient amenés à se revoir bientôt.

– Très bien, lui dit Pierre, au plaisir de se revoir et si possible, pas sur le capot de ma voiture.

– Qui sait ! répondit-elle simplement.

Alors, que Marc se levait pour la raccompagner, elle l'arrêta d'un geste de la main.

– Ne bougez pas, lui lança-t-elle, d'un ton impératif, je connais le chemin. Je vous ai assez dérangé comme ça et encore merci de votre accueil.

Avant la réponse de Marc, elle avait déjà tourné le coin de la maison.

Madi remonta l'allée et se dirigea vers le portail, mais, au lieu de le franchir, elle bifurqua dans le jardin et s'approcha de la dense clôture de lauriers dont elle écarta les branches afin d'observer, de l'autre côté de la route, si la berline était toujours en stationnement.

Elle aussi avait remarqué le petit jeu du véhicule qui les avait suivis depuis la poste. Elle n'avait pas pu identifier le conducteur, malgré ses maladresses qui l'avaient fait repérer. Il avait les caractéristiques d'un professionnel et elle était de nouveau le gibier et lui le chasseur. Elle devait casser cette filature, mais si elle disparaissait maintenant, c'est vers Pierre qu'il se rabattrait, car il penserait qu'elle aurait eu le temps de lui donner des infos. En l'occurrence, c'est Pierre qui lui en avait donné et elle devait impérativement préserver sa source. Elle avait un plan qui commençait à germer dans sa tête et elle décida de suivre son intuition. Ce fut donc sans surprise qu'elle constata que la berline était toujours là. Elle franchit le portail et partit sans se presser en direction de la gare, pour laisser le temps à son suiveur de la prendre en filature. Elle marchait d'un pas souple et lorsqu'elle dépassa une fourgonnette garée sur le bord de la route, elle put l'apercevoir, dans le reflet des vitres teintées de la porte arrière. Il portait maintenant des lunettes de soleil et une casquette et il la suivait à une distance raisonnable, un portable à la main.

Lucas composa rapidement le numéro de téléphone de son contact sur Marseille, celui qui lui avait déposé la voiture à l'aéroport, le matin même. Lorsque l'homme décrocha, il lui dit rapidement :

– C'est Lucas, viens immédiatement à Bandol, 172 avenue de la gare. La voiture est garée devant, les clés sont sous le tapis passager avant. Tu attends le jeune gars blond qui conduit un petit tout terrain cabriolet beige, garé devant le portail et tu ne le lâches pas, compris !

Sans attendre la réponse, il coupa la communication et se concentra sur la jeune femme qui marchait devant lui. Il voyait ses hanches onduler au rythme de ses pas, il en avait la bouche sèche et résistait à l'envie de la rattraper. Elle semblait bien décidée et elle était, à n'en pas douter, sur une nouvelle piste.

Madi s'engagea dans le passage souterrain menant à la gare, rejoignit le guichet, prit son billet pour Toulon et se rendit directement sur le quai 1, où un panneau lumineux indiquait Toulon. Comme prévu, le chasseur observa les indications et revint quelques instants plus tard sur quai, à l'instant où se présentait un TER bleu. Madi monta dans le wagon et il fit de même. Elle sourit intérieurement en pensant à la jolie promenade qu'elle allait lui proposer cet après-midi. Le train démarra lentement en direction de Toulon, laissant derrière lui la baie de Bandol et son florilège de bateaux voguant sur une mer étincelante de soleil.

Pierre, Louis et Marc buvaient tranquillement un café, au bord de la piscine. L'apéro avait duré longtemps et les trois amis avaient longuement discuté. Pierre voyait peu Marc, mais chaque année il profitait de son départ en Corse pour passer voir son cousin, qui était aussi un ami de longue date. Ils avaient bien sûr parlé de la divine apparition de Madi, puis avaient abordé l'étrange meurtre de Paolo. Comme toujours, après un bon barbecue arrosé de quelques bouteilles de Bandol, ils avaient parlé du bon vieux temps et avaient fait une petite sieste au bord de la piscine. Ils sirotaient maintenant un café pour se remettre les idées en place. Dix-huit heures venaient de sonner, Pierre se leva, s'étira et annonça avec dépit :

– Bon, ce n'est pas que je ne sois pas bien avec vous, mais il faut que j'y aille. Je n'aime pas être à la bourre.

– Ça c'est sur. En partant maintenant, pour appareiller à vingt heures, tu ne risques pas de stresser, lui dit Louis, pour se moquer.

– Tu sais bien que j'aime faire mon petit tour sur le port et du côté de l'arsenal. Cela me rappelle mes dix-huit mois passés dans la marine.

– Ah ! on ne badine pas avec la tradition.

Tous les trois rirent de bon cœur. Pierre embrassa Marc et le remercia chaleureusement. Ce dernier esquiva d'un geste ses remerciements et lui rendit son accolade. Ensuite, Pierre s'approcha de Louis, dont le regard s'était assombri. Pierre aurait aimé rester avec lui, car il était visiblement très affecté par la mort de son oncle.

– Ça va aller ? demanda-t-il à Louis.

– Ne t'inquiète pas, on se voit demain. Marc va m'emmener à Marignane et ce soir, je serai auprès de ma famille.

Louis était marié à Rose-Marie depuis dix ans, ils avaient trois enfants. Sa famille était restée à Pietra et il faisait, en avion, la navette toutes les semaines pour les retrouver. Pour rien au monde, il n'aurait voulu les voir à Paris et il prenait régulièrement, en fonction des besoins du restaurant, des jours de repos afin de profiter de son village dont il ne pouvait se passer, surtout pendant la période de la chasse. Comme la majorité des Cap Corsins il vouait un véritable culte à la traque aux sangliers, ainsi qu'aux armes nécessaires à ce type de chasse. Il pouvait passer des journées entières dans un maquis qui n'avait plus de secret pour lui.

Pierre le prit dans ses bras, dans un geste qui en disait long sur l'amitié fraternelle qui liait les deux hommes. Ce grand gaillard de Louis était, derrière ses aspects machos et bourrus, d'une grande sensibilité. Il embrassa Pierre et à la pression de ses grosses mains sur ses épaules, Pierre comprit le message de reconnaissance de son ami.

– On ne va pas tous se mettre à pleurer comme des gonzesses, lança Marc pour détendre l'atmosphère.

Ils sourirent tous les trois, heureux de cette amitié qui les unissait. Marc et Louis accompagnèrent Pierre à sa voiture et ils restèrent sur le bord de la route à le saluer, jusqu'à ce qu'il disparaisse.

Madi regarda sa montre qui indiquait dix-neuf heures. Comme prévu, elle avait baladé son poursuivant tout l'après-midi. Elle avait essayé, mais en vain, de mieux l'observer. C'était, à n'en plus douter, un professionnel, discret, efficace et d'une grande patience. Elle ne parviendrait pas à le lâcher si facilement et elle devait d'abord endormir sa méfiance. Elle avait flâné dans des boutiques, comme une simple touriste, avait même pris le temps d'acheter quelques vêtements confortables. Elle avait mangé un morceau et finalement repéré ce qu'elle cherchait. Un grand magasin de prêt-à-porter mixte, nanti de plusieurs entrées sur deux rues différentes et qui ferait l'affaire dans la mise en œuvre de son plan. Elle y entra donc, se faufila dans le rayon des femmes. La multiplicité des miroirs lui permettait de suivre l'évolution de l'homme et la foule qui se bousculait, de mieux se fondre dans la masse. Il avait pris conscience du risque de la perdre et il s'était sensiblement rapproché. Elle devait agir avec rapidité et précision, car elle n'aurait pas deux chances. Elle choisit quelques vêtements et se dirigea vers les cabines d'essayage, au nombre de huit. Elle se plaça juste au milieu afin d'attendre son tour et jeta un coup d'œil alentour, cherchant le moment propice pour passer à l'action. Elle apercevait distinctement dans un des miroirs l'homme à la casquette idéalement placé, scrutant ses moindres gestes. Une vendeuse se présenta avec un grand portant sur roulettes, rempli de cintres vides, afin de débarrasser les vêtements laissés à l'essayage. Elle commença à charger les cintres et, rapidement, le portant se remplit. Au fur et à mesure, l'angle de vue de l'homme qui la suivait s'amenuisait et, à l'instant précis où il disparut de son champ de vision, Madi se précipita dans une cabine qui venait de se libérer ; la chance était avec elle.

Lucas surveillait, d'un œil distrait, Madi qui avait décidé d'acheter de nouveaux vêtements. Il l'avait suivi tout l'après-midi, sans comprendre où elle voulait en venir et avait finalement conclu qu'elle devait avoir un rendez-vous en fin de journée. Soudain, ses sens quelque peu endormis s'affolèrent, car Madi venait de disparaître de sa vue pour la première fois, depuis qu'il l'avait pris en filature. Néanmoins, il se rassura en réalisant qu'elle était entrée dans une des cabines d'essayage. Elle était obligatoirement dans l'une d'entre elle et allait ressortir d'une minute à l'autre. Il se força à respirer profondément pour garder son sang froid, alors que tout son corps lui criait de se jeter dans les cabines pour vérifier dans laquelle elle se trouvait. Il refreina ses ardeurs, car il était dans un endroit public et les vigiles présents risquaient de ne pas le laisser faire. Il ne doutait pas de pouvoir les neutraliser, mais les conséquences seraient catastrophiques. Il concentra toute son attention sur les rideaux, surveillant la sortie des occupants. C'était l'affaire de quelques instants. Une première femme sortit, mais ce n'était pas Madi. Puis, un homme apparut à son tour, suivi de prés par un autre. Encore une autre femme. Plus que quatre cabines, pensa-t-il. Le temps semblait s'être arrêté. Lucas trépignait sur place et consulta nerveusement sa montre. Déjà cinq minutes qu'elle avait disparu, accroissant son inquiétude. Enfin, une jeune femme sortit, mais une fois encore ce n'était pas Madi. Quelques secondes plus tard, encore une femme, puis un autre homme. Il ne restait qu'une seule cabine occupée et Madi était automatiquement dans celle-là. Lucas eut un très mauvais pressentiment et, sans plus perdre de temps, il se dirigea vers la dernière cabine et écarta sans ménagement le rideau. Une grande jeune femme rousse lui tournait le dos. Elle terminait de reboutonner son chemisier et elle se retourna brutalement, faisant face à Lucas.

– Désolé, dit ce dernier.

– Tout de même, vous pourriez faire attention ! lui répondit-elle brutalement.

Après avoir, un instant, pensé qu'il s'agissait de Madi, il réalisa que ce n'était pas elle. Il marmonna, une excuse et referma le rideau.

– Merde ! s'exclama-t-il, où est-elle passée ?

Comment était-ce possible, se demanda Lucas ? elle était devant ses yeux, sans échappatoire possible et elle s'était volatilisée de façon inexplicable. Il regarda autour de lui, dans l'espoir futile de l'apercevoir. Il l'avait sous estimée et elle l'avait endormi tout l'après-midi pour mieux le berner. Elle venait de lui échapper et sa dernière piste sérieuse avec elle. Il était furieux de sa naïveté et, paradoxalement, excité d'avoir enfin trouvé un adversaire à sa taille. Il était totalement envoûté par sa sensualité sauvage. Maintenant, elle disparaissait mystérieusement et il se jura qu'elle serait bientôt à lui, de gré ou de force. Il sortit dans la rue et composa rapidement sur son portable, le numéro de son contact, qui devait suivre le Parisien en quatre-quatre. Il lui restait une petite chance de retrouver la trace de Madi. Il sentait bien qu'elle se rapprochait du but et il ne pouvait se permettre de la perdre maintenant. Si le gars qui l'avait renversée savait quelque chose, il le saurait. Il l'avait accompagné à la poste et il avait passé assez de temps avec elle pour avoir des informations. Il lui soutirerait la moindre petite information et par la même occasion le moindre souffle de vie, histoire de lui faire payer son insolence d'avoir osé poser ses yeux sur Madi et de l'avoir approchée de trop près… !

Entendant la sonnerie de son portable retentir, le contact de Lucas s'en empara :

– Oui ?

– Où est-il ? demanda simplement Lucas.

– À Toulon, dans le bateau.

– Quel bateau ?

– Le bateau en partance pour Bastia.

Lucas consulta sa montre, qui indiquait dix-neuf heures quinze et demanda:

– À quelle heure appareille-t-il ?

– À vingt heures.

Lucas réfléchit rapidement, car le temps était compté. Il pouvait encore attraper le bateau, mais sans aucune garantie de résultats quant aux renseignements que pouvait posséder le jeune homme, qui n'avait côtoyé Madi que trente minutes, tout au plus. Le plus gros problème demeurait dans le fait qu'il serait bloqué en mer pendant toute une nuit et qu'il risquait de perdre définitivement la trace de Madi.

– Bien, répondit finalement Lucas qui raccrocha.

Chapitre 5

Comme prévu, Pierre avait fait son petit tour sur le port de Toulon. Il était passé devant la porte de l'arsenal et il avait furtivement aperçu au loin, derrière les grandes grilles de fer, les silhouettes de quelques navires de guerre. Il avait eu un petit pincement au cœur aux souvenirs de ses virées avec ses copains marins. Les jours de détente à la plage du Morillon. Les retours douloureux à l'arsenal, lorsqu'il revenait de sa permission qu'il avait passée avec sa famille et qu'il revenait à bord de son navire pour plusieurs semaines de mission. Il avait, néanmoins, aimé ces mois de mer, dans des conditions souvent difficiles, travaillant le jour, la nuit, durant des semaines entières, parcourant la Méditerranée de Barcelone à Alexandrie, de Naples à Majorque, en passant par la Corse.

Après sa petite balade, il s'était présenté à l'embarquement une heure avant le départ du bateau. Il aimait l'ambiance qui régnait sur le quai. Les voitures parquées en rang d'oignon, atten-dant l'ordre de monter sur le navire, dont la proue grande ouverte, comme un gigantesque monstre, était prête à avaler ses proies. Il pouvait sentir l'effervescence des passagers et l'énervement des enfants impatients d'explorer les entrailles du monstre. L'heure était venue d'embarquer. Les voitures avançaient lentement, puis s'engageaient sur le pont métallique menant au ventre du navire, dans le bruit si particulier des roues passant sur les rails de fer. Les véhicules, guidés par les marins, allaient gentiment se garer, pare-choc contre pare-choc, sur les différents niveaux de garages. L'odeur âcre des gaz d'échappement vous poussait rapidement les passagers vers les sas, afin de rejoindre les différents aménagements prévus pour leur voyage. Les plus chanceux allaient passer la nuit dans de confortables cabines, d'autres dans des cabines plus exiguës ou sur des fauteuils. Ceux qui n'avaient pas de places réservées s'accaparaient les banquettes, les autres les chaises. Enfin, il restait les irréductibles qui dormaient sur la moquette, voire sur le pont. Pierre faisait partie de cette dernière catégorie et il installait son sac de couchage au gré de son humeur, sur une banquette ou à même le sol. Après avoir docilement garé son petit tout terrain derrière un camping car d'une taille impressionnante. Il prit tranquillement la direction du pont principal en s'orientant aisément dans les coursives, vers les issues donnant sur les ponts extérieurs. À l'inverse de la majorité des passagers, il choisit le côté opposé aux quais. Il pouvait ainsi admirer en toute tranquillité l'horizon où le bleu profond de la mer se mêlait à l'azur clair du ciel. Il en profitait aussi pour se choisir un coin tranquille, pour la traversée, au bout d'une coursive extérieure, dans un cul de sac, afin d'éviter le passage. Finalement, il opta pour un caisson rempli de gilets de sauvetage, qui lui permettait de profiter pleinement de la vue et d'éviter de se mettre à même le sol. Il s'assit sur le caisson, calant son dos contre la tôle du bateau couverte d'une pellicule de sel déposée par les embruns, et tira près de lui le sac à dos contenant son casse-croûte. Il profitait pleinement de cet instant, humant l'air marin à pleines narines et exposant son visage aux rayons du soleil, qui malgré la fin d'après-midi, l'inondaient de chaleur. Il ferma les yeux pour jouir pleinement de ce moment de tranquillité et de bonheur simple, contraste saisissant avec une journée bien remplie. Il lui sembla, soudain, qu'un voile venait assombrir le soleil et ouvra instinctivement les yeux. Tout d'abord, il ne distingua qu'une silhouette nimbée de lumière, puis une voix lui dit :

– Bonsoir, Pierre.

Quel fut son étonnement, lorsqu'il reconnut, debout devant lui, la jeune femme.

Pendant ce temps, Marie-Jeanne de Galpi était perplexe, suite à la conversation téléphonique qu'elle avait eu avec son informateur marseillais qu'elle avait recruté et payé pour suivre Lucas dans son voyage à Bandol. Depuis son échec cuisant avec l'apôtre Pierre à Paris, elle n'avait plus confiance en lui. Il aurait dû récolter le fruit de ses recherches. Mais au lieu de cela il avait assouvi sa soif de sang et manqué une opportunité unique de mettre la main sur le manuscrit. Certes, elle était irrésistiblement attirée par cet homme au magnétisme animal, mais cette envie était purement physique et était motivée par le désir de le dompter. Elle lui laissait croire en sa faiblesse et sa soumission pour mieux le manipuler.

Son informateur lui avait transmis des nouvelles de la mission de Lucas et, une fois de plus, ce dernier avait, semble-t-il échoué. La maison de l'apôtre Barthélemy avait fini carbonisée et lui avec. Puis, au dire de l'informateur, une jeune femme rousse avait surgi de nul part. Marie-Jeanne avec tout de suite reconnue dans cette inconnue, l'énigmatique Madi. Finalement, Lucas l'avait pris en filature et avait ensuite demandé à son informateur de suivre un jeune homme.

Marie-Jeanne avait demandé à son informateur de ne pas quitter Lucas d'une semelle et de la tenir informée du moindre de ses déplacements. Elle sentait bien que les choses s'accéléraient et que le dénouement était proche. Elle attendait ce moment depuis longtemps. Le jour où elle prendrait sa revanche sur Walter Bevans approchait et bientôt elle allait lui faire payer l'humiliation qu'elle avait subie quand il l'avait rejeté.

Arrivé le matin même à Londres, Walter Bevans s'était directement rendu dans sa fondation. Il avait créé un pôle de recherche sur les nouvelles énergies qu'il avait pompeusement baptisé Fondation WB. Il savait que le pétrole dont il vivait pleinement, ne serait pas éternel et prenant, le contre-pied de tous ses partenaires pétroliers il avait décidé d'investir, avec le maximum de publicité et de communication, dans cette voie. Il avait recruté, à grands frais, les meilleurs spécialistes du genre et embauché de jeunes chercheurs prometteurs dans ce secteur. Les résultats obtenus étaient impressionnants et ils avaient créé des carburants de nouvelles générations issus de l'agriculture, des moteurs performants, à l'énergie solaire ou électrique et bien d'autres procédés encore inconnus du grand public tel que le moteur nucléaire pour voiture, présenté comme une innovation mondiale. Walter faisait régulièrement la une des journaux et était couramment appelé «le messie de l'industrie pétrolière américaine». C'était l'homme du changement et de la prise de conscience du peuple américain de préserver la planète de catastrophes irréparables, telle que la destruction de la couche d'ozone. Il aimait beaucoup ce rôle que lui donnaient les médias et il aurait voulu leur dire à quel point ils avaient, pour une fois, raison. Cette fondation était beaucoup plus que cela, car derrière cette façade médiatique sans intérêt pour lui, se cachait le cœur de son œuvre.

Le plus grand événement, depuis deux mille ans, était annoncé. Le pire pour le christianisme pouvait arriver, mais aussi le meilleur.

Comment en était-il arrivé là ?

Alors, qu'il doutait de sa foi, à cause d'une femme, il s'était égaré sur le chemin où le guidait la voix du Seigneur. Il avait, durant trois années, succombé à l'appel de la chair et il était tombé dans le piège du péché originel en s'abandonnant aux plaisirs de la chair avec Marie-Jeanne de Galpi. Elle était jeune et belle, elle l'avait ensorcelé et il avait tout délaissé pour assouvir ses fantasmes. Il l'avait ensuite formée pour être la meilleure et parvenir au sommet du pouvoir, mais elle avait corrompu son âme.

Au plus profond du gouffre où il se trouvait alors, il avait cherché à se repentir. Il avait passé deux jours et deux nuits à prier, sans manger, ni boire, ni dormir, au pied du Christ sur la croix. Il avait attendu un signe, une vision, un rêve. Enfin, dans les ténèbres, une lueur avait jailli, un message, la solution au problème du monde était là, devant lui, dans la pénombre de la chapelle familiale, devant ses yeux.

Il avait expié ses fautes, confessé ses péchés et avait rompu les chaînes qui le liaient à Marie-Jeanne.

Il avait ensuite créé, en 1975, la Société des Douze dans le seul but de retrouver le manuscrit dont les prédictions parlaient. Mais après dix-huit années de recherche infructueuses, il avait constaté son impuissance à mener à bien sa mission. L'échéance des années 2000 se faisait plus pressante et il devait trouver une alternative pour préserver la foi. Alors, il avait imaginé un projet à la hauteur de sa mission. C'est pourquoi, en 1993, il avait inauguré la Fondation WB.

Dans les sous-sols de cet institut londonien, de renommée mondiale, Walter avait secrètement développé son projet extraordinaire, de dimension divine. Il devait changer le destin et redorer le blason de l'église, même si cette dernière courait à sa perte dans un conservatisme aigu et suicidaire.

Le salut viendrait bientôt, lorsque le monde découvrirait le résultat de son travail, la concrétisation d'un rêve fou, au travers son incroyable projet qu'il avait appelé : Projet Lazare.

Il pénétra dans son bureau privé, ferma la porte derrière lui, demanda à ne pas être dérangé et se dirigea vers la grande bibliothèque qui monopolisait l'intégralité du mur situé derrière son bureau. Il parcourut du regard son extraordinaire collection d'ouvrages religieux rangés méticuleusement sur les étagères et passa avec amour son doigt sur les couvertures d'un autre âge. Il choisit un emplacement où viendrait se loger l'exemplaire qu'il avait repéré à la bibliothèque François Mitterrand et déjà commandé. Il s'approcha de l'évangile selon Saint-Jean et tira délicatement dessus. La grande bibliothèque pivota brusquement et un ascenseur apparut, dans lequel il s'engouffra. Il appuya sur le bouton menant au deuxième sous-sol et, quelques secondes plus tard, la porte s'ouvrit sur un couloir menant à un laboratoire ultramoderne. Au milieu d'un équipement complexe, deux personnes en blouse blanche travaillaient. Un homme était concentré sur son ordinateur et, un peu plus loin, une femme était penchée sur son microscope. Ni l'un ni l'autre n'avait pu ignorer l'arrivée de Walter, cependant ils n'interrompirent pas leur travail, ni ne prêtèrent attention à lui.

– Bonjour, lança ce dernier.

Ils levèrent à peine leurs regards de leurs instruments et marmonnèrent un semblant de salut.

– Comment se passent vos recherches ? demanda Walter.

– Nous sommes toujours confrontés au même problème, répondit la femme.

Walter rejeta l'argument d'un geste de la main, ignorant la remarque et demanda prestement :

– Quels sont les résultats de Lazare ?

– Son développement physique est très bon et ses réactions encourageantes, répondit-elle, sans lever le nez de son microscope.

– Allons le voir, ordonna Walter.

La femme se leva, mais l'homme n'esquissa aucun mouvement pour se lever et la femme lui dit gentiment, mais fermement :

– Ne fais pas la tête, Jimmy et viens avec nous.

Il se leva. C'était un homme d'une cinquantaine d'année, grand et svelte, avec des cheveux poivre et sel. Son visage avait du être beau, mais il était aujourd'hui emprunt d'une grande dureté qui avait effacé la finesse de ses traits. Le regard qu'il lança à Walter était brûlant de haine. Ce dernier connaissait l'animosité qu'il lui portait, mais n'en n'avait cure. Le scientifique était la pour faire un travail et rien d'autre n'avait d'importance. La femme s'approcha de Jimmy et lui posa la main sur l'épaule :

– Je t'en prie…

Elle était presque aussi grande que lui. Des cheveux blonds cendrés, coupés court, un visage doux, avec deux grands yeux clairs qui avaient perdu leur éclat pour laisser place à un grand voile de tristesse.

Ils travaillaient tous les deux depuis plus de dix ans pour Walter. Ce dernier s'était offert leurs services car ils étaient les meilleurs dans leur domaine. Sous la contrainte, ils avaient signé un pacte avec lui, espérant que leur mission ne durerait que quelques mois. Mais les années avaient passé et ils étaient toujours sous son emprise, comme des insectes pris au piège, ils s'étaient peu à peu englués dans la toile qu'il leur avait tendu. Jimmy avait cultivé et développé une haine viscérale envers Walter et la femme s'était finalement résignée à son sort et ne vivait plus que pour son travail, dans l'espoir de se libérer un jour de son emprise.

Ils s'approchèrent d'une porte blindée et les deux chercheurs position-nèrent conjointement leurs index sur un lecteur d'empreinte.

Dans le bourdonnement du mécanisme de fermeture électronique, la porte s'ouvrit sur un décor surréaliste venu d'un autre âge et ils se retrouvèrent soudain propulsés deux mille ans en arrière.

Pierre plissa les yeux et positionna sa main en visière au-dessus de ses yeux pour cacher le soleil et s'assurer qu'il ne rêvait pas.

– Bonsoir, Cathy.

– Je ne vous dérange pas, j'espère ? Mais vous m'avez parlé, ce matin au téléphone, de votre départ pour la Corse et je me suis permis de suivre votre itinéraire. J'ai tellement entendu parler de cette île en des termes élogieux, que je me suis dit que c'était l'occasion rêvée de la découvrir.

– Vous ne me dérangez absolument pas. Je suis ravi et même étonné de vous revoir. Suite à notre petite conversation de ce matin et après vous avoir fait partager mon délire littéraire, j'ai vraiment pensé que je n'entendrais plus jamais parler de vous.

– Vous aviez tort, mais il est vrai que votre histoire est surprenante mais elle n'en est pas moins intéressante. Et puis comme vous me l'avez fait justement remarquer, c'est un roman, pas une thèse scientifique, conclut-elle, en remontant ses lunettes sur son nez.

– Je suis content de vous l'entendre dire, répondit Pierre avec un grand sourire de soulagement.

Il ne savait pas quoi penser et ne voulait pas se faire d'illusion sur la présence de la jeune femme. Elle avait juste décidé d'aller en Corse et saisi l'opportunité de prendre le bateau qu'il lui avait indiqué.

– Vous êtes installée à quel endroit ? demanda Pierre.

– À vrai dire, c'est la première fois que je monte sur un paquebot et je ne sais pas trop comment ça marche, répondit-elle d'un air faussement naïf.

– Vous voulez que je vous fasse faire une visite guidée ? demanda Pierre, en prenant les airs du parfait guide touristique.

– Avec plaisir.

– Si Madame veut bien déposer ses affaires au vestiaire, dit Pierre, en lui indiquant son caisson sur lequel son sac à dos était posé, avec son sac de couchage.

– Je n'ai que mon petit sac à dos, avec toute ma fortune et je préfère le garder avec moi. En revanche, je vais laisser mon pull à vos bons soins, répondit Cathy, avec un large sourire qui illumina son visage.

Pierre était ébloui par la métamorphose de Cathy, depuis leur dernière rencontre à Paris. La jeune femme discrète, maladroite et timorée qu'il avait laissée à la bibliothèque, les yeux brillants de larmes, avait laissé la place à une femme d'allure sportive et dynamique.

– Si Madame veut bien se donner la peine, je vais lui faire découvrir les joies de la traversée méditerranéenne, lui dit Pierre, continuant sur le même registre.

– Je vous suis, Capitaine, dit-elle joyeusement.

– Vous êtes à bord du Mega Express, d'une longueur de cent soixante seize mètres et des cacahuètes, nous naviguerons à une vitesse maximum de vingt neuf nœuds, soit environ soixante kilomètres-heure. D'une capacité de près de mille neuf cents passagers, nous pouvons embarquer cinq cent cinquante véhicules de toutes les marques et de toutes les couleurs. Un service de restauration est à votre service et de spacieuses cabines de dix mètres carrés, dont vous ne verrez que les portes, sont à votre disposition pour votre plus grand confort. Vous pouvez aussi profiter du bonheur simple de la traversée au grand air. Embruns et vent du large garantis cent pour cent purs. Devant c'est la proue, derrière c'est la poupe, à gauche bâbord et à droite tribord. Voilà pour les informations techniques et pratiques, annonça fièrement Pierre.

– C'est incroyable, c'est vous qui l'avez construit ? répondit Cathy, qui s'étouffait de rire.

– Vous savez, quand vous passez des heures seul, à scruter la mer, vous avez le temps de potasser les notices techniques. De plus, je suis fan de bateaux et j'aime comparer les différents navires sur lesquels je navigue.

– Alors, je vous ferai grâce des caractéristiques des autres, lui dit Cathy, qui ne pouvait plus s'arrêter de rire.

– Pour une fois que je pouvais étaler ma science maritime, je crois que je vais me contenter des rudiments, lui répondit Pierre, ravi de voir Cathy apprécier ses plaisanteries.

– De toutes les manières, avec vous, je ne risque pas de me perdre et, si vous le voulez bien, sans risquer de vous priver de votre voyage en solitaire, je serais très heureuse de partager cette traversée avec vous.

Pierre était aux anges et son cœur battait la chamade. Il n'osait pas croire qu'elle lui demandait cela, alors que lui cherchait désespérément un moyen de la retenir.

– Avec grand plaisir, dit-il, pensant au même moment aux conditions spartiates dans lesquelles il voyageait et au pique-nique sommaire qu'il avait à proposer. Vous savez, voyager avec moi, ce n'est pas le grand luxe et le casse-croûte est plutôt rustique.

– J'adore les choses simples et je ne veux en aucun cas vous retirer le pain de la bouche, lui répondit-elle moqueuse.

– Nous partagerons donc mes provisions, mon caisson et je consentirai même à vous louer un bout de mon duvet afin que vous ne soyez pas gelée au petit matin.

– Quel honneur vous me faites ! lui répondit-t-elle avec un large sourire.

Il la regarda un instant, ses mèches blondes virevoltantes dans la brise marine, ses dents blanches éclatantes et ses grands yeux, derrière ses lunettes, pétillants de bonheur.

Cathy était sur un nuage et la tête lui tournait. Elle n'avait jamais ressenti une telle sensation de bien être et il lui semblait découvrir une facette de sa personnalité qu'elle n'avait jamais imaginée. Elle était grisée par l'instant présent et se sentait légère comme une plume. Elle avait délaissé ses doutes, ses peurs et la partie sombre de son âme, au contact de ce jeune homme qu'elle connaissait à peine. Elle avait pourtant la sensation de l'avoir toujours côtoyé, tant sa présence lui était familière et rassurante. Elle était peut-être tout simplement heureuse. Et ça, c'était vraiment un sentiment nouveau pour elle.

Le bateau bougea et entama sa manœuvre pour s'éloigner du quai. Pierre et Cathy montèrent sur le pont supérieur appelé pompeusement le sky deck et s'installèrent contre le bastingage le regard au loin sur la mer, perdus dans leurs pensées qui se rejoignaient au-delà de l'horizon, pour mieux se confondre. Le bateau amorça une longue courbe pour trouver son cap et le bruit des moteurs et du vent couvrirent les voix des passagers, les obligeant à se taire dans un respect religieux de la terre qui s'éloignait.

Le regard de Pierre glissa le long de la coque du navire et accrocha une chevelure rousse qui flottait au vent, deux ponts plus bas. Il la scruta, persuadé de reconnaître Madi. Mais le vent rabattait les mèches sur le visage de la femme et il ne put distinguer son visage.

– Tout va bien, Pierre ? demanda Cathy.

– Oui, répondit-il en la regardant.

Il lui sourit, puis regarda de nouveau du côté de Madi. Elle avait disparu, laissant un parfum de mystère derrière elle.

Ils restèrent ainsi une heure, respectant leur silence mutuel, profitant de l'air marin et de l'intarissable spectacle de l'écume des vagues que faisait naître l'étrave, pour finir telle une traîne de mariée dans le sillon du navire.

Pierre consulta sa montre et s'aperçut qu'il était déjà vingt et une heures. Son estomac réclamait à manger et il remarqua, du coin de l'œil, que Cathy avait croisé les bras et rentré sa tête pour se protéger du vent qui se faisait plus pinçant. Il rompit donc à regret cet échange spirituel.

– Vous avez faim et peut-être un peu froid ?

– Beaucoup du premier et un peu du deuxième.

– Venez, j'ai un petit casse-croûte qui n'attend plus que nous.

Ils retournèrent vers leur caisson, Cathy enfila son pull et ils s'installèrent face à la mer, côte à côte. Pierre sortit de son sac à dos glacière ses achats du matin et les installa entre eux à l'abri du vent. Du jambon cru, de la coppa, un saucisson, du comté, du fromage de chèvre et des olives noires, une fougasse, des abricots et des brugnons. Pour arroser le tout une bouteille de Bourgogne « côtes de Nuits Village ».

– C'est ça que vous appelez « un petit casse-croûte » ? demanda Cathy avec un regard médusé.

– Il y a des traditions qu'il faut savoir garder et casser la croûte ne veux pas dire manger des sandwichs sous cellophane au goût de plastique ou boire des boissons gazeuses ultra-sucrées et décapantes, répondit Pierre.

– Ce n'est pas moi qui m'en plaindrait, dit-elle en rigolant.

Pierre lui prépara des petits sandwichs aux saveurs de Provence et de Corse et ils picorèrent le fromage de chèvre avec des olives noires. Ils mangèrent en échangeant des banalités sur les produits du terroir et en buvant le vin dont Pierre vanta les mérites, en expliquant les origines géographiques du breuvage. Ensuite, il coupa deux belles tranches de comté qu'ils dégustèrent avec le Bourgogne et Cathy s'extasia du mariage des deux. Elle grignotait un abricot et se tourna vers Pierre.

– Vous voulez bien me parler encore de votre livre. Nous en étions restés à Jésus-Christ super espion à la solde des Égyptiens. Mais nous y reviendrons plus tard. Parlez-moi plutôt de l'ADN présent dans l'eau et porteur du patrimoine génétique et des connaissances des hommes au travers les âges. Le rapport de l'eau dans l'histoire du Christianisme me semble fort intéressant et j'aimerais connaître les relations que vous avez pu vous faire et dont vous m'avez parlé ce matin.

– Je ne voudrais surtout pas vous choquer ou vous contrarier avec mes élucubrations, lui dit prudemment Pierre, échaudé par leur conversation précédente.

– Je vous promets de bien me tenir et de ne pas prendre vos conclusions au premier degré. De plus, c'est moi qui vous le demande et je suis sincèrement curieuse d'entendre la suite de votre histoire, le rassura-t-elle.

– Bien. Chapitre 4 de la Genèse…

– « Dieu décida de mettre fin à la corruption sur la terre et déclencha des pluies diluviennes pendant quarante jours et quarante nuits » et de là naquit l'Arche de Noé, continua-t-elle.

– Je vois que vous connaissez vos classiques, répondit Pierre en souriant. Quel symbole plus fort que celui qui consiste à recouvrir toute la terre et tous les êtres vivants d'eau pour finalement retravailler le brouillon d'un monde qui courait à sa perte ! Vous prenez tous les ADN, vous mélangez le tout et vous redistribuez les cartes.

– C'est simpliste, mais efficace et très symbolique, admit Cathy.

– Vous connaissez l'épisode de Moise traversant la Mer Rouge et ouvrant les flots ?

– « Moise étendit la main sur la mer et Yahvé refoula la mer. Il la mit à sec et toutes les eaux se fendirent pour permettre aux hébreux de traverser. »

– Encore l'eau et que dire des rituels chrétiens, enchaîna Pierre où l'eau est très symbolique. L'eau bénite et plus encore dans le baptême, l'eau représente la purification, le rejet du péché originel. À savoir que la procréation est étroitement liée à l'eau et que seul le mariage des deux engendre l'évolution. Au sens égyptien du terme : « Le jeune Pharaon purifié par l'eau issu de ses ancêtres devient la réincarnation de ces derniers. »

– On peut le concevoir ainsi, avec beaucoup d'imagination, lui dit gentiment Cathy.

– N'oubliez pas que Jésus fut lui-même baptisé par Jean le Baptiste dans la rivière Jourdain. Et que dire de Jésus marchant sur les eaux. Il marche sur les eaux du lac Tibériade et Pierre le suit, mais, ayant peur pour sa vie, il coule.

– «Oh ! homme de peu de foi, pourquoi as-tu douté de moi!» dit-elle gravement.

– Et pourquoi n'a-t-il pas cru aux pouvoirs de l'eau ? Il aurait pu marcher sur des braises ou même dans les airs, mais au lieu de cela, c'est sur l'eau qu'il a marché.

– C'est vrai que, vu sous cet angle, l'eau est omniprésente dans la culture chrétienne. Mais quoi de plus naturel lorsqu'il s'agit de quelque chose d'aussi vital pour l'humanité ? s'étonna-t-elle.

– Justement, cela m'a amené à réfléchir sur l'influence de l'eau sur l'évolution de l'humanité, lui répondit-il mystérieusement.

– Je vous écoute, dit-elle concentrant son attention.

– Pour que l'eau porteuse de l'ADN puisse faire office de transmetteur de connaissances, fallait-il encore qu'elle puisse être consommée. Quatre mille ans avant JC, les Égyptiens ne vivaient que grâce, pour et avec les eaux du Nil, qu'ils vénéraient comme un Dieu et qui était la colonne vertébrale de tout leur pays. Ils avaient appris à le dompter et à en exploiter toutes les moindres ressources, jusqu'à découvrir le secret de l'ADN et à l'exploiter au travers les générations de pharaons. Mille ans avant JC, les Romains ont construit les premiers aqueducs d'eau potable dans toute l'Europe conquise et permis ainsi aux peuples sous évolués, dont nous faisions partie, de profiter des bien faits de l'eau propre à la consommation et ainsi d'enrichir notre culture et de nous développer considérablement. Toujours grâce à l'ADN.

– C'est possible, mais pas convainquant, car trop aléatoire et pas assez concret.

– Je m'attendais à votre remarque et vous avez raison. Mais le meilleur est pour la fin. Quelle a été l'évolution de l'humanité, en termes de progrès scientifiques, médicaux et techniques entre le premier siècle de notre Ère chrétienne et le début du vingtième siècle, soit mille neuf cent ans, comparé à ces cent dernières années?

– Il est incontestable que, durant les cent dernières années, les progrès, quels qu'ils soient, ont été extraordinaires et l'homme à vu naître et évoluer des machines, des moyens de production, de communications, des découvertes médicales, scientifiques et bien d'autres choses encore, invraisemblables pour nos proches ancêtres.

– Et comment expliquez-vous ce phénomène ?

– Même en tenant compte de l'enseignement, de l'allongement de la durée de vie et de l'amélioration des conditions de vie… en effet, je ne vois pas vraiment d'explication, avoua-t-elle.

– Vous avez une partie de la réponse, lui dit Pierre, tout fier. Du Moyen Âge au dix-neuvième siècle, les hommes n'ont fait qu'exploiter les réseaux et les techniques antiques et recouraient généralement aux nappes phréatiques en creusant des puits. Ils se sont limités à une eau impropre à la consommation et peu accessible, donc peu utilisée. Mais au début du vingtième siècle, les ménages, en zone urbaine, ont eu droit à l'eau courante. Après la Deuxième Guerre mondiale les zones rurales ont eu, elles aussi, accès à cette eau qui était alors propre à la consommation, grâce à des procédés de désinfections et d'assainissement. La consommation qui était, cinquante ans auparavant, modérée et dictée par des conditions d'hygiènes peu adaptées, est alors passée, de nos jours, à cent cinquante litres par jour et par habitant en France et six cents aux États-Unis. C'était l'ADN pour tous à la maison, un accès sans limite aux connaissances des hommes, un robinet pour la science et l'évolution, conclut Pierre. Sans compter l'amélioration considérable de l'alimentation. Cette dernière, composée de quatre vingt pour cent d'eau, est un apport énorme en eau.

Cathy restait muette et pensive et Pierre sentait bien que ses arguments l'avaient touchée. Elle avait pris un air grave qu'il ne lui connaissait pas et elle paraissait soudain très différente.

Il devait changer de sujet et détendre l'atmosphère.

– Quel est votre programme pour demain ?

Elle ne répondit pas tout de suite, puis soudain elle prit conscience qu'il l'observait et ses traits se détendirent.

Elle répondit par la même chose, évitant sa question.

– Et vous ?

– Mon programme, ne sera pas des plus joyeux pour commencer les vacances. Mon meilleur ami, qui est Corse, vient de perdre son oncle et je dois me rendre à son enterrement demain après-midi.

– Je suis désolée.

– Et vous qu'allez vous faire ? Si cela n'est pas trop indiscret, demanda-t-il prudemment.

– Sincèrement, je n'en ai aucune idée. Je me suis décidée sans trop y réfléchir et je verrai bien sur place.

– Je ne voudrais pas paraître effronté ou trop entreprenant, mais je serais vraiment heureux de vous faire découvrir mon village et plus particulièrement le Cap Corse. Qu'en pensez-vous ? se hasarda-t-il. J'ai une petite maison avec deux chambres et vous pourriez en profiter, en toute simplicité, rajouta-t-il rapidement.

– Je ne voudrais pas abuser de votre gentillesse et, dans les circonstances actuelles, cela me paraît un peu déplacé.

– Pas du tout, vous pourrez découvrir le village de Pietra ou vous reposer pendant que je me rendrai aux obsèques à Sisco, le village voisin, lui proposa Pierre, qui espérait de tout cœur une réponse favorable de Cathy.

– Merci, Pierre, j'accepte votre proposition en attendant de mettre au point mon programme, mais je tiens à vous dédommager pour votre hébergement, insista-t-elle.

Il n'en attendait pas tant et il lui dit avec un sourire malicieux :

– Je compte bien faire des affaires et vous alléger de quelques centaines d'euros.

– C'est tout ! répondit-elle en lui rendant son sourire.

La nuit tombait sur la mer et Pierre lui proposa d'aller faire un tour sur le pont, puis d'aller boire un café au bar arrière, au niveau de la piscine. Ils longèrent le pont extérieur. L'étroitesse de la coursive et les passagers qui déambulaient les avaient rapprochés. Leurs mains parfois se frôlaient et Pierre résistait à l'envie de la saisir. Ils parvinrent au bar et Pierre commanda deux cafés. Ils restèrent à regarder la mer et il lui parla longuement de toutes ses années passées en Corse. Sur ce sujet, il était intarissable et Cathy l'écouta, lui posant parfois des questions sur sa famille et s'amusant de ses anecdotes. Pierre ne voyait pas le temps passer et s'évertuait à lui transmettre sa passion de la Corse. Elle était ravie de le voir s'enflammer aux souvenirs de son enfance dans le petit village du Cap. Les derniers clients quittaient le bar et le pont était presque désert. Il se faisait tard et les passagers fatigués du long voyage de la journée s'étaient regroupés dans les cabines, les fauteuils et les couloirs intérieurs, pour dormir. Quelques courageux dormaient à même le sol du pont sur des tapis en caoutchouc et disparaissant entièrement dans leurs sacs de couchage. Pierre prit conscience de l'heure tardive et réalisa qu'il avait totalement monopolisé la parole. Lui qui n'était pas un grand bavard s'était enflammé et avait raconté la moitié de sa vie.

– Je suis désolé. Je n'ai cessé de parler de moi et je ne sais rien de vous.

– Vous savez ma vie n'a que peu d'intérêt, lui dit-elle simplement en regardant la mer au loin.

Et avant que Pierre ne lui réponde, elle se leva et annonça :

– Allons nous reposer.

Elle était vraiment surprenante, pensa Pierre se rappelant leur première rencontre. Elle était capable de douceur et d'humour et soudainement de dureté et d'autorité.

Ils se dirigèrent vers l'escalier donnant au pont inférieur. Le vent leur fouetta le visage et quelques gouttelettes d'eau arrivèrent jusqu'à eux, déposant un léger voile salé sur leur peau. La mer était sombre et la lune se reflétait au loin laissant apparaître quelques panaches blancs d'écume sur la crête des vagues. Dans le ciel des milliers d'étoiles scintillaient, signe d'une belle journée à venir.

Soudain, Cathy s'arrêta, le regard fixé devant elle.

Pierre l'imita ne sachant quoi faire. Un homme sortit de l'ombre, une dizaine de mètres devant eux. Son regard brillait à la faible lueur des lumières disséminées le long du bateau. Pierre allait demander à Cathy si tout allait bien, quand il reconnut l'arrivant. C'était le regard de l'homme dans la voiture à Bandol. Il pouvait y lire la même agressivité que celle qu'il avait remarquée en sortant de la poste. Il n'était pas très physionomiste, mais il n'avait pas oublié son regard.

Il pensa à une coïncidence, mais les yeux le fixaient intensément. Il voulut s'approcher pour lui parler, mais Cathy l'attrapa par le bras. L'homme fit quelques pas vers eux et Pierre constata qu'ils étaient seuls. Il pensa à un malentendu et voulait discuter car il n'avait pas l'intention de se sauver en courant. La pression sur son bras se fit plus forte et presque douloureuse et au moment où Pierre voulut demander une explication à Cathy, la porte qui se trouvait entre l'homme et eux s'ouvrit sur un jeune couple. Cathy profita de l'opportunité pour attirer Pierre à l'intérieur. Elle lui prit la main et l'emmena dans le premier escalier qui de présentait. Il descendirent deux niveaux et arrivèrent au niveau des cabines. Ils parcoururent encore une vingtaine de mètres, bifurquèrent dans un couloir perpendiculaire. Pierre était abasourdi par la réaction excessive de la jeune femme, mais il se laissa mener attendant ses explications. Après avoir brouillé les pistes, ils s'engouffrèrent derrière une porte de service, où ils se retrouvèrent à l'étroit, dans une réserve de linge, le cœur scandant le rythme de leur fuite dans les coursives.

Pierre fit face à Cathy et lui demanda :

– Vous connaissez cet homme ?

– Non, mais vous apparemment si.

– Comment ça ! s'étonna Pierre.

– Son regard était braqué sur vous et j'ai aperçu, dans sa main, le reflet de la lame d'un couteau. C'est homme en avait après vous, c'est une évidence, lui annonça-t-elle d'une voix sourde.

Pierre resta muet de stupeur devant le ridicule et l'incompréhension de la situation.

– Mais pourquoi s'en prendre à moi ?

Il repensa aux événements de la journée qui l'avaient mis en relation avec l'étrange Madi et, durant les quelques minutes où ils avaient été ensemble, l'homme était apparu et les avait suivis.

Il ne voulait rien dire à Cathy pour ne pas l'effrayer, mais elle était maintenant et malgré elle, dans la même galère que lui.

– Écoutez. Il s'agit probablement d'un malentendu et je vais prévenir les autorités du bord, afin d'éviter un incident et de régler ce problème. Cet homme n'a aucune raison de vouloir m'agresser et puis nous n'allons pas passer le reste du voyage caché dans un local à linge.

Pierre se voulait rassurant, même s'il avait bien vu dans les yeux de l'homme une lueur de méchanceté pure. Il n'avait jamais vécu ce genre de situation et il cherchait le meilleur moyen de régler cette crise convenablement.

– Je dois avant tout récupérer mes affaires que j'ai oubliées sur le caisson, dit-il. Il y a les clés de ma voiture et mes papiers. Ensuite, nous irons voir l'équipage pour leur expliquer la situation.

Cathy allait répondre quand la porte du petit local dans lequel ils s'étaient réfugiés s'ouvrit brusquement.

Cathy se retourna avec une rapidité surprenante et fit volte-face devant le danger. L'homme d'équipage qui avait ouvert la porte eut un sursaut, à la vue de la jeune femme qui lui faisait face et qui n'avait rien à faire là. Il demanda alors :

– Que faites-vous là ? C'est interdit et réservé au service, comme indiqué sur la porte.

Il avait opté pour un ton plus interrogatif que désagréable, plutôt effrayé par l'agressivité évidente de la jeune femme.

– Nous sommes désolés, s'excusa-t-elle poliment, nous cherchions des serviettes, car il n'y en avait pas dans notre cabine.

– Servez-vous.

Cathy prit deux serviettes et suivi de Pierre ils quittèrent le local en souhaitant bonne nuit au marin qui leur rendit leur salut.

– J'ai bien cru que vous alliez l'assommer, lui dit Pierre.

– J'ai eu un réflexe d'autodéfense, mais j'ai certainement eu dix fois plus peur que lui.

– À qui le dites-vous !

– Allons chercher vos affaires et prévenons les autorités du bateau que quelqu'un d'armé et de dangereux est à bord.

– Vous avez raison, réglons cette histoire que nous puissions continuer ce voyage sereinement.

Ils marchaient d'un pas décidé et Cathy déposa en passant les serviettes sur un chariot. Pierre ne pouvait s'empêcher d'avoir des frissons d'angoisses. Cette traversée avait tellement bien commencé avec Cathy et elle prenait maintenant une tournure catastrophique. Décidément, il n'était pas verni et il fallait qu'un psychopathe vienne lui gâcher un moment si agréable. Il se détendit un peu. La jeune femme s'était un peu emballée et il fallait relativiser la situation. Il n'était pas dans un film de James Bond et aucun tueur en série n'était à leur poursuite dans un bateau fantôme. Cette idée lui arracha un léger sourire et il retrouva son calme.

La nuit était bien entamée et le calme régnait dans les coursives. Les passagers dormaient un peu partout et les lumières étaient largement tamisées. Ils remontèrent deux niveaux, passèrent devant la salle de jeux vidéo, où quelques irréductibles adolescents jouaient encore et prirent la direction de la sortie donnant sur le pont où ils étaient installés. Ils parvinrent finalement à la porte et Pierre regarda du côté du caisson sur lequel étaient posées leurs affaires et, constatant le calme et l'obscurité qui régnaient, il regretta d'avoir choisi un endroit aussi isolé pour s'installer.

– Attendez-moi là, lui dit-il, je vais chercher mes affaires et je reviens tout de suite.

Il avait une vingtaine de mètres à faire pour rejoindre le caisson qui était dans la pénombre. Il prit une grande inspiration et rejoignit d'un pas rapide ses affaires. Il saisit son sac et vérifia que ses affaires personnelles étaient toujours présentes, puis il se retourna vers Cathy pour lui montrer le sac et lui faire signe du pouce que tout allait bien. Il expira un grand coup et repartit vers la jeune femme. Il avait fait deux mètres quand l'homme surgit de l'obscurité. Il était passé devant lui sans même le voir et avait attendu qu'il soit dans l'impasse pour se montrer. Il était maintenant entre Cathy et lui.

Le sang de Pierre se glaça et il maîtrisa du mieux possible la panique qui montait en lui.

– Cathy, allez chercher la police du bord, lança-t-il à la jeune femme, en espérant que cela fasse fuir l'homme.

Elle disparut derrière la porte.

L'homme se retourna et avança vers lui un mauvais sourire lui déformant le visage. Pierre l'observa : il n'avait pas de couteau ni d'arme à la main, mais il était physiquement impressionnant. Une carrure de rugbyman, avec de très larges épaules et des bras aux muscles puissants. Le plus effrayant était son expression. Sous une casquette, deux sourcils fournis avec deux petits yeux brillants. Un sourire carnassier et une détermination effrayante se lisaient sur son visage.

– Que me voulez-vous ? demanda Pierre avec le plus de confiance possible.

– Je veux juste savoir où elle est, demanda l'homme avec une voix d'une étonnante douceur qui jurait avec son physique de tueur.

– De qui parlez-vous ?

– Ne fais pas le malin avec moi. Je te donne trois secondes pour me répondre.

Pierre comprit qu'il ne plaisantait pas. Il savait bien que l'homme parlait de Madi, mais même avec la meilleure volonté du monde, il n'avait malheureusement pas l'information demandée. L'homme continuait d'avancer et il n'était plus qu'à cinq mètres de Pierre. Ce dernier réalisa qu'il n'avait plus d'autre choix que l'affrontement et il fit appel à sa culture rugbystique. En quinze ans de ce sport, il avait croisé sur les terrains des adversaires physiquement aussi redoutables que cet homme et sa détermination et sa hargne lui avait souvent permis d'en renvoyer plus d'un dans leur camp, sur des plaquages dont il avait le secret.

Alors, avec toute l'énergie dont il était capable, il se jeta en avant sur l'homme, prêt à renverser des montagnes.

À l'instant où son épaule toucha son adversaire aux cuisses, il fut cueilli par un fulgurant coup de genou dans le plexus qui le rejeta en arrière. Il se retrouva le dos contre le bastingage, le souffle coupé et il glissa contre les barreaux humides, cherchant désespérément à retrouver sa respiration.

L'homme était déjà sur lui et il lui bloqua ses jambes avec les siennes. Avec une seule main, il le saisit à la gorge.

– Je te pause la question, une dernière fois et ensuite je te tue, si tu réponds mal. Où est-elle ? lui dit-il, son visage contre le sien, son haleine chaude dans son oreille.

Pierre, déjà sonné, tenta de desserrer l'étreinte autours de son cou, mais la poigne d'acier de son agresseur, tel un étau, le clouait au sol.

Péniblement, il murmura :

– Je n'en…sais rien.

Et il pensa qu'il allait mourir.

Chapitre 6

Walter Bevans pénétra le premier comme aspiré par une force étrange qu'il ne pouvait contrôler. Il était hypnotisé par le décor surréaliste qu'il avait devant lui.

Ils étaient tous les trois dans une sorte d'antichambre de l'histoire, un passage vers un autre monde, une autre dimension. Une pièce sombre et austère avec comme seul mobilier un immense pupitre informatique.

Devant lui, sur le mur, une vitre carrée d'un mètre de côté derrière laquelle se jouait une incroyable scène.

– L'Œil de Dieu, dit-il.

Les deux scientifiques se jetèrent un regard entendu. Walter avait donné ce nom à ce poste d'observation la première fois qu'il l'avait vu et tous les deux se demandaient si Walter ne s'était pas lui-même pris, à cet instant, pour Dieu.

Sans plus tarder, Walter se dévêtit, ne gardant que son caleçon et enfila rapidement son costume, qui pendait accroché à une patère sous l'inscription de son nom.

Il enfila d'abord la longue tunique de lin blanc, puis il mit ses sandales, avant d'enfiler le long manteau.

Il ressemblait à un pèlerin chrétien arpentant l'ancien Moyen Orient.

– Lazare parle ? demanda Walter à la femme.

– Il est encore trop jeune, mais il s'éveille rapidement et réagit aux paroles.

– Vous savez que mes derniers espoirs reposent sur ce clone et il me faut impérativement des résultats. De lui dépend l'avenir de notre civilisation. J'ai pris énormément de risques pour me procurer l'ADN contenu dans le vase canope qui est dans votre laboratoire. Cette jarre vient de Jérusalem et date de deux mille ans. Elle contient les organes d'un homme ayant vécu à l'époque du Christ. Il faisait partie d'une famille royale et, lorsqu'il sera capable de s'exprimer, il pourra être le premier témoin vivant de l'existence du Christ. Cette découverte et cette révélation permettront de rendre au christianisme la place qui devrait être la sienne : la première religion au monde. Nous avons ressuscité Lazare et, comme dans la Bible, il expliquera à tous les peuples les miracles que le Christ a accomplis, de son vivant.

Sur ces paroles solennelles, il se dirigea dans le coin de la pièce et ouvrit une étroite porte, derrière laquelle il disparut.

Les deux scientifiques s'approchèrent du matériel informatique. Ils contrôlèrent les caméras, les systèmes d'enregistrement audio et les différents capteurs placés sur Lazare. Ils étaient capables à tout moment de détecter toutes les anomalies physiques ou psychologiques de leur patient. Une poussée de fièvre, une rage de dent, un problème digestif, un manque d'appétit, voire un état de stress, de joie ou de déprime.

Chaque seconde était étudiée et analysée.

Une fois leurs contrôles effectués, ils se concentrèrent sur leur fenêtre d'observation teintée et composée d'un verre à haute résistance. Ils avaient bien les caméras qui retransmettaient les événements sous tous les angles, mais rien ne valait l'œil humain et ses trois dimensions.

Walter referma la porte derrière lui et observa l'environnement autour de lui. Chaque fois qu'il pénétrait dans son sanctuaire il s'émerveillait de sa création. La pièce était cubique de formes régulières et de dimensions modestes. Les murs étaient faits, comme à l'époque, de terre, en grossier clayonnage revêtu d'argile pétrie et séchée au soleil, puis blanchie à la chaux.

Le mobilier était composé d'une couchette portative faisant office de lit, d'un boisseau retourné, placé sur le sol de terre, servant de table et encadré de quatre tabourets à trois pieds. Sur le sol un tapis, une natte et des coussins pour s'asseoir. Un coffre de bois, deux vases d'argile et deux outres en peau de chèvre. Le tout éclairé par une lampe à huile, posée sur la table, qui diffusait une lumière jaune et vacillante.

Un bip se fit entendre dans la pièce sombre et Jimmy jeta un regard interrogateur à la femme en consultant la console informatique à la recherche d'une anomalie. Elle lui fit une moue de dépit et lui fit signe qu'elle ne voyait rien d'anormal. De nouveau, le signal sonore s'activa et Jimmy constata que cela venait des vêtements de Walter qui étaient accrochés dans un coin de la pièce. Sans attendre, il se dirigea vers la veste, fouilla rapidement les poches et, dans l'une d'elles, il trouva ce qu'il cherchait : un portable.

– Non ! chuchota la femme, ne fais pas ça !

Trop tard : il avait déjà le portable en main, sur lequel était indiqué : « message ».

Il manipula le clavier et consulta la messagerie qui venait de biper. Il lut le message inscrit sur l'écran : « Rendez-vous à la dernière demeure de Paolo Corta. » Il appuya sur une touche du clavier afin de savoir qui était l'émetteur du texto. C'était signé Madi et Jimmy se félicita intérieurement de sa curiosité. Il replaça le portable dans la poche de la veste de Walter et retourna vers la femme. Il la regarda bien en face, avec au fond des yeux une lueur d'espoir qui lui rendait enfin le regard doux qu'il avait autrefois découvert.

– Voilà enfin le signe que nous attendions, lui dit-il doucement.

– Quel signe ?

– Un message de Madi, répondit-il simplement, en lisant le texto.

Tous les deux savaient ce que cela représentait. La seule piste sérieuse dans leurs recherches personnelles était cette Madi, dont il avait entendu parler et sur laquelle Jimmy avait mené une enquête. Elle était la femme de confiance de Walter et elle seule avait accès à toutes les informations sur ses activités. Elle devait obligatoirement savoir…

– Nous devons vite connaître l'identité et l'adresse de la dernière demeure de Paolo Corta. Nous n'aurons jamais plus une telle opportunité, lui dit Jimmy.

– C'est trop risqué. Il nous tuera si nous sortons d'ici.

– Élisabeth, nous sommes déjà morts, alors que risque t-on ? dit-il d'un ton amer et déterminé.

Le regard triste de la femme sembla briller dans la pénombre et d'une voix tremblante, elle répondit :

– Tu as raison, le moment est venu de sortir au grand jour et d'affronter nos vieux démons en face.

Tous les deux avaient déjà entendu parlé de l'éditeur, qui était un interlocuteur important de Walter et qui habitait en France, à Paris.

Une voix métallique se fit entendre dans les petites enceintes et ils cessèrent leur conversation pour écouter Walter.

– Bonjour, mon fils, dit Walter qui s'était exprimé dans une langue ancienne, plus d'usage de nos jours.

La femme jeta un rapide coup d'œil vers Jimmy qui avait une grimace de dégoût. Contrairement à lui, elle était toujours impressionnée par la métamorphose de Walter lorsqu'il était avec son protégé. Il était soudain si protecteur, attentionné et délicat. Il paraissait même vulnérable et intimidé. Elle ne cautionnait pas pour autant ses agissements, mais, comme toute mère, elle était touchée par cette démonstration « d'amour paternel ».

Walter regarda le jeune homme dans les yeux, attendant fébrilement sa réaction. Il ne l'avait pas vu depuis deux mois et sa transformation était saisissante. La dernière fois, il avait le physique d'un enfant d'une douzaine d'années et maintenant, il avait encore grandi et pris la stature d'un adolescent ou plutôt d'un jeune homme. Il était habillé d'une tunique semblable à celle de Walter et il était difficile de lui donner un âge précis. Entre seize et vingt-cinq ans. Le plus étonnant était la candeur de son regard. Il avait une perfusion dans son bras qui était relié à trois poches suspendues à un portique. Ces dernières permettaient de l'alimenter et de lui administrer son traitement d'ultra-croissance vingt-quatre heures sur vingt-quatre.

Le jeune homme n'avait toujours pas répondu et Walter lui demanda de nouveau:

– Comment ça va ?

Walter vit une lueur d'intérêt briller dans le regard du jeune homme et ce dernier arrêta ses activités. Puis, un large sourire éclaira son visage. Walter sentit son cœur s'accélérer, car il l'avait reconnu. Il attendit avec nervosité sa réponse.

Finalement, le jeune homme ouvrit la bouche et émit un grognement de contentement, puis reprit son activité qui consistait à regarder, d'un air totalement absent, des images représentant toutes sortes d'ustensiles et de scènes de la vie quotidienne des débuts de l'Ère chrétienne.

Walter sentit une grande vague de désespoir l'envahir. Il avait tant cru en lui, après tous les autres échecs ! En ce moment crucial de l'histoire de l'humanité où il sentait bien que de grands bouleversements allaient se produire, il avait fondé ses derniers espoirs sur cet homme.

Mais il était forcé de constater que l'individu, devant lui, n'avait que l'apparence de son ancêtre, car il était intellectuellement sous développé, vide comme une coquille dont on aurait retiré la substance. Il ne pouvait ni parler, ni comprendre et certainement pas réfléchir non plus.

C'était un ordinateur sans disque dur, sans mémoire et sans fichier. Une anomalie de la nature, un échec scientifique, un fiasco total. Walter se leva, sans un regard pour le jeune homme qui continuait bêtement à scruter les cartes devant lui et se dirigea vers la sortie.

Les deux scientifiques avaient observé la scène et, voyant l'expression désabusée de Walter, ils savaient qu'ils allaient devoir lui rendre des comptes. Ce dernier pénétra dans la petite pièce sans rien dire, se changea et sortit par la lourde porte métallique, suivi de près par l'homme et la femme. Walter s'assit autour d'une grande table sur laquelle étaient posés de nombreux dossiers, des centaines de feuilles recouvertes de notes et de formules mathématiques. Il se frotta le menton et leur fit signe de s'asseoir. Il regarda ses deux interlocuteurs. Ses yeux étaient éclairés d'une lueur reflétant sa volonté et sa détermination. Walter pouvait, par la seule force de son regard faire fléchir les plus récalcitrants et rallier à sa cause tous ceux qui croisaient sa quête. Il prit la parole d'un ton grave et sévère, tel un instituteur s'adressant à des élèves, pour les réprimander.

– Vous pouvez m'expliquer !

Comme d'habitude, lorsque Walter s'adressait à eux, c'est la femme qui prit la parole :

– Comme vous le savez commença-t-elle, d'une voix douce, il est encore très jeune, mais nous sommes très optimistes sur son évolution et d'ici quelques mois…

– Ça suffit ! tonna Walter en frappant du poing sur un épais dossier posé devant lui. Nous n'avons plus de temps et il me faut des résultats immédiatement.

Il montra du doigt les dossiers sur la table, les ordinateurs, le matériel scientifique dernier cri et la reconstitution de la pièce dans laquelle vivait le jeune homme qu'il venait de quitter.

– Je vous ai fourni tout ce dont vous aviez besoin. J'ai répondu à toutes vos exigences, dépensé des millions de dollars et le résultat, c'est ce crétin, incapable de prononcer un seul mot et certainement de comprendre ce que je lui dis !

La femme allait lui répondre, mais soudain l'homme lui posa la main sur le bras et cette dernière se ravisa, interloquée de le voir répondre. En effet, il refusait, depuis plusieurs années, de parler avec Walter. Son animosité à son égard n'avait fait que grandir quand il avait compris qu'ils ne sortiraient plus jamais de son laboratoire. Il éprouvait pour cet homme qui leur avait ôté la vie une profonde haine. Malheureusement, il était contraint et forcé d'obéir et sa seule manière de se révolter était de ne plus lui adresser la parole. Mais aujourd'hui, il avait reçu le signe qu'il attendait depuis très longtemps et il devait manœuvrer intelligemment.

– Monsieur Bevans, laissez-moi vous expliquer la situation et l'avancée de nos travaux.

– Je vous écoute, répondit calmement Walter, dont le soudain changement d'attitude du scientifique suscita l'intérêt et la curiosité.

– Nous travaillons sur ce projet depuis des années et nous sommes des précurseurs en la matière. Nous sommes les meilleurs dans le domaine du clonage et vous le savez bien, dit-il avec assurance.

Sans attendre la réponse de son interlocuteur, il continua :

– Cette technique, appliquée aux animaux, échoue dans quatre-vingt-dix à quatre-vingt-quinze pour cent des cas et à ce jour aucun chercheur au monde n'est capable de faire un dixième de ce que nous avons réalisé. Nous avons réussi après des centaines d'essais, des dizaines de sujets morts-nés et six décédés avant le troisième mois. Finalement, notre dernier sujet a aujourd'hui six mois. Nous avons trouvé la solution pour contrôler le syndrome de l'ultra croissance, appelé méthylation. La croissance du jeune homme que vous venez de voir est multipliée par trente-six et il n'est âgé, comme je viens de vous l'indiquer, que de six mois. Il possède les caractéristiques physiques d'un jeune homme de dix-huit ans. La difficulté persistante réside dans le développement de son cerveau et dans ses capacités intellectuelles. C'est pour ces raisons que nous avons recréé son milieu d'origine, stimulé son cerveau avec des exercices quotidiens et utiliser sa langue maternelle. Force est de constater que son évolution cérébrale suit la courbe normale d'un enfant sans bénéficier de l'effet de l'ultra-croissance.

– Ce qui revient à dire, conclu Walter gravement, qu'il risque d'être mort avant de savoir parler.

– En considérant que son espérance de vie est estimée entre trente et trente-six ans, c'est à dire dix à douze mois réels, on peut dire ça. Sauf si nous le débranchons.

– Que voulez-vous dire ?

– Il doit être branché en permanence sur ses trois poches. Deux répondent à ses besoins vitaux qui sont permanents, à cause de son ultra-croissance et la troisième est le traitement lui-même. Si nous arrêtons ce traitement il devrait retrouver une croissance normale et ainsi vivre plus vieux.

– Mais ? demanda Walter.

– Arrêter un traitement aussi lourd risquerait de le tuer.

Jimmy marqua une pause et enchaîna :

– Néanmoins, nous travaillons sur le moyen d'accélérer son développement cérébral, mais nous sortons de notre domaine de compétences et nous pataugeons dans l'ignorance. Nous sommes confrontés à une énorme inconnue, un trou noir scientifique, conclut le chercheur, soutenant le regard de Walter qui sondait la vérité.

Ce dernier, scrutant son interlocuteur au plus profond de ses yeux, comprit qu'il ne mentait pas et sentit le poids de l'impuissance et de la déception s'abattre sur lui.

– Merci, de vos explications. Vous devez continuer vos recherches et je vais faire appel aux meilleurs chercheurs en neurologie et à toutes les sommités du cerveau susceptibles de nous trouver la solution à ce problème.

Jimmy se réjouit intérieurement car il avait réussi son pari fou et il devait maintenant porter l'estocade finale. Il respira profondément, afin de garder son calme et de ne pas se faire confondre par l'homme en face de lui, qui n'attendait qu'un seul faux pas pour démasquer la supercherie.

– Je connais un homme capable de nous aider, reprit-il, observant la réaction de Walter.

Walter sentit une vague d'espoir le submerger et envahir son cœur.

– De qui s'agit-il ? demanda-t-il, un peu trop rapidement.

– Du professeur Xavier Delatour, du pôle de recherche neurologique de l'institut Pasteur, de Paris. Le temps presse, vous devez nous envoyer là-bas au plus vite, pour le rencontrer et le convaincre de nous aider, dit le scientifique avec détermination.

Élisabeth venait de comprendre son objectif. Il voulait suivre la piste de Madi par tous les moyens, en commençant par Paolo Corta.

Walter resta silencieux et dubitatif. Il connaissait les risques d'une telle opération, mais c'était certainement leur dernière chance et il ne pouvait la laisser passer. Il chercha les mots justes.

– Vous savez que je déroge à tous mes principes de précaution et que je prends le risque de devoir vous éliminer si vous tentez quoi que ce soit ?

– Nous ne prendrons jamais le risque de mettre en péril notre accord et, si nous menons à terme la mission que vous nous avez confiée, nous serons de nouveau libres, répondit Jimmy.

Il savait qu'il avait visé juste et il attendit sereinement la réponse de Walter.

Un bip étouffé venant du fond de la poche de Walter interrompit la conversation. Il s'excusa d'un geste de la main et consulta son téléphone portable. Il lut rapidement le message de Madi et comprit instantanément ce qu'elle attendait de lui. Il devait se rendre le lendemain aux obsèques de l'apôtre Pierre. Elle n'avait malheureusement pas trouvé le manuscrit, comme prévu, chez l'apôtre Barthélemy, mais elle était sur une nouvelle piste qui la menait en Corse.

– Bien, répondit ce dernier, je vais organiser votre voyage au plus vite.

Lucas jouissait de ces instants où il pouvait ôter la vie aussi facilement, à la seule force de ses doigts. Il savourait sa revanche sur le petit blondinet qui avait osé s'approcher de Madi et il lui restait toujours la piste de la jeune femme blonde qui l'accompagnait sur le bateau.

Il regardait la vie sortir du corps inerte de son piètre adversaire quand une voix douce lui dit dans son dos :

– C'est moi que tu cherches, Judas ?

Il eut à peine le temps de tourner la tête qu'il fut cueilli par un coup de pied à la tempe. Il avait senti le coup venir, lâché sa proie et accompagné le coup de pied en roulant sur le côté. Il sauta sur ses pieds et fit face à ce nouvel et bien plus redoutable adversaire.

Elle se tenait dans la lumière jaune du pont, telle une apparition, entourée d'un halo aux contours troubles. Lucas sentit un frison de plaisir lui parcourir la colonne vertébrale quand il reconnut Madi. Elle était habillée avec une tenue de travail de l'équipage du bateau : une salopette bleue et jaune aux manches longues, avec le sigle de la compagnie, ainsi qu'une casquette aux mêmes couleurs. Les mèches rousses et bouclées qui sortaient de la casquette lui donnaient un air terriblement sensuel et malgré la pénombre l'éclat de ses yeux verts était extraordinaire. Elle était en position de combat, les jambes légèrement fléchies et écartées, les poings serrés, le corps tendu, prêt pour le deuxième assaut.

Madi s'étonna que l'homme à qui elle venait d'assener un terrible coup de pied ne fût pas sonné. Il était déjà debout et semblait ravi de la voir. Elle devait profiter de cet instant de faiblesse pour attaquer de nouveau. Elle se jeta en avant et le frappa au plexus avec le dessous de son pied. Comme prévu il n'eut pas le temps de réagir et il fut projeté sur le sol.

Lucas avait relâché sa méfiance, mais une fois encore il avait évité le pire en accompagnant le coup. Il était néanmoins touché et c'est le souffle court qu'il se releva. Elle était plus forte qu'il ne pensait, mais il était stimulé par l'idée d'une rude confrontation. Il reprit une grande inspiration et se concentra sur son combat de manière à ne plus se faire surprendre. Il devait laisser ses émotions de côté et la maîtriser au plus vite, pour mieux la dominer.

Madi l'avait touché deux fois violemment et il était à peine ébranlé. Il était dur comme du roc et il semblait récupérer à une vitesse incroyable. Si elle voulait le neutraliser, elle devait le frapper beaucoup plus fort et plus vite.

Elle avança sur lui et commença un enchaînement qu'elle avait appris et qu'elle avait répété des centaines de fois à l'entraînement avec son professeur d'arts martiaux. Elle se focalisa sur la puissance pour l'affaiblir et tenter de le mettre hors combat.

Lucas la vit fondre sur lui et fit face pour contrer ses attaques. Il parvenait à arrêter les coups les plus dangereux, ceux qui visaient les points vitaux de son corps, mais certains le touchaient avec une force inattendue pour une femme. Il encaissait et reculait sous le déluge de coups qui s'abattait sur lui. Il était aculé aux bastingages du bateau, les mains relevées pour se protéger le visage, les coudes près des flancs et le corps recroquevillé.

Madi s'appliquait dans chacun de ses coups, ajustant au mieux Judas, cherchant la faille dans son dispositif défensif. Mais ce dernier était vigilant et il bloquait chaque mauvais coup et encaissait sans broncher. Malgré sa très bonne condition physique et son corps affûté, elle sentait ses poumons la brûler et son rythme cardiaque au maximum. Elle ne pourrait tenir longtemps à cette cadence et elle devait conclure rapidement.

Lucas avait fait le choix de la laisser faire car il était curieux de voir ses capacités de combattante, mais il l'avait sous estimé et il était près de la rupture. Néanmoins, il sentait la force des coups diminuer et la rapidité de le jeune femme faiblir. Elle s'épuisait à le frapper et il allait pouvoir s'amuser un peu, lui aussi. Il profita d'un moment de relâchement de Madi pour lui assener un coup dans l'estomac.

Madi recula, cherchant désespérément de l'air. Elle était en sueur, sa bouche était sèche et, malgré sa détermination et son courage, elle fut submergée par la peur. Judas se redressait, un mauvais rictus sur le visage – où était-ce plutôt un sourire de satisfaction et de triomphe ?

Lucas réalisa que Madi avait perdu sa confiance et il pouvait lire dans les yeux de la jeune femme un début de résignation. Elle incroyablement belle et, tout en reprenant son souffle, il admira sa magnifique plastique que même la combinaison de travail ne pouvait dissimuler. La sueur faisait briller son visage dans la nuit et des mèches rousses étaient collées dans son cou. Il allait prendre son temps et ensuite, il la possèderait totalement.

Madi comprit qu'elle ne ferait pas le poids devant cette bête de combat.

Elle connaissait le Judas des Douze Apôtres. Un profil d'homme d'affaire, avec un physique sportif et un regard sombre. Mais l'homme qu'elle avait en face d'elle semblait sorti d'une arène romaine. C'était un chien de combat, avec son regard bestial et ses lèvres retroussées. Les muscles étaient énormes et la respiration bruyante. Elle s'était battue plus d'une fois, mais elle n'avait jamais été confrontée à une telle violence ni à une telle force.

Lucas avança doucement vers la jeune femme, contrôlant la puissance de son corps, car il ne voulait surtout pas l'abîmer. Il choisit de frapper du plat du pied et de la main. Il ajusta le côté de la cuisse droite de Madi et lança sa jambe. Elle résista un instant à l'impact puis elle partit sur le côté. Il enchaîna par un coup sur son épaule, toujours côté droit pour accentuer le déséquilibre. En effet, elle alla lourdement s'écraser dans le bastingage et il la vit grimacer de douleur. Il regretta de lui avoir fait si mal, mais il vit bien que Madi ne capitulerait pas aussi vite. La douleur avait effacé toute trace de résignation et elle était prête à souffrir.

Ce fut comme un déclic dans sa tête. Elle savait depuis quelques jours que cet instant allait bientôt arriver. Lorsque son épaule avait heurté la rambarde de bois, irradiant son corps d'une douleur intense, elle avait réalisé que c'était maintenant qu'elle allait croiser le chemin de la mort. Jamais elle ne se laisserait dompter par cet être malfaisant qui n'avait plus rien d'un être humain. Plutôt mourir.

C'était peut-être la meilleure chose qui puisse lui arriver, en fin de compte…

Dommage ! pensa Lucas. Quel gâchis ! Mais si c'est cela que tu veux petite, je vais exhausser tes prières ! Il ferma ses poings et s'approcha de Madi.

Elle était prête et elle lui fit face.

Soudain, de derrière Lucas monta une voix au ton rageur :

– Hé toi !

Lucas eu juste le temps de se retourner qu'il était déjà sur lui.

Cette fois, Pierre avait bien l'intention de ne pas le rater. Il n'avait jamais manqué deux fois un plaquage sur un adversaire. Il était furieux contre lui-même et terriblement vexé de s'être fait humilier de la sorte.

Il s'était jeté en avant de toutes ses forces, se baissant bien bas pour le prendre aux genoux et donner un mouvement à son corps de bas en haut en poussant sur ses cuisses, de manière à la soulever du sol.

Lucas ne put réagir pour éviter l'assaut de Pierre. Il se sentit soulevé de terre avec une facilité déconcertante, sans comprendre comment cela était possible et il chercha désespérément quelque chose où s'accrocher.

Pierre poussa sur ses cuisses et il sentit ses muscles le brûler quand il souleva l'homme de terre. Il continua son mouvement dans le même sens et l'emmena vers le bastingage qui était deux mètres derrière lui. Lucas réussi à attraper la main courante, mais son regard fut attiré vers le gouffre sombre et l'écume blanche des vagues en contrebas. Il sentit le vertige le gagner, car c'était la seule chose qui lui faisait perdre ses moyens. Il lâcha prise et Pierre le projeta par-dessus bord. Lucas bascula dans le vide et la tête de Pierre heurta violemment le montant métallique.

– Pierre, ça va ?

Pierre entendit la voix dans le brouillard qui l'enveloppait et il retrouva ses esprits. Le choc de sa tempe sur la rambarde l'avait sonné et il revoyait encore l'homme basculer dans l'obscurité. Il commençait juste à réaliser qu'il l'avait certainement tué. Il était resté à demi-inconscient quand cette brute l'avait étranglé et il avait assisté au combat surréaliste avec Madi. Il avait tout d'abord eu du mal à la reconnaître, croyant rêver et, le temps qu'il retrouve son souffle, il avait compris qu'elle était en difficulté. Sans réfléchir et profitant de l'effet de surprise, il l'avait propulsé dans les ténèbres.

Il s'assit péniblement et regarda la jeune femme agenouillée devant lui. Derrière elle se tenaient deux hommes d'équipage.

– Que s'est-il passé ? demanda Cathy.

Il hésita, regardant Cathy, puis les deux hommes.

Cathy se retourna et les remercia poliment.

– Merci, Messieurs, plus de peur que de mal. Je vais m'occuper de lui.

Après avoir constaté que Pierre n'allait pas trop mal, les deux hommes s'éloignèrent.

– Alors ? demanda Cathy.

– Ils se sont battus et je l'ai poussé dans le vide, dit Pierre d'une voix sourde, le cou douloureux, avalant difficilement sa salive. Il expliqua en quelques phrases sa rencontre de l'après-midi, avec Madi, et l'apparition de l'homme qui les avait suivi.

– C'était un accident. C'était de la légitime défense.

– Il faudrait prévenir le commandant et la police, dit Pierre, qui prenait conscience d'avoir jeté un homme par-dessus bord.

– Qu'allez-vous leur dire ?

Pierre se voyait déjà expliquant qu'une jeune femme en tenue d'équipage et qu'un tueur s'étaient battus et qu'il avait poussé l'homme par-dessus bord.

– Je pense que vous avez été involontairement mêlé à une histoire qui vous dépasse, dit-elle. Un règlement de comptes ou quelque chose de plus important. Je pense que vous ne devriez rien dire, dit-elle d'une voix douce, mais impérative.

– Vous avez peut-être raison.

Pierre ne savait que faire. Sa raison lui disait d'informer les autorités, mais son cœur lui disait d'écouter Cathy et de protéger Madi.

La jeune femme rousse avait disparu, mais elle serait mise en cause s'il parlait de l'incident. Il prit finalement le parti de ne rien dire, espérant que l'homme survivrait.

– Je doute que l'on en reste là, pensa-t-il à haute voix.

Cathy lui tendit la main pour l'aider à se relever.

– Venez, dit-elle.

Il attrapa la main de la jeune femme, qui le releva avec facilité et ils allèrent s'asseoir sur le caisson où Pierre avait laissé leurs affaires. Ils étaient adossés à la paroi métallique et Pierre sentit le froid l'envahir. Il réalisa qu'il avait mal au cou, à la gorge, que sa tempe le lançait terriblement et que sa bouche était sèche. Son regard se perdit au loin sur la mer et il sentit les embruns dans l'air comme jamais auparavant. Il goûtait l'instant présent et le bonheur d'être en vie. Il se mit à trembler et remonta ses jambes sous son menton pour se réchauffer.

Cathy ouvrit le sac à dos et en sortit le sac de couchage que Pierre avait emporté. Elle le couvrit délicatement et lui dit d'une voix pleine de tendresse:

– Allongez-vous et mettez la tête sur mes jambes, vous avez besoin de récupérer.

Il s'exécuta et lui dit simplement :

– Merci.

Pierre fut réveillé par le levé du soleil. Il sentit les doigts de Cathy qui jouaient avec ses boucles blondes. Il se demanda s'il avait rêvé, ou plutôt s'il avait fait un cauchemar, mais la douleur qu'il ressentait à sa tempe lui confirma que c'était bien arrivé. Il avait probablement tué un homme, pour protéger une inconnue, qui de surcroît avait disparu dans la nuit.

– Vous avez bien dormi, lui demanda Cathy, qui avait retiré ses doigts de ses cheveux.

– J'ai connu mieux. Et puis vous avez veillé sur moi.

Il se releva, regrettant déjà la tiédeur de ses cuisses.

– Vous vous êtes reposée un peu ?

– Ça va.

Elle était dans la même position que lorsqu'il s'était endormi quelques heures auparavant et elle n'avait pas la tête de quelqu'un qui avait beaucoup dormi. En revanche, elle semblait fraîche et son regard clair était brillant.

Pierre aperçut la pointe du cap Corse baigné par la lumière du soleil levant. Le bateau arrivait du nord-ouest et ensuite, il longerait le cap, côté est. Il adorait cette fin de traversée, car il pouvait voir défiler devant ses yeux tous les villages familiers qui bordaient la côte, entre Maccinagio et Bastia.

– Venez voir, je vais vous montrer où j'habite.

– C'est magnifique, dit-elle en s'approchant du bastingage.

Le cap était une arrête montagneuse culminant à plus de mille mètres, longue d'une trentaine de kilomètres. La côte était déchirée et rocheuse, avec de rares plages de sable. La végétation, faite essentiellement de maquis, donnait un air austère et sauvage. On apercevait sur les hauteurs des petits villages encaissés dans des recoins où la forêt avait pris le pas sur le maquis environnant.

Le long de la côte on devinait les Tours Génoises, anciens postes de guets d'une époque lointaine. Pas de complexes hôteliers, de résidences luxueuses, de serpentins de voitures ou de marée humaine.

Pierre lui citait tour à tour le nom des villages de la grande commune de Rogliano, en passant par Meria, Santa Severa et le petit port de pêche typique de Porticciolo. Il s'attarda sur la commune de Pietra, son village, lui montrant du doigt les sept hameaux qui le composent. Il ressentait une grande fierté à lui faire découvrir son paradis. L'histoire de toute sa vie était ponctuée par ses séjours dans ce petit village cap corsin.

– Là, c'est le village de Sisco et le couvent isolé avec son petit clocher, c'est Sainte-Catherine, en Corse Santa Catalina. C'est là qu'auront lieu les obsèques de l'oncle de mon ami, cet après-midi, dit Pierre en désignant du doigt un point sur la côte.

Un voile de tristesse assombrit son regard et il respira profondément l'air marin.

Il ne parla plus jusqu'à Bastia et elle se contenta d'admirer le paysage.

L'homme s'était suffisamment approché des deux tourtereaux pour entendre leur conversation et, lorsque le jeune homme avait montré du doigt un lieu sur la côte, il avait noté l'information. Il s'éloigna et pénétra dans le navire. Il prit son téléphone portable et composa le numéro de sa patronne.

– Bonjour, Madame, désolé de vous importuner si tôt, mais j'ai du nouveau, dit-il lorsque Marie-Jeanne de Galpi décrocha.

– Je vous écoute, répondit-elle simplement, satisfaite d'avoir fait suivre Lucas.

– J'ai suivi Lucas qui a embarqué hier soir de Toulon pour la Corse. Il avait pris en filature le jeune homme dont je vous ai déjà parlé. Dans la nuit, il s'est attaqué à lui et, au moment où il allait le tuer, la femme rousse a surgi de nulle part pour le défendre.

Marie-Jeanne sentit son pouls s'accélérer car son intuition ne l'avait trompée. Les événements s'accéléraient, mais elle n'avait pas prévu de confrontation directe entre ces deux-là.

– Ils se sont battus et Lucas a finalement pris le dessus. Mais l'autre homme s'est jeté sur lui et je ne sais comment, il l'a jeté par-dessus bord.

Il y eut un blanc à l'autre bout du fil. Marie-Jeanne accusait le coup, car elle perdait son arme fatale. Elle aurait aimé le mettre dans son lit, mais en revanche, elle était soulagée de le voir disparaître, car il était devenu incontrôlable et avait manqué deux superbes opportunités de retrouver la piste du manuscrit.

– Et la femme rousse ?

– Elle a disparu et c'est l'autre fille blonde qui a retrouvé le jeune homme.

– Quelle fille ?

– Une fille que le gars avait rencontrée dans la soirée et qui est sans importance.

– Vous prenez le relais. Je vous donne carte blanche pour suivre cet homme, lui ordonna Marie-Jeanne.

Elle était convaincue que si Lucas s'était attaqué à cet homme, c'est que ce dernier devait détenir des informations et la présence de Madi indiquait qu'il était un maillon important de la chaîne qui la mènerait au manuscrit.

– J'ai une autre information concernant sa destination, lui dit l'homme, interrompant les pensées de Marie-Jeanne. Il se rend dans le cap Corse, aux obsèques d'un oncle, qui auront lieu au couvent de Sainte-Catherine, à Sisco.

– Suivez-le et tenez-moi informée toutes les deux heures, je vous rejoins au plus vite.

Elle avait décidé de prendre personnellement les choses en main et elle devait s'assurer de la fiabilité de son nouvel informateur, en le suivant à la trace. Elle avait laissé trop de marge de manœuvre à Lucas et elle devait resserrer la laisse de son nouvel agent.

– Bien, Madame, répondit simplement l'homme qui raccrocha.

L'annonce venant du haut-parleur placé au-dessus du canot de sauvetage sortit Lucas de son inconscience. Il ouvrit les yeux, sentit une brûlure derrière sa tête et réalisa avec stupeur qu'il était encore vivant.

Il se revoyait basculant dans le vide et attendre le choc dans les abîmes de la Méditerranée et puis le trou noir. Il regarda au-dessus de lui et constata que le bastingage d'où il avait été jeté était quelques mètres plus haut. Il était venu s'écraser lourdement dans le canot de sauvetage et sa tête avait heurté le bord de ce dernier, l'assommant. Son heure n'avait pas encore sonné et il avait un nouvel avantage sur ses adversaires qui le croyaient mort.

Il regarda discrètement sur le pont et constata qu'il n'y avait plus personne. Il sauta sur la coursive et de nouveau le haut-parleur se fit entendre, indiquant aux passagers qu'ils devaient se rendre aux garages pour le débarquement. En effet, le navire se rapprochait du quai.

Lucas se dirigea rapidement vers le pont supérieur, mais le gars blond était déjà parti. Il parcourut à grandes enjambées les autres coursives extérieures et trouva enfin ce qu'il cherchait.

Un homme d'une cinquantaine d'années finissait de ranger ses affaires dans son sac à dos. Il était vêtu d'un blouson Harley Davidson, d'un pantalon de cuir et de bottes de motard. De longs cheveux gris sortaient du bandana noué sur sa tête et une paire de lunettes enveloppante le protégeait du soleil.

Lucas observa les alentours et constatant que personne n'était présent, il s'approcha sans bruit de l'homme absorbé par le pliage de son sac de couchage.

En un instant, il fut sur lui et, d'un geste vif et puissant, il lui brisa la nuque. En quelques secondes, il récupéra le blouson, le bandana et les lunettes de soleil. Il le coucha ensuite sur son tapis de sol et le couvrit de son sac de couchage. Ainsi placé, on pouvait penser qu'il dormait encore.

Rapidement, il fouilla le sac et conserva les clés et le casque de la moto. Il jeta le reste à la mer de manière à retarder l'identification du cadavre et lui laisser le temps de prendre ses distances.

Ensuite, il prit la direction des garages, le bandana sur la tête et les lunettes sur les yeux. Il lui fallut plusieurs minutes pour localiser les motos regroupées à côté de la porte arrière du navire.

Malheureusement, tous les motards s'affairaient autour de leurs engins et il ne pouvait risquer d'éveiller les soupçons en cherchant le véhicule de sa victime. De plus, la légendaire solidarité des motards risquait de le desservir si l'un d'entre eux s'apercevait de son usurpation d'identité.

Il resta dans le sas menant aux garages, attendant le moment opportun pour se glisser vers les deux roues et récupérer le dernier.

Déjà, les premières voitures sortaient des entrailles du navire et c'est avec une rage difficilement contenue qu'il vit passer le petit tout-terrain beige, avec l'homme et la fille qui était avec lui cette nuit.

Il aurait voulu se jeter à leurs trousses, mais des motards étaient toujours là et il resta impuissant. Il les vit s'engager sur la passerelle métallique et disparaître dans le flot continu des voitures.

Enfin, quelques minutes plus tard, la dernière moto quittait le navire, ne laissant qu'une Harley Davidson. Il se précipita, s'excusa rapidement auprès de l'équipage de son retard et s'installa sur la machine.

Fort heureusement, le casque lui allait et il trouva rapidement ses repères sur l'engin.

Il démarra sans mal et regarda derrière lui si la voie était libre. Il allait s'engager, quand il reconnut la voiture qu'il avait emprunté la veille à Marseille, conduite par son contact. Sa chance revenait et il laissa passer la voiture. Avec le casque, la tenue de motard et les lunettes enveloppantes, ce dernier ne risquait pas de le reconnaître.

Le soleil brillait sur Bastia et la place Saint-Nicolas s'éveillait doucement. Les cafetiers finissaient de dresser leurs terrasses, attendant le flot de touristes qui descendait des navires. Les campings cars, les bateaux sur leurs remorques et les voitures bondées de bagages formaient une longue file de vacanciers qui piaillaient d'impatience, à l'idée de s'allonger sur le sable chaud et de profiter de ses longues vacances d'été. Pierre aurait aimé s'arrêter, comme il avait l'habitude de le faire, pour prendre le petit déjeuner au café Napoléon, mais après cette étrange nuit, il voulait arriver le plus vite possible dans son petit village pour oublier ce mauvais rêve. Il regarda du coin de l'œil, la jeune femme assise à ses côtés et il sentit une onde de chaleur inonder tout son être. C'était la première fois qu'il accostait, avec une femme, sur cette terre qui lui était si chère. Il allait partager son coin de paradis avec une inconnue et il savait que rien ne serait plus jamais pareil.

Chapitre 7

Walter descendit le premier de l'avion en provenance de Londres. Il était suivi d'Élisabeth et de Jimmy. Les deux scientifiques l'avaient accompagné dans son trajet vers Paris. Fermant la marche, Hector, son majordome. Ce petit homme d'apparence chétive, le visage pâle et le cheveu rare, était un véritable chien de garde. Il était au service de Walter depuis trente ans et son plus fidèle collaborateur, en dehors de Madi.

Il effectuait pour Walter toutes les petites tâches ingrates et cette fois-ci il devait accompagner les deux savants dans leur voyage à Paris. Walter avait accepté de les laisser sortir du centre, car il n'avait pas d'autre choix, mais il avait demandé à Hector de ne pas les perdre de vue et ses consignes étaient claires. À la moindre tentative de fuite, il devait les abattre. Walter avait bien conscience qu'il risquait de perdre, le cas échéant, des années de travail et peut-être sa seule chance de réaliser le projet Lazare. Néanmoins, il savait que le dénouement de sa quête était proche. Les événements de cette dernière semaine précipiteraient son succès ou son échec.

Les quatre individus se dirigèrent vers le grand hall. Ils n'avaient que des bagages à main, car leur séjour devait être bref. Walter transitait juste par Paris et en ce dimanche très matinal les vols étaient plutôt rares. Il se dirigea vers un écran de contrôle et consulta les vols du matin, avant de s'adresser aux deux savants :

– Ne me décevez pas. C'est votre dernière chance.

Il ne pensait pas si bien dire ! songea Jimmy en son for intérieur, car ce dernier avait observé avec une attention toute particulière Walter, lorsqu'il avait consulté les vols. Depuis des années Jimmy avait appris à observer ses patients au laboratoire. Il était capable de deviner leurs intentions à leur seul regard, de suivre précisément le mouvement de leurs yeux et ce qu'ils cherchaient. Il suivait des cobayes incapables de s'exprimer et il devait anticiper leur besoin et déchiffrer chacun de leurs regards. En l'occurrence, il avait analysé et suivi le regard de Walter, sur l'écran des départs. Sur les quatre vols possibles, le Paris-Bastia de six heures trente, semblait avoir attiré son attention. De plus, le message de Madi précisait « La dernière demeure de Paolo Corta » ; un nom à consonance du Sud qui ne faisait que confirmer la destination de Walter.

Ce dernier lui lança un regard glacial, comme s'il avait deviné ses pensées et ensuite, il s'éloigna d'eux pour donner ses dernières directives à Hector. Ils parlèrent sans cesse de les observer, puis Walter consulta son téléphone portable et donna à Hector un numéro.

– Notez ce numéro, Hector, c'est celui de l'hôtel où je résiderai car je ne suis pas sûr d'être joignable sur mon portable. Je dois rapidement savoir si la piste de ce neurologue vaut quelque chose. Vous devez impérativement me contacter dès que vous aurez terminé et ensuite revenez directement au centre. Suis-je bien clair ?

– Parfaitement, Monsieur Walter, répondit Hector, en enregistrant le numéro sur son mobile.

Les deux hommes avaient détourné leurs regards des deux scientifiques et Jimmy profita de l'occasion pour se rapprocher d'Élisabeth et lui dire rapidement :

– Trouve un prétexte pour aller aux toilettes et détourne son attention.

Il lut dans son regard une grande panique et elle fit non de la tête. Il la regarda intensément, apercevant du coin de l'œil Hector qui venait vers eux.

– Je t'en supplie, chérie, c'est notre seule et dernière opportunité.

Hector arrivait suspicieux, conscient qu'ils discutaient.

– Tu as raison, dit-elle, j'ai bien besoin d'un café.

Hector sembla hésiter un instant et il déclara :

– Très bien, cinq minutes, ensuite on passe aux choses sérieuses et on va retrouver votre copain neurologue.

– Ne vous inquiétez pas, il ne va pas s'envoler. De plus, on est dimanche et il est six heures du matin, répondit Jimmy. Il ne nous attend pas avant neuf heures.

– Cinq minutes, j'ai dit.

Ils s'approchèrent d'un bar devant lequel quelques voyageurs s'étaient regroupés pour siroter le café du matin. Ils restèrent debout autour d'une petite table ronde et Hector ordonna à la femme d'aller chercher les trois cafés. Elle s'exécuta et revint avec trois gobelets fumants. Elle posa les deux premiers sur la table haute. Le troisième percuta le rebord et se renversa sur son chemisier blanc.

– Merde ! s'écria-t-elle en faisant un saut en arrière.

Une énorme tâche de café avait souillé son chemisier et elle le tenait éloigné de sa poitrine car le liquide était brûlant. Elle se retourna vers les deux hommes d'un air désolé.

– Il faut que je me change.

– Il ne manquait plus que ça, répondit Hector. Allons-y tous ensemble. Je vous donne deux minutes.

Ils se dirigèrent vers les escaliers menant aux toilettes situées au sous-sol et Élisabeth entra dans celles réservées aux femmes.

– Vous permettez que j'en profite pour me rafraîchir ? demanda tout naturellement Jimmy.

Hector observa les deux sanitaires qui n'avaient pas de portes. Il pouvait apercevoir les lavabos et au sous-sol pas de risque de fenêtres. L'endroit était désert et la surveillance aisée.

– Allez-y, mais pas d'entourloupe, je vous ai à l'œil.

Sans répondre Jimmy entra dans les toilettes pour hommes.

Élisabeth s'empara de papier essuie-main et commença à éponger le café. De son côté, Jimmy s'était positionné de manière à voir le reflet d'Hector dans le miroir devant lui. Il ne se pressait pas, mais il ne pourrait pas rester ainsi longtemps.

– Élisabeth, fais quelque chose, murmura-t-il entre ses dents.

Elle s'était décalée un peu et elle pouvait maintenant observer Hector, elle aussi. Il semblait à l'affût de leurs moindres gestes et elle pouvait deviner ses petits yeux délavés les scrutant alternativement. Elle prit un polo dans sa valise et, après une grande inspiration, commença à déboutonner son chemisier. Au troisième bouton, lorsque la dentelle de son soutien-gorge apparut, elle remarqua le changement d'attitude du petit homme. Elle ouvrit encore un peu plus son chemisier et se décala, hors de la vue d'Hector. Comme elle l'avait prévu, ce dernier se décala pour mieux l'observer. Elle continua son manège enlevant totalement son chemisier. Elle n'avait jamais fait ce genre de chose auparavant et elle se sentait ridicule. Néanmoins, son corps musclé et ses seins hauts et ronds, mis en valeur par son soutien-gorge à balconnet taché par le café, attiraient irrésistiblement le regard d'Hector et ce dernier se décala encore pour ne rien perdre de ce spectacle. Il avait toujours été attiré par la scientifique et cette femme mûre, d'une grande beauté le faisait fantasmer.

Jimmy qui surveillait du coin de l'œil Hector, le vit disparaître de son champ de vision. C'était le signe qu'il attendait. Il se pencha et faisant semblant de refaire son lacet, il récupéra le petit objet qu'il avait caché dans sa valise.

Élisabeth sentait le poids du regard d'Hector et elle se sentait de plus en plus mal à l'aise, mais elle devait continuer à le distraire. Elle se déplaça encore un peu, l'obligeant à bouger lui-même pour ne pas la perdre de vue. Elle releva ses cheveux, lui offrant la courbe de sa poitrine, mais elle l'aperçut hésitant regardant du côté des toilettes des hommes. Alors, elle passa ses mains dans son dos afin de dégrafer son soutien-gorge, ce qui eu pour effet immédiat de raviver la curiosité d'Hector. Elle ferma les yeux et au même moment un bruit sourd se fit entendre. Elle ouvrit les yeux et suspendit son geste. Hector était étalé de tout son long sur le carrelage des sanitaires. Il ne bougeait plus et une seringue était plantée à la base de son cou. Jimmy se tenait derrière lui et il regardait Élisabeth.

– Habille-toi vite.

Ce dernier tira Hector dans les toilettes. Il prit le téléphone portable de la poche intérieure de son manteau et son portefeuille, qui contenait une grosse somme en liquide, ainsi que leurs passeports. Puis, il vérifia son pouls et constata avec soulagement qu'il ne l'avait pas tué. Il lui avait administré une dose importante d'anesthésiant et il ne reprendrait pas conscience avant vingt-quatre heures. Cela devrait leur laisser le temps de voir venir. Il verrouilla la porte de l'intérieur, après avoir installé Hector sur la cuvette et passa par-dessus la cloison. Il attrapa au vol la main d'Élisabeth qui avait enfilé son polo et l'entraîna dans le couloir. Ils montèrent rapidement les escaliers et prirent la direction des comptoirs des compagnies aériennes.

– On fait quoi, maintenant ? demanda Elizabeth.

– On part pour la Corse.

– En Corse !

– C'est -là que se rend Walter et c'est donc là que se trouve Madi.

Ils étaient devant le comptoir d'Air France et Jimmy demanda à l'employé assis derrière le desk :

– Bonjour. Excusez-moi, pouvez-vous me donner les deux premiers chiffres qui correspondent à l'indicatif du téléphone en Corse ?

– Bonjour, Monsieur, bien sûr. Il s'agit du zéro quatre.

– Merci, bien.

Il sortit le téléphone d'Hector et consulta son répertoire. Après quelques secondes de recherches il trouva un zéro quatre sans nom. Il appuya sur la touche appel et attendit anxieusement la réponse, sans savoir, ce qu'il allait dire. Il devait impérativement localiser Walter, quitte à le mettre en alerte. De toutes les manières, il serait bientôt informé par Hector de leur fuite.

– Hôtel le Mérou, bonjour, répondit une voix féminine.

– Bonjour, Mademoiselle. J'ai égaré votre adresse et je dois me rendre chez vous aujourd'hui. Vous seriez très aimable de me la donner à nouveau.

– Nous sommes à la sortie du village de Porticciolo. Vous ne pouvez pas vous tromper, lui expliqua-t-elle. En sortant de Bastia, vous prenez la route du Cap Corse. Il n'y en a qu'une qui longe la côte. Après le village de Pietra, vous arriverez à Porticciolo et l'hôtel se trouve juste après, dans le virage, avant la plage. Vous reconnaîtrez facilement notre enseigne avec un gros mérou.

– Merci, beaucoup, Mademoiselle, lui dit Jimmy, qui s'approcha de nouveau du comptoir.

– J'avais bien deviné, dit-il à Élisabeth, triomphant.

Puis, s'adressant à l'employé :

– Je souhaiterais deux billets pour Bastia, s'il vous plaît,

– Il y un vol qui part à sept heures trente et vous avez de la chance, il me reste des places, lui répondit l'employé, avec un grand sourire.

– Il est temps que la chance nous sourit, répondit Jimmy.

Il paya avec les euros volés à Hector, empocha les billets d'avion, prit la main d'Élisabeth et l'entraîna dans le flux des voyageurs de plus en plus nombreux.

Ils faisaient la queue à l'enregistrement. Jimmy sentit le poids de toutes ces années s'envoler d'un seul coup. L'espoir le submergeait et il avait l'impression de vivre à nouveau. Il prit les mains d'Elizabeth dans les siennes et plongea son regard dans le sien.

– Nous irons jusqu'au bout et plus jamais nous ne serons sous la coupe de Walter.

– Je suis avec toi et rien ne nous arrêtera, lui répondit-elle gravement. Je t'aime Jimmy.

Il frissonna, car il n'avait plus entendu ces mots depuis des années.

– Je t'aime aussi, répondit-il seulement, en l'embrassement tendrement sur les lèvres.

Ils s'approchèrent du guichet d'enregistrement, leurs cœurs à l'unisson, leurs esprits tournés vers la même lueur d'espoir.

Pierre sortit du port et s'engagea sur la route du Cap Corse. Il avait prévu, comme d'habitude, d'aller faire des courses au supermarché, à la sortie de Bastia, mais il n'avait ni le temps d'attendre l'ouverture, ni le cœur d'affronter la foule. Il avait quelques provisions dans ses placards et il savait que Rose-Marie, la femme de Louis, lui avait déposé un repas de bienvenue dans son frigo. Chaque fois qu'il venait et malgré ses réprimandes, elle ouvrait la maison, préparait sa chambre, lui coupait un bouquet de fleurs fraîches et lui préparait un somptueux festin. Il opta pour une pause à la boulangerie, afin de se ravitailler en pain frais et en viennoiseries. Malgré l'air encore frais du matin, il décapota le cabriolet, après avoir poliment demandé l'accord de la jeune fille. Un bon bol d'air aux senteurs du maquis lui éclaircirait les idées et lui désembrumerait l'esprit. Il avait encore la tête endolorie et le manque de sommeil se faisait ressentir. Il proposa un pain aux raisins à Cathy qui l'accepta avec plaisir et il grignota le sien en regardant la route.

La banlieue nord de Bastia s'étirait le long de la côte dans une succession de villages collés les uns aux autres. Ce n'était qu'après Erbalunga, petit port de pêche typique qui depuis quelques années était devenu un endroit prisé avec sa Tour Génoise et ses restaurants réputés, que les maisons se faisaient rares et le maquis plus présent. Le paysage devenait alors sauvage, avec sa route découpée à la serpe, surplombant une mer d'un bleu profond et longeant la montagne.

Cathy était impressionnée par cet environnement sec et rocailleux, par le contraste saisissant entre la ville et cette végétation uniforme et opaque, faite d'arbustes et de fourrés denses. Elle prenait la pleine mesure de l'expression « prendre le maquis ». Il suffisait de faire quelques pas pour disparaître.

– C'est magnifique, dit-elle et tellement…

– Austère, termina Pierre.

– Non, je dirais plutôt sauvage, rectifia Cathy.

– Vous comprenez pourquoi, pendant des dizaines d'années, les touristes faisaient demi-tour ou passaient leur chemin en empruntant cette route. Ils cherchaient le sable et les pins parasols et ils ne trouvaient que des criques rocheuses et du maquis. Heureusement pour nous, ils ont ignoré les villages de montagne, les forêts de châtaigniers, les rivières, la beauté des fonds marins et l'accueil des Cap Corsins, lui dit Pierre avec nostalgie.

– Le littoral semble tout de même bien préservé, dit Cathy en observant le bord de mer et ses alentours vierges de toutes constructions gigantesques.

– C'est vrai. Mais l'affluence dans les villages, autrefois boudés, est aujourd'hui importante et les petits coins préservés sont envahis de cohortes de touristes bruyants et mal éduqués.

– C'est peut-être bon pour l'économie locale ? avança la jeune femme.

– Probablement, reconnut Pierre. Vous savez, c'est le seul endroit que je connaisse, qui n'a pas changé depuis trente ans et c'est ici que je me sens chez moi. C'est du pur égoïsme et j'aime-rais que cela dure le plus longtemps possible.

– Je comprends, répondit Cathy, qui leva les yeux vers une statue surplombant la route et qui représentait une jeune femme tenant une épée, dans les bras d'un chevalier ou d'un roi. Elle se retourna pour apercevoir au-dessus une petite chapelle et un bâtiment attenant.

– C'est le couvent de Sainte-Catherine, lui dit Pierre, qui avait suivi le regard de Cathy.

La jeune femme acquiesça de la tête et préféra éviter le sujet, sachant que l'après-midi même Pierre y serait présent pour les obsèques de l'Oncle de son ami.

– Nous sommes presque arrivés, lui dit Pierre, avec une certaine fébrilité dans la voix. Après le Castelare, cette petite tour cassée que vous voyez au-dessus de la pointe, nous serons à Pietra.

En effet, quelques instants plus tard, la voiture contourna la dernière avancée rocheuse et Cathy découvrit la baie de Pietra, avec son petit port et son hôtel. Derrière la plage de sable gris, une plaine avec des collines de chaque côté couvertes de maquis. Ensuite, le relief s'élevait progressivement pour devenir une montagne qui dominait la mer étendue à ses pieds.

– C'est très joli, dit Cathy avec sincérité.

– C'est mon village, répondit fièrement Pierre.

En ce beau dimanche d'août, tout le monde s'était donné rendez-vous dans le Cap Corse. Le nouvel agent de Marie-Jeanne de Galpi, avait rejoint Pierre et Cathy à la boulangerie et les avait pris en filature. Ce dernier était lui-même talonné par Lucas sur sa moto volée. Walter venait de louer sa voiture à l'aéroport de Poreta et était en direction de l'hôtel le Mérou. Dans le vol suivant Elizabeth et Jimmy avaient deux places et dans la première classe de ce même vol était confortablement installée Marie-Jeanne de Galpi qui avait décidé de prendre personnellement les choses en main.

Les crêtes se découpaient distinctement sur le ciel d'un bleu pur et les îles d'Elbe et de Capraia avaient disparu dans les brumes de chaleur. La mer était limpide et sans une ride. Pas le moindre souffle de vent sur la pointe des peupliers. La journée promettait d'être brûlante.

Pierre quitta la route du littoral et tourna à gauche en direction du village. Il s'engagea dans la grande ligne droite et passa devant les maisons qu'il connaissait bien. Il constata que depuis les huit derniers mois deux nouvelles villas avaient été construites. L'urbanisation galopante avait finalement rattrapé ce coin si longtemps préservé et le lotissement prévu sur la colline avait démarré. Le monde change, pensa-t-il, et il faut accepter que Pietra n'échappe pas à la règle. Le voile de mélancolie s'envola au passage de l'immuable petite chapelle de Saint-Léonard. Son cœur se mit à battre plus fort lorsqu'il passa devant la bergerie et pénétra dans la forêt. Il retrouvait maintenant tous ses souvenirs d'enfance. Chaque rocher derrière lesquels il s'était caché, chaque muret qu'il avait escaladé pour cueillir des mûres. Les figuiers aux fruits gorgés de soleil et les traditionnels tombeaux qui le faisaient frissonner. Il pénétra dans le premier hameau à faible allure, passa devant la maison des « Américains », en référence aux demeures magistrales construites par des Corses partis faire fortune, au début du siècle dernier, aux Amériques. Il dépassa ensuite le panneau Oreta, son hameau, longea le grand mur traditionnel qui bordait sa petite propriété et tourna à gauche dans le chemin menant à son entrée. Il descendit de voiture et s'approcha lentement de son portail jetant un regard circulaire au jardin. Les lauriers roses étaient en fleurs et le mélange des tons, rouge, blanc, rose était splendide. Le bougainvillier fuchsia était magnifique. L'olivier et le figuier se portaient bien et le jeune châtaignier gagnait en vigueur. Les orangers présents à l'origine de l'achat du terrain semblaient toujours veiller sur l'ensemble, par leur positionnement stratégique.

Il ouvrit religieusement le portail donnant sur son sanctuaire et gara la voiture. Voyant la jeune fille sur le siège passager, il réalisa sa présence. Pendant quelques minutes, il l'avait complètement oubliée, perdu dans ses pensées et totalement absorbé par l'aspect toujours solennel de ses arrivées à Pietra. Ce rituel immuable lui permettait de quitter le monde sauvage de la vie parisienne pour se projeter dans une autre dimension faite de soleil, de nature, de traditions et d'amitié.

Il fit rapidement le tour du véhicule pour lui ouvrir la portière.

– Je suis désolé, dit-il, se sentant stupide.

– Pas de problème. Je crois comprendre l'attachement que vous avez à ce village et à ce petit coin de paradis que vous vous êtes construit.

Elle était totalement sous le charme de cette maison et de son jardin. L'endroit était empreint de simplicité et de bien être. Le jardin était équilibré et aménagé avec goût, juste entretenu pour garder un aspect naturel et agréable. La maison était en « L », de plein pied avec l'ensemble des pièces desservant une grande terrasse recouverte d'une charpente de bois sur laquelle étaient disposées des cannisses qui laissaient filtrer les rayons du soleil et permettaient d'avoir une ombre légère. Deux grandes tables étaient encadrées de bancs. Une cuisine d'été et un barbecue en briques bordaient la terrasse. Cela sentait bon les grandes tablées où les rires des enfants se mélangeaient avec les discussions bruyantes des adultes assis autour des verres de rosé et des grillades fraîchement sorties de la braise.

Suivant le regard de la jeune femme, Pierre lui dit :

– C'est un endroit fait pour recevoir mes amis corses, partager des moments simples et conviviaux. Abuser du vin régional et refaire le monde dans la fraîcheur des soirées du cap Corse. On oublie la vie parisienne, les petits soucis et on retrouve le goût des choses simples.

– Que demander de plus ? dit Cathy, un sourire aux lèvres.

– Venez, je vais vous faire visiter.

Ils firent le tour de la petite propriété et Pierre se sentit fier et heureux de la lui faire découvrir.

Comme d'habitude le frigo était plein de produits du terroir que Rose-Marie avait déposé pour lui. Un plat de lasagnes de sanglier, des légumes du jardin, du fromage de brebis et un Fiadone, gâteau Corse qu'il affectionnait particulièrement. Une corbeille de fruits frais et une bouteille de Patrimonio.

– Elle a encore trop bien fait les choses, dit Pierre, constatant qu'elle avait fait le ménage, son lit et sortie du linge de toilette. J'ai beau lui dire de ne rien faire et chaque année, c'est pareil, j'ai l'impression d'arriver dans un quatre-étoiles.

– Des amis sacrément dévoués !

– Plus que des amis, une vraie famille, dit Pierre avec tendresse. Je vous propose un café ?

– Je veux bien.

Ils s'installèrent sur la terrasse et prirent leur café sans un mot. Chacun savourant cet instant de douceur et d'intimité.

Pierre proposa à Cathy d'aller se reposer, car la nuit avait été mouvementée et le poids du voyage se faisait sentir. Elle refusa gentiment et il proposa donc une autre alternative.

– Je comptais descendre à la marine. J'ai un petit bateau au port et j'ai très envie d'aller humer l'air marin et le maquis. Si vous voulez vous joindre à moi ?

– Avec plaisir. J'aimerais me rafraîchir et enfiler une tenue plus adaptée.

– Vous savez déjà où est la salle de bain. Prenez les serviettes qui sont sorties.

Elle rentra dans la maison après l'avoir remercié. Pierre alla chercher les bagages dans la voiture, laissant les affaires de plongée dans le coffre. Il rajouta son sac pour le bateau. Il tira un short de bain, un tee-shirt et une serviette de son sac et se dirigea vers sa douche extérieure. Il l'avait installé dans un coin du jardin, à l'abri du regard des voisins et il n'utilisait que celle la durant tout l'été. Elle était branchée sur le tuyau d'arrosage et l'eau froide qui en sortait était du meilleur effet après les longues heures passées en plein soleil, la peau couverte de sel. Il se déshabilla et se doucha rapidement, profitant pleinement de l'eau froide qui dissipa les dernières brumes de fatigue de la nuit qu'il venait de passer. Il s'essuya à peine et enfila son short de bain, sans prendre le temps de passer son tee-shirt. Il se sentait enfin en vacances et il refoula les souvenirs de sa rencontre avec l'autre fou furieux, sur le pont du bateau. Il retourna sur la terrasse où l'attendait Cathy.

Elle portait un short court et un débardeur moulant qui mettait en valeurs les courbes parfaites de son corps, si bien qu'il détourna le regard, gêné. Avec ses lunettes remontées sur tête pour retenir ses cheveux elle était magnifique. Cathy regarda le jeune homme blond vêtu de son seul short de bain. Les boucles blondes s'étaient relâchées avec le poids de l'eau et ses cheveux jetés en arrière faisaient ressortir le bleu de ses yeux. Son corps un peu pâle, était mince et les muscles se dessinaient nettement sous la peau imberbe. Il faisait jeune avec son visage doux et angélique et il aurait pu être fade, si sa personnalité n'avait pas dégagé un tel magnétisme. Ses yeux brillaient d'intelligence et d'intérêt pour sa tenue ajustée. Il détourna pudiquement le regard et elle apprécia l'effet qu'elle lui faisait. Il passa son tee-shirt, attrapa sa serviette au passage et lui lança avec un large sourire :

– Vous avez un drôle de sac à dos.

Cathy avait à l'épaule un sac qui ressemblait à ceux que les motards portent, avec une coque et un tissu spécial.

– Dernier cadeau de mes parents, dit-elle avec un léger voile de tristesse dans les yeux. Il est totalement hermétique à l'eau et super solide. Il ne me quitte jamais.

– Allons-y, la mer n'attend pas, répondit Pierre qui ne voulait pas remuer de mauvais souvenirs.

Ils montèrent dans la voiture et Pierre reprit doucement la route de la marine. Il était huit heures et demie et le village se réveillait doucement, la chaleur commençait à se faire ressentir.

Pierre se gara sur les emplacements du petit port, salua chaleureusement le restaurateur qui servait les petits déjeuners et qui s'était occupé d'amarrer son bateau à l'anneau. Ensuite, il se dirigea vers un petit hors bord de cinq mètres cinquante avec un moteur de cent cinquante chevaux. Il aida Cathy à monter et s'affaira dans les préparatifs du départ, méticuleux et soigneux, il contrôla l'ensemble de l'équipement avant de démarrer le moteur. Spontanément, Cathy l'aida en détachant les boutes et l'embarcation sortit à petite allure du port.

Lucas avait suivi son ex informateur de Marseille jusqu'au village de Pietra. Il était passé devant la maison où était stationné le quatre-quatre. La Harley qu'il conduisait faisait un bruit d'enfer et la discrétion n'était pas garantie. Il fulminait intérieurement d'avoir été ridiculisé par le petit blond et il sentait le sang bouillir dans ses veines. Durant sa formation au Pakistan, il avait toujours été le plus fort, le plus efficace et le plus redouté. Néanmoins, ses formateurs lui avaient souvent reproché son manque de lucidité et son besoin incontrôlable de tuer. Sa peur viscérale du vide l'avait trahi et maintenant, sa colère ne retomberait pas avant son prochain meurtre. Il savait qu'il avait déjà échoué à trois reprises dans sa mission, mais il était, avant tout, une machine à tuer, comme il l'aimait à le dire et, sur ce point, il mènerait à bien sa mission, quitte à ne pas retrouver le livre.

Il allait d'abord s'occuper de l'autre crétin d'informateur et, par la même occasion, se procurer un véhicule et une tenue mieux adaptée. Il repéra la voiture de ce dernier garée plus haut dans un petit chemin. Il n'avait qu'à attendre son retour et l'endroit en retrait de la route faciliterait son action. Il alla se positionner et remarqua au bout du chemin une petite cabane de bois. Après avoir vérifié que son homme n'était pas en vue sur l'unique route, il s'approcha et regarda par le carreau. Une aubaine pour lui, il s'agissait d'une remise de chasseurs. Il alla chercher la moto qu'il cacha derrière et enfonça la porte. Il trouva une tenue plus appropriée, composée d'un pantalon kaki, d'un polo et d'une casquette de la même couleur. Il empocha aussi un couteau de chasse, puis se posta dans les buissons à quelques mètres de la portière côté conducteur de la voiture.

Comme il l'avait prévu, l'informateur arriva à petite foulée et ce dernier eut juste le temps de poser sa main sur la portière avant de se faire happer dans les buissons. Quelques secondes plus tard, il sortait de la végétation tirant sa victime par les pieds. Après avoir jeté le corps dans le coffre, Lucas sauta dans la voiture et redescendit vers la maison juste au moment ou le tout terrain disparaissait dans un virage. Il le suivit jusqu'au port et alla ensuite se garer derrière l'hôtel. Il fit le tour du bâtiment et chercha le couple des yeux. Il les repéra alors qu'ils manœuvraient dans le port.

Pierre tenait la barre du bateau et il remonta la file d'une trentaine d'embarcations qui composait l'intégralité de la flotte du petit port. Le ciel était pur et la mer lisse comme un miroir. Pierre se sentait tout engourdi et il avait besoin d'un grand bol d'air marin.

– Tenez-vous bien, dit-il à Cathy, une fois qu'ils furent éloignés de la sortie du port.

Il accéléra progressivement dépassant la Punta, la pointe droite de la marine de Pietra, et poussa la manette des gaz à son maximum. L'embarcation bondit dans un vrombissement de moteur. La mer calme favorisait la bonne tenue sur l'eau et Pierre se concentra sur son cap. Il sentait avec bonheur le vent dans ses cheveux et les embruns sur sa peau. Il enleva son tee-shirt pour se laisser pénétrer par les rayons du soleil et prit la direction du couvent en faisant une boucle afin de s'écarter de la côte. Pendant une dizaine de minutes, ils naviguèrent au-dessus des flots profitant de la magie du moment. À l'approche de son objectif, il ralentit l'allure puis coupa le moteur, laissant le bateau continuer sur son erre. Ils étaient à une cinquantaine de mètres de la côte. La route surplombait la mer d'une vingtaine de mètres et, au-dessus, ils pouvaient apercevoir le couvent de Sainte-Catherine surgissant du maquis. Entre le couvent et la route s'érigeait la statue que Cathy avait déjà aperçue.

Sur la rive, une grotte ouvrait sa bouche béante et sombre. L'eau était limpide et ils pouvaient deviner au travers les zones sombres des algues, les taches plus claires de sable, quelques quinze mètres plus bas. Pierre jeta l'ancre et sans un regard vers Cathy, plongea, savourant avec bonheur son premier bain de l'été. Malgré la fraîcheur toute relative de l'eau à vingt sept degrés, il se sentit revivre et nagea quelques secondes sous l'eau, écarquillant les yeux pour sonder le fond. À court d'oxygène, il remonta à la surface et se retourna vers Cathy.

– Venez ! l'appella-t-il avec ferveur, elle est super bonne.

La jeune femme ne se fit pas prier : elle retira rapidement ses vêtements, monta sur le bord du bateau, et plongea avec grâce et surgit juste devant lui. Il lui sourit et détourna son regard de peur qu'elle ne s'aperçoive de son trouble. L'endroit était calme d'une beauté sauvage et Pierre retrouvait une bonne dose d'énergie et de sérénité.

– Vous aimeriez jeter un œil sur ce qui se passe en dessous, demanda Pierre, en montrant du doigt les fonds marins.

– S'il n'y a pas de vilaines bêtes, je veux bien.

– Allons chercher les masques, les palmes et les tubas, dit Pierre en nageant vers le bateau.

Ils retournèrent vers l'embarcation et Pierre se hissa à bord pour aller chercher le matériel. Il donna à la jeune femme un masque qu'elle rinça et ajusta sur son visage après quelques petits réglages. Pierre fit de même et la rejoignit. Ils nagèrent côte à côte scrutant le fond. Ils étaient à la limite du sable et des algues là où les rougets fouinaient dans le sable, accompagnés de marbrés. Cathy suivait avec plaisir Pierre. Elle contemplait les fonds marins et leur trouvait une grande ressemblance avec l'environnement extérieur. D'une beauté sauvage, quelque peu austère et peu poissonneuse. De temps en temps, un poisson apparaissait entre les algues, un autre sortait du dessous d'un rocher. Le tout était paisible et seul le crissement du sable, sur le fond, laissait entendre sa douce mélodie. Cathy ressentait un profond bien être et une étrange attirance, qu'elle n'avait jamais éprouvée auparavant, pour le jeune homme qui évoluait sous l'eau comme un dauphin. Il restait des secondes interminables en apnée, slalomant entre les rochers, débusquant les poissons pour elle. Il était dans son élément, plus vif, plus agile, plus audacieux que sur la terre ferme. Ils s'approchèrent du rivage, les algues laissaient la place aux rochers et les petits poissons se faisaient plus curieux. Cathy aperçut sur le fond une grande voûte rocheuse qui formait un large tunnel. Pierre sortit sa tête de l'eau et lui demanda :

– Je voudrais vous montrer un endroit magnifique, mais pour cela, il faut nager un peu sous l'eau.

– Vous voulez aller là-dessous ? demanda Cathy, mi effrayée, mi amusée.

– Il n'y a que quelques mètres, mais si vous ne voulez pas, on laisse tomber.

– Non, non, je vous fais confiance. Allons-y !

– Prenez une bonne inspiration. Je vous montre trois avec mes doigts et on plonge. Donnez-moi votre main, je vous guiderai.

Elle lui donna sa main, qu'il prit avec douceur et fermeté. Il lui fit signe et ils plongèrent. Il y avait trois mètres avant l'entrée de la galerie. Pierre palmait doucement et elle en faisait autant pour économiser l'oxygène contenu dans leurs poumons. Ils pénétrèrent sous la voûte et Cathy fut étonnée par sa clarté. Dix mètres plus loin, un puits de lumière répandait sa lueur et éclairait la moitié du tunnel. Le spectacle qui s'offrait alors était magique. De petites anémones accrochées aux rochers laissaient flotter leurs filaments. Des algues et des coraux ornaient le passage. Le sol était jonché de pierres de toutes formes et de petits bancs de sables. Une kyrielle de petits poissons dansait un ballet frénétique et Cathy et Pierre se frayaient en douceur un passage au travers des nuages qu'ils formaient. Cathy scrutait chaque recoin pour ne rien perdre du spectacle. Enfin, ils débouchèrent à l'extrémité et remontèrent à la surface. Pierre se hissa sur le rocher et Cathy fit de même. Elle retira son masque et s'exclama :

– Super !

– J'adore cet endroit. Je viens chaque année à mon arrivée. C'est une habitude. Il représente le passage entre le continent et la Corse, entre une vie et une autre, en quelque sorte.

– Je comprends.

– Nous sommes dans la grotte qui reliait, il y a très longtemps, le couvent à la mer. La voûte s'est effondrée et c'est pour cela que la lumière passe. Le passage à l'air libre a été obstrué, mais un tunnel s'est formé sous la surface.

Il lui raconta l'histoire des sœurs du couvent de Sainte-Catherine qui s'étaient enfuies par ce passage, le jour où les Génois avaient envahi le cap Corse.

Ils ajustèrent de nouveaux leurs masques, firent le chemin inverse et retournèrent sur le bateau. Pierre monta le premier et tendit sa main à Cathy pour l'aider.

– Merci, Pierre, c'était une belle balade.

– Je vous en prie, lui répondit-il avec un large sourire, découvrant ses dents blanches.

Cathy regarda autour d'elle, l'étendue de la mer se perdre au-delà de l'horizon, la pureté de l'eau et le reflet du soleil à la surface. Elle demanda à Pierre :

– Vous pensez que votre théorie est aussi valable dans toute cette quantité d'eau ?

– Vous voulez dire l'ADN dans l'eau de la mer ?

– En effet.

– On prétend que les océans regorgent de trésors et de ressources extraordinaires. C'est d'autant plus vrai si vous pensez à toutes les connaissances qui s'y trouvent stockées dans l'ADN présent dans l'eau salée. Le cycle de la pluie trouve sa source dans l'évaporation des océans et permet ainsi de transfert de l'ADN sur la terre ferme. Enfin, ce n'est que la théorie d'un apprenti écrivain fou.

– C'est vrai, j'avais oublié, dit-elle en riant. J'aimerais que vous reveniez, continua-t-elle, à la manière dont les jeunes Pharaons assimilaient les connaissances de leurs prédécesseurs.

– C'est en effet une étape importante sur laquelle je me suis penché et j'ai remarqué que durant la cérémonie du sacre, le jeune Pharaon était soumis à une période importante d'isolement.

– On sait très peu de choses des cérémonies initiatiques en Égypte et le peu que l'on connaît se rapporte presque uniquement à la partie externe des rites, si bien que leur caractère secret nous reste totalement inconnu, lui dit Cathy qui connaissait aussi le sujet, pour avoir lu un grand nombre d'ouvrages sur la civilisation et les rites des Égyptiens, dans le cadre de ses études d'ethnologie.

– C'est tout à fait juste. Néanmoins, il est avéré que durant le rite du couronnement, le jeune Pharaon était isolé durant six semaines. C'était une épreuve physique et très éprouvante dont il ressortait très marqué.

– J'imagine que vous avez une petite idée sur la question ?

– Je n'ai aucune certitude, juste des déductions et de l'imagination. Comme je vous l'expliquais hier, à la mort du Pharaon, ses organes étaient conservés et ensuite inhumés dans la tombe royale. On sait aussi que tous les liquides corporels étaient totalement extraits, afin de momifier le défunt. Enfin, le cerveau était extrait par les cavités nasales. Mais ensuite, plus de trace de cet organe, ni du sang. Je pense que la clé est là.

– Vous savez que le cerveau est le seul organe de l'être humain, dont on ne sait pratiquement rien. Composé de soixante-quinze pour cent d'eau son fonctionnement physiologique et ses principales fonctions sont connues. En revanche, les scientifiques calent devant les mystères de l'esprit et du fonctionnement profond de notre ordinateur naturel. Les capacités extraordinaires de notre cerveau sont toujours une énigme.

– C'est pour cela que je ne prends pas beaucoup de risques à expliquer l'inexplicable. Je crois que le cerveau fonctionne comme une éponge et un filtre réunis. Gorgé d'eau, il traite l'ADN présent dans l'eau et les informations qui s'y trouvent. Ce traitement de l'information, pourrait-on dire, se passe durant la nuit car le cerveau peut alors se concentrer sur cette seule tache. Ce qui expliquerait les rêves, avec des bribes d'images confuses, des histoires incomplètes et souvent sans queue ni tête. Cela ressemblerait à l'analyse d'un disque dur. L'ADN présent dans l'eau serait analysé et les informations de tous genres qui s'y trouvent seraient récupérées et triées. Maintenant, si vous isolez le liquide qui compose le corps d'un seul homme et plus particulièrement celui de son cerveau et de son sang, vous obtenez cette substance enrichie en ADN, avec l'exclusivité du patrimoine génétique d'un seul individu.

– Vous pensez que les Égyptiens maîtrisaient une telle technique ? demanda Cathy, incrédule.

– Ils avaient juste du bon sens. Comme vous l'avez dit, le cerveau est composé de soixante-dix pour cent d'eau et il faut six semaines pour qu'elle se régénère totalement. Cette période correspond à l'isolement du jeune Pharaon. Il devait faire un jeûne total, à la limite supportée par le corps et ensuite se réhydrater avec les liquides corporels et plus spécialement ceux du cerveau et du sang du Pharaon défunt, afin de s'accaparer les connaissances de ce dernier.

– Mais c'est horrible ! le coupa-t-elle.

– Cela pourrait s'apparenter à nos greffes d'organes actuelles. À cette époque, les Égyptiens maîtrisaient déjà la technique de l'intraveineuse, puisque l'on a retrouvé des instruments médicaux datant de cette période, tels que des aiguilles et des tubes d'origine animale.

– Selon vous, cela expliquerait la capacité des Pharaons à transmettre leurs expériences et leurs connaissances à leurs descendances et à créer une lignée de surdoués ?

– Vous avez une autre explication ?

– Non, répondit-elle simplement.

– Je vous ennuie avec mes histoires, rentrons ! lança-t-il, coupant court à la conversation.

Il remonta l'ancre, démarra et lui dit :

– Vous allez conduire.

Cathy s'approcha du poste de pilotage et demanda timidement :

– Comment dois-je m'y prendre ?

Pierre se plaça derrière elle, posa sa main sur la sienne et poussa doucement la manette des gaz vers l'avant. Le bateau avança et Cathy se laissa aller légèrement en arrière contre le torse de Pierre. Elle sentait la chaleur de sa peau contre son dos. Il lui indiqua le cap à suivre et poussa la manette à fond.

Chapitre 8

Lucas s'était installé à la terrasse de l'hôtel, en bordure du port, pour attendre le jeune couple et il en avait profité pour prendre un petit déjeuner. Il rongeait son frein et avait décidé d'activer les choses. Il devait reprendre la conversation interrompue la nuit dernière sur le bateau, avec l'homme et cette fois-ci, ni rien, ni personne ne l'empêcherait de lui tordre le cou. Le petit bateau rentrait juste dans le port et il se leva pour suivre leur accostage. Ils passèrent devant lui, remontèrent la rivière dans laquelle était installé le port, puis se dirigèrent vers l'emplacement de Pierre. Lucas savoura sa chance, car le bateau s'éloigna de l'hôtel et disparut derrière les arbres. Ils seraient à l'abri des regards. Il longea la rivière et repéra le bateau dans sa manœuvre d'accostage. Il suivit le petit sentier et s'approcha de l'embarcation. Le jeune homme avait sauté sur le ponton et s'affairait avec les boutes. La jeune fille blonde descendit à son tour et l'aida à amarrer le bateau. Tous les deux lui tournaient le dos et Lucas pouvait entendre les explications de l'homme sur les nœuds marins. C'était le moment idéal pour les surprendre. À l'instant même où Lucas allait bondir, il fut coupé dans son élan par la voix d'un homme :

– Salut, Pierre, bonjour Mademoiselle, enfin de retour ! lança l'individu qui sortait d'un bosquet de lauriers roses, de l'autre côté de la rive.

– Bonjour, Georges, content de te revoir.

– Bonjour, Monsieur, lui dit Cathy.

– Appelez-moi Jo. Les amis de Pierre sont mes amis.

– Quel charmeur tu fais, Jo !

– Ce n'est plus de mon âge.

– Cela fait vingt ans que tu dis ça, lui dit Pierre en riant.

Jo, lui fit un signe de la main et continua ses travaux de jardinage.

Lucas fulminait car il venait de manquer une occasion en or. La patience n'avait jamais été son point fort. Il fit demi-tour et retourna sur le parking de l'hôtel. Il monta dans sa voiture et surveilla le ponton. Machinalement, il regardait les véhicules qui passaient devant lui. Son regard vif et précis notait tous les détails de son environnement. Un vieux tout-terrain s'engagea sur le parking et passa devant lui. Lucas n'en croyait pas ses yeux et murmura :

– Allah Ouakbar.

Il venait de reconnaître l'Apôtre Matthieu.

Cathy et Pierre avaient fini d'attacher le bateau. Ils remontèrent le ponton et se dirigèrent vers la voiture. Un homme arrivait en face d'eux et Pierre lui fit un signe de la main. Cathy s'arrêta et posa son sac sur le sol.

– Vous permettez ?

– Je vous en prie.

Elle fouilla dans son sac, en sortie un tee-shirt et une paire de lunettes de soleil qu'elle posa sur son nez. L'homme arrivait vers eux et Pierre le salua.

– Bonjour.

– Bonjour, Pierre, bonjour, Mademoiselle. Je suis le Père Manuel.

– Bonjour, mon Père, répondit Cathy.

Pierre ne l'appelait jamais « mon Père ». Non, par manque de respect, mais par manque de reconnaissance des hommes de Dieu. Il n'était pas un grand fidèle des églises et n'était pas sensible aux discours des prêtres, qu'il trouvait ennuyeux et décalés de la réalité.

Manuel Sanchez était prêtre depuis quinze ans et il aurait pu être, à quarante ans, le plus jeune évêque du Vatican. Espagnol, issu d'une famille de restaurateur Catalan, il avait ressenti très jeune sa vocation pour l'église. Il habitait à Barcelone et la Sagrada Familia avait été pour lui un révélateur de la grandeur de Dieu.

Il avait dévoré ses études avec boulimie et, à vingt-sept ans, il en était sorti bardé de diplômes de langues et de sciences politiques. Il avait été repéré, par les instances religieuses, puis envoyé en séminaire au Vatican afin de concrétiser son engagement avec Dieu. Il avait géré sa foi comme un politicien. prêtre à trente ans, gravissant les échelons pour finalement finir dans le service du Saint-Père, il avait brillé par son intelligence, son enthousiasme et son dévouement.

C'est à cette époque qu'il avait rencontré Walter Bevans et qu'il avait épousé sa cause en devenant l'Apôtre Matthieu. Walter l'avait pris sous son aile et il avait fait de lui son fils spirituel, avec la même foi inébranlable que lui. De plus, il était prêtre, proche du Pape et avait accès à toutes les bibliothèques du Vatican. Il avait eu l'opportunité de faire de nombreuses recherches, malheureusement infructueuses, pour trouver le manuscrit. Cinq ans plus tôt, Walter pensait avoir franchi une étape supplémentaire avec Manuel, car ce dernier semblait promis au poste d'évêque. Mais Manuel avait contrarié tous ses plans lorsqu'il avait brusquement rejeté cette chance et, par la même occasion, abandonné ses ambitions. Le poids que lui faisait porter Walter était bien trop lourd et il s'était senti instrumentalisé. Manuel avait réalisé que Walter l'avait manipulé et détourné sa foi pour ses ambitions personnelles. Il avait alors été submergé par un doute immense sur son rôle au sein de l'église catholique. Il ne voulait pas finir dans les huiles de la religion sans avoir rencontré le commun des chrétiens, car c'est pour eux qu'il avait choisi cette voie.

Il était donc parti durant deux ans et avait parcouru le monde pour approfondir sa connaissance des fidèles, pour éprouver sa foi et rencontrer les prêtres qui travaillaient pour les plus déshérités. Pendant cette période, il avait approché la misère, la maladie, la faim, mais aussi le pouvoir, la richesse et l'opulence. Il avait travaillé avec des prêtres ouvriers et échangé avec des pasteurs protestants. Il avait été courtisé par des hommes politiques et de riches industriels qui voyaient en lui l'avenir de l'église.

Les prêtres d'aujourd'hui, de la vieille Europe, avaient trop souvent des discours stéréotypés, insipides et hermétiques à la nouvelle génération. L'église devait se rajeunir au plus vite, car son édifice grandement menacé, allait bientôt s'effondrer. Lorsque Manuel avait rencontré Walter Bevans, il pensait avoir trouvé le tremplin qui le mènerait au sommet du Vatican. Sa quête du manuscrit l'avait emmené dans toutes les bibliothèques du Vatican et il pensait détenir l'arme absolue de sa réussite. Mais, après quelques années, Walter s'était avéré aussi dangereux qu'un tribunal de l'Inquisition. C'était un fanatique catholique, prêt à tout au nom du Christ. Ses intentions, de prime abord, louables étaient servies par un esprit rigide.

Manuel avait donc décidé de quitter les « Douze Apôtres », mais Walter lui avait dit : « Nous sommes liés par un pacte de sang, à la vie à la mort. » Suite à cette altercation, Manuel était venu à Pietra, pendant l'été, chez l'éditeur Paolo Corta, alias l'Apôtre Pierre. Ce dernier s'était pris d'affection pour lui dès son arrivée dans leur société secrète. Ils avaient des valeurs communes et entretenaient une amitié sincère. Manuel était tombé sous le charme de ce petit village et il n'en était jamais reparti. Il avait acheté l'ancienne chapelle délabrée et abandonnée de Saint-Pancrace, située à Lapedina, le dernier hameau du village perché dans la montagne.

Pierre regarda le prêtre qu'il côtoyait depuis trois ans, car c'était un ami de l'oncle de Louis, Paolo Corta. Il avait toujours été intrigué par cet homme qui était si loin de l'image traditionnelle qu'il avait des curés. Pierre n'était pas pratiquant et sa foi incertaine. Il n'avait jamais adhéré aux discours des prêtres qu'il avait écouté lors de quelques rares occasions, mariages, baptêmes et enterrements. Louis et sa femme, pourtant peu adeptes des églises, avaient succombé aux charmes de Manuel et depuis, ils fréquentaient assidûment la chapelle Lapedina. Louis avait essayé d'y amener son ami, mais sans succès. Pierre restait méfiant vis-à-vis de Manuel et de son succès, mais il connaissait l'amitié qui le liait à Paolo et il lui dit avec sincérité :

– Je suis désolé, Manuel, vous avez perdu un ami cher.

– Ce sont souvent les meilleurs qui partent les premiers.

– Vous direz l'office cet après-midi ? demanda Pierre qui connaissait la réponse.

– Je ne suis pas le prêtre officiel de Sisco, mais à la demande de Louis, j'officierai.

– Alors, à cet après-midi.

Lucas observait la scène de sa voiture. Les deux hommes se connaissaient. Il laissa les deux jeunes partir, car Manuel était une proie beaucoup plus importante. Quelque chose se tramait dans le coin. Il suivit du regard le prêtre qui se dirigeait vers la terrasse de l'hôtel. Il avait une nouvelle piste et connaissait le lieu de résidence des deux tourtereaux. Il serait toujours temps de leur rendre une petite visite, pensa-t-il avec un mauvais sourire.

Manuel s'approcha d'un homme qui sirotait un café et lui dit :

– Bonjour, Monsieur le Maire.

– Bonjour, mon Père.

– J'aurais besoin de votre aide.

– Que puis-je faire pour vous ?

– En cette saison, l'affluence à la chapelle est importante et je ne voudrais pas encombrer la route du village. Auriez-vous un terrain à me louer sur Lapedina pour faire un parking ?

– Je vais regarder, mon Père, mais je crois que la commune possède un terrain à la sortie du hameau. Nous pourrions vous le prêter pour l'été et je demanderai au service de l'entretien de vous le nettoyer.

– Je vous remercie beaucoup, Monsieur le Maire, mais je tiens à vous payer un loyer. C'est une question de principe et puis les articles que j'écris pour des journaux me permettent d'avoir des revenus corrects. Je ne tiens pas à faire l'aumône, lui dit Manuel avec un grand sourire.

Les nombreux articles qu'il publiait, politiques, religieux ou économiques, étaient d'une grande qualité et il en retirait de très bons bénéfices. Cet argent avait financé les travaux et lui permettait de faire fonctionner la chapelle.

– Très bien, lui dit le Maire, demain nous serons mardi. Je vous confirmerai dans la journée.

– Merci, j'attends votre appel demain ou alors, passez pour l'apéro.

– Entendu.

Lucas observa le prêtre qui repartait vers sa voiture et démarra à son tour. Il pouvait resserrer sa filature, car sa barbe de quatre jours, sa casquette de chasseur et ses lunettes de soleil le rendaient méconnaissable. Lucas pensa au corps dans le coffre et il se dit qu'il faudrait s'en débarrasser au plus vite.

Manuel s'installa dans sa voiture et regarda le manuscrit posé sur le siège passager. Il l'avait reçu la veille, de la part de l'Apôtre Barthélemy et il l'avait totalement lu. Tout d'abord étonné, puis intéressé, puis inquiet. Dans de mauvaises mains, ce manuscrit pourrait être une vraie bombe. Il ne connaissait que trop bien le milieu de la presse pour savoir que mal présenté ou déformé, il ferait beaucoup de tort. Pire encore, s'il était exploité par les médias, ces derniers se feraient une joie d'en faire du sensationnel. L'information était devenue un outil commercial, avec le seul objectif de faire de l'audimat. Tous les moyens étaient utilisés : violence, sexe, misère, guerre et souffrance devaient choquer l'opinion publique et interpeller les téléspectateurs. L'information était manipulatrice, perverse et superficielle.

Cette quête stupide du manuscrit par Walter devait cesser. Il avait fondé une organisation, mobilisé des hommes et des moyens financiers énormes dans l'unique but de le trouver. Manuel devait lui apporter le manuscrit et lui démontrer que la clé du renouveau du Catholicisme n'était pas dans ces quelques feuilles, mais dans ce qu'il avait fait ressurgir des habitants de Pietra, dans la chapelle de Lapedina. Il devait le convaincre de se joindre à sa cause et de mettre sa foi et sa passion au service d'une action concrète. Walter n'adhérait pas à cette vision de la religion et depuis qu'il était en Corse il ne lui adressait plus la parole et le tolérait tout juste lors des réunions des « douze ». Paolo, l'ami de Manuel, était mort pour ce manuscrit et il devait arrêter Walter et ceux qui étaient prêts à tout, avant que d'autres personnes ne meurent. Il prit son téléphone portable et composa le numéro de Walter.

Marie-Jeanne de Galpi attendait son tour pour louer sa voiture et tout en rongeant son frein, elle avait feuilleté Corse matin, le journal local. Les nouvelles étaient sans intérêt et en ce mois d'août les journalistes devaient être en vacances. Néanmoins, un article avec la photo d'un prêtre, avait attiré son attention. Il relatait comment ce curé avait pu mobiliser dans une petite chapelle du village de Pietra des dizaines de paroissiens autour de réunions conviviales. À ce jour, ils étaient plus d'une centaine à faire le déplacement dans le Cap, plusieurs fois par semaine, pour participer à ces offices d'un nouveau genre. Le Maire se félicitait de ce nouvel élan religieux, au sein du village, qui avait ramené un vrai sens du partage, de la solidarité et de l'échange, à la communauté. L'évêque de Corse s'inquiétait du détournement qui était fait de la pratique stricte et respectueuse des rites religieux, à des fins commerciales et personnelles, de la part du Père Manuel. Ce dernier n'était pas le curé officiel de la paroisse de Pietra et il utilisait un bâtiment privé. Une ancienne chapelle délabrée qu'il avait aménagée en café, pour transmettre une parole que l'église ne reconnaissait pas. Une enquête du Vatican était en cours et un émissaire du Pape, le cardinal Heineker, allait venir faire une inspection à la chapelle de Lapedina, afin de sanctionner ce prêtre marginal.

Marie-Jeanne récupéra les clés du véhicule, après un couple qui avait l'air complètement perdu. Elle avait l'habitude que quelqu'un s'occupe de toutes les formalités et elle s'impatientait en suivant le représentant de l'agence de location qui faisait le tour de la voiture pour noter les rayures. Finalement, elle put partir. La montre du tableau de bord indiquait neuf heures quarante-cinq.

Elle avait cherché à joindre son nouvel informateur pour faire un point, mais ce dernier ne répondait pas. C'était un très mauvais signe. Elle avait décidé de se rendre l'après-midi à Sisco pour les obsèques, afin de reprendre la piste qu'il lui avait donnée. Mais, en attendant, elle avait prévu de faire un petit pèlerinage. Elle connaissait un endroit dans le cap où elle avait passé les meilleures vacances de sa vie, il y juste vingt ans. C'était avec Walter Bevans, à l'hôtel le Mérou.

Jimmy et Élisabeth avaient loué une voiture à l'aéroport de Bastia-Poreta et ils avaient pris la direction du cap, comme leur avait indiqué la réception du Mérou. Ils avaient été un peu hésitants dans leurs démarches de location, car les treize années passées au laboratoire les avaient totalement coupé du monde et déconnecté de ce genre de situation. Élisabeth avait bien cru que le petit bout de femme survoltée, qui était derrière eux, allait les étriper.

Walter était arrivé à l'hôtel, il avait pris une douche et avait essayé de joindre Hector sans succès. Il lui avait laissé un message et, sans nouvelles de sa part d'ici une heure il appellerait un autre contact sur Paris pour prendre le relais.

Il ne laissait jamais rien au hasard et l'expérience lui avait appris à toujours anticiper les problèmes. Il était ensuite descendu prendre un petit-déjeuner à la terrasse de l'hôtel et avait consulté les journaux du jour : le Times, le Figaro et le journal local. Il avait lu, avec agacement, l'article concernant le père Manuel, alias « l'apôtre Matthieu ». Il avait tellement investi sur cet homme, qu'il avait considéré comme son fils, qu'il avait vécu comme une trahison sa fuite devant sa destinée d'évêque. Aujourd'hui, ce dernier gâchait son talent à s'occuper de quelques brebis sans intérêt. Son téléphone portable bipa et interrompit ses pensées. C'était un message de Madi, bref mais éloquent : « Judas est un traître. » Comme il le pensait les événements s'accéléraient et les surprises ne faisaient que commencer… !

Il regarda autour de lui. Tout dans cet hôtel lui rappelait ses vacances avec Marie-Jeanne. Il avait choisi d'oublier ce moment lorsqu'il s'était détourné de la foi et avait tourné la page, refoulé ses sentiments et ses démons. Son téléphone sonna et le tira de ses souvenirs.

– Allô, répondit-il.

– Bonjour, Walter, c'est Manuel.

Il y eut un long silence et Manuel pensa que Walter avait raccroché.

– Je vous écoute, Apôtre Matthieu, répondit Walter de manière très protocolaire, afin de bien marquer ses distances.

Manuel ne se formalisa pas et répondit :

– Je possède ce que vous cherchez, Apôtre Jean.

– Vous voulez parler du…

– Manuscrit, termina Manuel.

Walter sentit son cœur bondir dans sa poitrine. La tête lui tournait et il n'osait croire à ce miracle.

– Je suis à l'hôtel Le Mérou.

– Je serai là dans quinze minutes.

– Chambre 12, dit Walter, avant de raccrocher.

Il regarda sa montre qui indiquait dix heures quarante-cinq et se dit qu'il était enfin récompensé de toutes ces années de recherches. Il se leva, envahi par l'émotion et passa par la réception pour vérifier ses messages.

Jimmy et Lisa s'étaient garés près de l'hôtel et ils s'étaient rapprochés pour observer le bâtiment. Ils avaient vu Walter à la terrasse prenant son petit déjeuner. Ils s'étaient déplacés pour trouver un meilleur angle et maintenant ils pouvaient le voir se diriger vers l'accueil.

Marie-Jeanne était sur le parking de ce même l'hôtel et se dirigeait vers l'entrée. Elle s'arrêta un instant pour observer le cadre qui, malgré une rénovation évidente et une végétation bien plus abondante, n'avait pas tellement changé.

Elle se revoyait encore, du haut de ses vingt-trois ans, main dans la main avec Walter, franchissant cette même entrée. Le soleil l'aveuglait et lui fallut quelques secondes pour s'acclimater à la pénombre de la réception. Elle aperçut alors un homme, de dos, quittant l'accueil. Elle crut avoir une hallucination en reconnaissant Walter et instinctivement elle le suivit. Il longea la piscine et disparut au coin. Elle pressa le pas et en arrivant à l'angle du bâtiment, elle le vit de profil qui entrait dans une chambre. Aucun doute : c'était bien lui. Elle s'approcha de la porte sur laquelle était inscrit le numéro 12. Après un instant d'hésitation, elle frappa. Walter ouvrit la porte et Marie-Jeanne put lire la stupeur dans ses yeux gris. Elle ne l'avait pas revu depuis vingt ans, mais il avait peu changé. Le corps était toujours aussi massif, peut-être un peu empâté. Les cheveux étaient presque totalement blancs. Son visage plus buriné avec le même regard perçant. Cette lueur qu'elle avait tant aimée passa un instant, puis s'éteignit. Walter retrouva ses esprits :

– Bonjour, Marie-Jeanne, dit-il, contenant son émotion et maîtrisant sa voix.

Malgré toutes ses années, elle était toujours aussi belle et même plus encore. Il avait laissé une jeune femme sortie de l'adolescence et il retrouvait une femme mûre. Son regard innocent avait laissé la place à des yeux noirs résolus.

– Le monde est petit, répondit-elle.

– Rentre.

Elle pénétra dans la chambre et s'assit sur le lit.

– Quel bon vent t'amène ?

– Le même que toi, répondit-elle mystérieusement.

Comment pouvait-elle être au courant ? pensa Walter. À moins que…

– Vingt ans ont passé, dit-il, mais les souvenirs demeurent.

Marie-Jeanne frémit, mais les yeux de Walter le trahissaient. Elle se leva et s'approcha de lui. Sa tête lui arrivait à peine à la poitrine.

Elle leva les yeux vers lui, comme elle le faisait dans le passé. Walter s'était fait prendre à son propre piège, en essayant de la déstabiliser par les sentiments.

Le feu qui couvait au fond de son cœur se réveilla soudain. Sans qu'il pût se maîtriser, il fut submergé par une onde de chaleur. Il leva les bras pour l'enserrer, comme il aimait tant le faire dans le passé, mais des coups frappés sur la porte l'arrêtèrent dans son élan et il s'écarta d'elle.

– Entrez, dit-il.

Manuel pénétra dans la chambre, dans sa main, une pochette avec le manuscrit.

Jimmy et Élisabeth regardaient le drôle de manège devant la chambre de Walter. D'abord, la femme de l'aéroport, qui était devant eux chez le loueur de voiture, était entrée. Maintenant, un autre homme entrait à son tour.

– Bonjour, Madame, dit Manuel, étonné de voir quelqu'un avec Walter.

– Je vous présente Marie-Jeanne de Galpi, Père Manuel, présidente du Parti Français. C'est une vieille amie, s'empressa de dire Walter qui ne pouvait détacher son regard de la pochette.

– Bonjour, lui dit Marie-Jeanne, en reconnaissant le prêtre qu'elle avait vu sur l'article du matin.

– Vous m'avez amené le dossier dont nous avons parlé, demanda Walter à Manuel, en tendant la main.

– En effet, mais j'ai un certain nombre de points à vous expliquer avant de vous le remettre, répondit ce dernier en conservant le dossier.

– Tu veux bien m'attendre sur la terrasse ? demanda gentiment Walter à Marie-Jeanne.

Elle n'eut pas le temps de répondre, que l'on frappait de nouveau à la porte.

– Oui ! lança Walter, agacé.

– C'est l'Apôtre Judas, répondit une voix derrière la porte.

– Un instant.

Il regarda Manuel qui lui fit signe qu'il ne savait pas que l'Apôtre Judas était présent et remarqua l'air étonné de Marie-Jeanne qui le croyait mort.

Walter pensa au SMS de Madi « Judas est un traître » et il se retourna vers Marie-Jeanne, car il ne voulait pas lui faire courir de risques.

– Rentre là-dedans, lui dit-il fermement, à voix basse.

Il ouvrit la porte de la penderie. Elle risquait de griller la couverture de

Lucas au sein des « douze » et elle n'hésita pas à entrer dans l'espace exigu.

— Il n'est plus des nôtres, souffla Walter à Manuel, avant de dire : entrez !

Lucas Bertino pénétra dans la chambre. Il avait pris le temps de retirer sa casquette, ses lunettes et de lisser ses cheveux en arrière. Néanmoins, son aspect n'était pas engageant et à l'opposé de l'image qu'il donnait habituellement lors des réunions. Il avait reconnu la voix de Walter et il se félicitait d'avoir suivi la bonne piste.

— Bonjour, apôtre Jean, bonjour apôtre Matthieu. La paix du Christ, dit ce dernier de manière solennelle.

— Bonjour, Apôtre Judas. La paix du Christ, répondirent les deux hommes.

Tout de suite le regard de Lucas se porta sur la pochette que tenait le prêtre et cela n'échappa pas à Walter qui lui demanda :

— Quelles sont les nouvelles, apôtre Judas ?

— Je suis sur une piste très sérieuse et je pense que nous touchons au but.

— Laquelle ?

— Je suis allé voir l'apôtre Barthélemy à Bandol mais je suis arrivé trop tard. Il était déjà mort. Il avait reçu le manuscrit et il doit se trouver maintenant quelque part dans la région, répondit Lucas, en observant la réaction du prêtre.

Il vit les doigts de l'homme se crisper sur la pochette qu'il tenait contre sa poitrine. C'était la confirmation qu'il attendait.

— Il me semble que je sois plus proche que je ne le pensais, dit Lucas.

— Il me semble que ce ne sont plus vos affaires, répondit Walter en ajoutant, je dirais même que vous n'avez jamais aussi bien porté votre nom, apôtre Judas.

— Nous y voilà ! siffla Lucas entre ses dents, les yeux brillants de haine.

— Vous feriez mieux de tout nous avouer, Lucas, lui dit froidement Walter.

— Vous êtes pathétiques, vous et vos Apôtres. C'est aujourd'hui que sonne le glas de votre minable organisation et votre Dieu ne vous sauvera pas. Donnez-moi cette pochette ! ordonna-t-il, à Manuel.

Manuel fit un pas en arrière et Walter s'interposa entre les deux hommes.

— Vieux fou ! lui cracha Lucas au visage. Que comptes-tu faire ?

Walter savait qu'il ne serait pas de taille à l'affronter. Il l'avait jusqu'à présent mal jugé. Lucas avait bien caché sa véritable personnalité et, sous le costume d'homme affaires italien, rien ne laissait deviner cette bête qui lui faisait face aujourd'hui. Néanmoins, il devait gagner du temps et préserver le manuscrit de ce monstre.

– Je suis prêt à te payer très cher pour que tu quittes à jamais cette chambre, lui proposa Walter qui avait volontairement utilisé le tutoiement.

– Je poursuis ma propre croisade et l'argent ne m'intéresse pas.

– Pour qui travailles-tu ? lui demanda Walter qui cherchait la faille.

– Pour une bonne cause, répondit Lucas, en avançant vers Manuel, signifiant que la conversation était terminée.

Ancien lutteur dans son Texas natal, Walter avait gardé un corps musclé et, malgré ses soixante-cinq ans, il pourrait le ralentir un peu en profitant de l'effet de surprise.

Avec l'énergie de toute sa foi, il se jeta en avant de toutes ses forces, propulsant ses cent dix kilos sur Lucas. Ce dernier surpris, ne put que se préparer à l'impact sans pouvoir esquiver, coincé par l'étroitesse de la pièce. Le choc fut terrible et les hommes furent projetés contre le mur. Walter profita de son avantage pour maîtriser Lucas avec une clé de bras qui lui arracha un grognement de douleur.

– Fuis ! cria Walter à Manuel.

Ce dernier hésita un instant, mais il devait protéger le manuscrit et, voyant que Lucas se reprenait, il courut vers la porte et disparut. En passant devant la réception, il lança à l'employé :

– Appelez la police, il y a une bagarre à la 12 !

Il fonça sur le parking et sauta dans sa voiture.

Pendant ce temps, la lutte faisait rage dans la chambre. Lucas s'était dégagé mais Walter l'avait repoussé. Le Texan soufflait bruyamment et essayait de récupérer. Lucas se redressa, le regard mauvais. Il aimait le corps à corps et plus encore la mise à mort et il fit semblant d'avancer, laissant Walter se lancer. Puis, il fit un pas sur le côté pour le saisir par derrière, glissa ses mains sous les bras de Walter et les lia derrière sa nuque. Walter avait les bras coincés et la prise de Lucas poussait sa tête en avant. La force de Lucas était impressionnante et il luttait de toutes ses forces pour résister. Il recula avec l'énergie qu'il lui restait et se projeta contre le mur. Le choc fut violent et Lucas relâcha un peu sa prise, sonné par l'impact. Walter tenta de casser la prise, mais Lucas s'était déjà ressaisi et le poussa en avant sur le lit, l'immobilisant de tout son poids.

– Tu es vaincu, vieil homme, dit Lucas, à son oreille.

– Je n'ai pas peur de mourir et toi, tu devras répondre de tes actes le jour du jugement dernier.

– Je suis prêt à sacrifier ma vie pour Allah, lui dit Lucas, se découvrant.

– Nous ne sommes pas si différents, finalement.

– Que veux-tu dire, vieux fou ?

– Nous luttons chacun pour notre Dieu et nous sommes prêts à mourir pour Lui.

– Nous n'avons rien en commun.

– Seul le nom et la pratique de la religion changent, la foi est la même et nos problèmes sont aussi les vôtres.

– En tout cas, pour toi, les problèmes sont finis, lui répondit Lucas dans une raillerie.

Walter relâcha ses muscles et dit clairement à Lucas :

– Je suis prêt.

Lucas assura sa prise et lui répondit :

– Va rejoindre ton Dieu.

Il poussa de toutes ses forces sur la nuque et les os craquèrent comme du bois mort.

Les cervicales brisées Walter s'affaissa, foudroyé.

Chapitre 9

Jimmy et Élisabeth avaient suivi le ballet des entrées et des sorties, dans la chambre de Walter. Un homme était parti en courant et Jimmy avait voulu intervenir, mais sa femme l'avait supplié de ne pas bouger. Puis, le dernier entré, un brun costaud, était sorti quelques instants plus tard. Ils attendirent encore quelques minutes pour voir si Walter et la femme réapparaissaient, mais rien ne se passa.

– Il est notre seule piste. On ne peut pas rester là sans rien faire, dit Jimmy.

– Allons-y ensemble, répondit-elle.

Ils sortirent de leur planque et se dirigèrent, comme deux touristes vers l'hôtel. De l'agitation régnait à la réception et ils ne voulaient pas se faire remarquer. Ils pressèrent le pas et frappèrent à la porte de la chambre 12. Aucune réponse. Jimmy ouvrit la porte sans hésitation et ils pénétrèrent dans la pièce.

Walter était étendu sur le lit, dans une mise en scène macabre, les bras en croix tel le Christ crucifié.

Élisabeth étouffa un cri en voyant sa tête désarticulée pendant sur le côté, les yeux grands ouverts.

– Merde ! lança Jimmy.

Il était plus énervé par la perte de sa seule source d'informations que par la mort de l'homme qui les avait séquestré pendant treize ans. Il inspecta minutieusement la chambre à la recherche d'indices et ne put que constater qu'aucun ne subsistait.

– Ne restons pas là, dit-il à Élisabeth.

Ils se dirigèrent vers la porte, mais la scientifique entendit un bruit et elle se retourna.

Le placard s'ouvrit et Elizabeth reconnut la petite femme brune.

– Que faisiez-vous là-dedans ? demanda Jimmy.

– Je suis une amie de Walter et il m'a demandé de me cacher, lorsque Lucas est entré dans la chambre. Il se doutait certainement que les choses pouvaient mal tourner.

– Mais pourquoi l'avoir tué ? demanda Elizabeth.

– Le père Manuel possédait un document que Lucas voulait à tout prix et Walter a couvert sa fuite en s'interposant. Ils se sont battus et Lucas l'a tué.

Elle fit semblant d'être totalement bouleversée de manière à ne pas éveiller les soupçons des deux inconnus.

Elle se prit la tête dans les mains, feignant les larmes et réfléchit rapidement.

Lucas avait confessé à Walter son dévouement à l'Islam et elle réalisa qu'il avait abusé d'elle depuis le début. Néanmoins, elle pouvait encore tirer partie de la situation. Elle se rappelait l'article qu'elle avait lu le matin même, concernant le Père Manuel et elle savait où le retrouver. Le manuscrit lui était maintenant accessible et, une fois en sa possession, il lui permettrait de mettre le Vatican à sa botte, d'obtenir ses faveurs et les millions d'électeurs qui l'accompagnaient.

Élisabeth lui toucha l'épaule, dans un geste de compassion et lui demanda:

– Ça va aller ?

– Oui, ça va, merci, répondit Marie-Jeanne dans un souffle.

– On ne peut pas rester là, dit Jimmy.

– Que fait-on ? demanda Élisabeth. Maintenant que Walter est mort, nous n'avons plus de piste.

– Je n'en sais rien, répondit Jimmy impuissant.

Marie-Jeanne se redressa.

– Je sais où aller.

Ils montèrent dans la voiture de location du couple, Jimmy prit le volant et se tourna vers la femme installée à l'arrière, remarquant son regard décidé.

– Je vous écoute.

Pierre s'était douché à l'extérieur de la maison, afin de se débarrasser du sel de mer et Cathy était dans la salle de bain. Il avait enfilé un pantacourt et un tee-shirt. Il rinçait les affaires de plongée et rangeait le reste de son matériel de pêche dans le garage. En remontant de la plage, il avait expliqué à Cathy les activités de Manuel à la chapelle Lapedina et l'influence que l'homme avait sur son ami Louis et sa femme. Ce dernier ne jurait que par lui et Pierre l'assimilait plus à un gourou qu'à un prêtre.

Pierre était perdu dans ses pensées et il ne vit pas l'homme qui arrivait derrière lui.

– Jolie maison !

Pierre sursauta, se retourna et resta pétrifié en reconnaissant son agresseur du bateau. Il recula et buta contre l'établi.

– Vous devriez être mort !

– J'ai eu de la chance et toi, tu n'en as pas.

– Que me voulez-vous ?

– C'est moi qui pose les questions, lui répondit Lucas en sortant le couteau de chasse. Cette fois, ton ange gardien ne viendra pas à ton secours. Où est la fille qui était avec toi ?

Sans réfléchir, Pierre lui répondit :

– Elle est partie se rincer à la rivière.

– Cela n'a pas d'importance. Tu vas venir avec moi et m'amener à l'endroit où habite le prêtre que tu as salué sur le parking de la plage. Si tu refuses, je te tue.

– Très bien, rétorqua Pierre, qui voulait préserver Cathy et partir au plus vite.

– On prend ma voiture, lui ordonna Lucas.

Manuel sauta de sa voiture et entra dans la chapelle. Depuis, maintenant trois ans, il l'avait totalement restaurée et il avait décidé de mener sa propre quête pour lifter le culte catholique, lui redonner un visage attrayant et un nouvel élan pour la jeune génération. Il n'avait ni ambitions personnelles ni la prétention de refaire le monde. Il voulait encore moins créer une nouvelle secte ou une quelconque communauté religieuse. Juste transmettre, à l'échelle d'un village, une image différente de la religion.

Il faisait de petits offices aux horaires insolites, d'une manière différente et anticonformiste. À l'heure de l'apéritif, du goûter et le soir, après le dîner, au moment du café. Pas de sermons, pas de grandes paroles, ni de psaumes. Juste des rencontres dans la chapelle, aménagée pour la circonstance.

L'apéro était dédié à la convivialité, l'échange et l'entraide. C'était l'occasion de se réconcilier avec un voisin, de proposer du travail où de rencontrer son âme-sœur. Le goûter était réservé aux enfants. Manuel avait rapporté de ses voyages, des histoires de prêtres extraordinaires, qui avaient réconcilié des tribus en s'interposant sur les champs de bataille, avaient traversé des déserts pour aider des hommes à bâtir des maisons et à cultiver leurs terres. Autant d'histoires que les enfants écoutaient passionnément. Quant au café du soir, c'était l'heure des adultes. Tous les sujets étaient abordés avec simplicité. Le chômage, la solitude, la maladie, le travail, la politique et même la sexualité. Manuel se faisait alors l'initiateur du sujet, le garant du respect mutuel et du partage de la parole. Il alimentait la conversation de ses connaissances et élevait le débat pour que chacun fasse part de son savoir. C'était des groupes autodidactes, qui se nourrissaient et grandissaient par l'apport intellectuel de chacun de ses membres. Le médecin côtoyait le maçon et le mécanicien le notaire.

Les habitants du village avaient été méfiants, mais Manuel avait gagné leur confiance par sa gentillesse et son dévouement. Ils étaient impressionnés par ce prêtre en short et tee-shirt travaillant dur à la reconstruction de la chapelle de Lapedina et s'intégrant à la vie du village sans chercher à transmettre la parole de Dieu. Il avait aidé la communauté par l'apport de ses connaissances et son don de la pédagogie.

Finalement, la curiosité l'avait emporté et quelques-uns étaient venus voir la chapelle à la fin des travaux.

À leur grande surprise, la salle principale de l'édifice était agencée avec un îlot central, composé d'une cuisine aménagée et d'un bar carré qui en faisait le tour. Douze tabourets étaient disposés sur quatre côtés, le long des comptoirs en inox. À chaque coin de la pièce, une table pour douze convives et, le long des murs, quatre bancs de douze places. Soit, au total, douze fois douze places.

Manuel avait voulu conserver la symbolique des « douze Apôtres », mais la recréer à l'image du partage de la Cène.

Il avait été élevé dans une famille de restaurateurs catalans et, jeune, avait travaillé avec ses parents, afin de payer ses études. Au bar, au service où à la plancha, il avait aimé l'ambiance chaleureuse et bruyante, les « coups de bourre » des repas et la convivialité de l'endroit.

Dans l'ancienne chapelle, il avait recréé quelque chose de semblable, sans but commercial, où chacun amenait des produits de son terroir, de sa pêche ou de sa chasse. Les apéros étaient devenus déjeuners et les cafés, dîners. Les alcools forts et l'ébriété n'étaient pas de mise. Le muscat agrémentait l'apéritif, le vin les repas et ils étaient consommés avec modération. De quatre à cinq personnes au début, ils s'étaient vite retrouvés vingt, puis trente, puis cinquante.

Après six mois, les habitants d'autres villages se présentèrent et Manuel les reçut avec plaisir. Cent vingt personnes s'entassaient certain soir dans l'ancienne chapelle et elle était devenue un endroit de rencontre, de partage, de générosité, de convivialité et de simplicité. Sans faire de bruit, sans grand discours, le père Manuel avait fédéré des dizaines de personnes dans les valeurs de Dieu.

Mais sa grande fierté était le blog qu'il avait créé et dans lequel il racontait son expérience corse et sa manière de pratiquer la religion. Il voulait ainsi faire partager sa vision de la foi et transmettre son expérience quotidienne avec des fidèles de plus en plus nombreux.

Manuel était sous le choc et il n'avait aucun doute quant au sort réservé à Walter. Il n'avait jamais apprécié Lucas, alias Judas, et ce dernier le lui rendait bien. Il l'avait à peine reconnu. Lui d'habitude si calme et propre sur lui, s'était métamorphosé en tueur impitoyable.

Déjà, les voitures arrivaient et, dans une demi-heure, la chapelle serait bondée. Au début, il devait animer les réunions, mais maintenant les habitués se connaissaient et ils allaient aisément les uns vers les autres. Ils intégraient avec simplicité les nouveaux arrivants. Manuel restait à leur disposition pour échanger, mais il ne voulait pas monopoliser l'attention et il se contentait de s'occuper de l'intendance et du comptoir. Il était toujours bien aidé par sa plus dévouée et fidèle assistante.

Lors d'un voyage au Congo, il avait travaillé dans un dispensaire dans le nord du pays, près d'Oyo. Il était resté la, trois mois, avec cette jeune Allemande prénommée Angela, qui avait décidé, après ses études de médecine, de passer un an en Afrique pour y dispenser des soins. Elle était aussi blonde que Manuel était brun, pleine de joie de vivre et de générosité. Elle avait un profond respect pour les hommes d'église et admirait la foi profonde de Manuel. Ils avaient passé des soirées entières à parler de religion. Elle lui avait fait part de ses expériences dans des pays d'Afrique, où régnaient la guerre, la misère et la mort et que Dieu semblait avoir totalement oublié. Elle avait écorché l'image lisse qu'il avait toujours entretenue sur sa religion et, bien plus grave, elle avait touché son cœur. Manuel avait toujours eu le don de l'écoute, mais il avait apprit à regarder Angela. Son élégance naturelle, ses sourires et cette lueur indéfinissable qui brillait dans ses yeux bleus, l'avaient complètement ébranlé. Il avait ressenti un sentiment aussi fort que la foi, qui ne touchait pas que son esprit, mais tout son être. Son équilibre psychologique avait vacillé et le doute l'avait assailli. Il avait résisté durant des jours et des nuits, ne trouvant aucune réponse à ses interrogations. Ne réussissant pas à apaiser le feu qu'il le consumait, il lui avait ouvert son cœur en toute simplicité. Elle l'avait écouté avec compassion, sans chercher à attiser sa flamme et avait combattu ses démons, à ses côtés. Finalement, il avait vaincu la tentation et était parti sans se retourner, laissant la jeune femme les yeux pleins de larmes.

Il avait emporté avec lui, enfoui au fond de son être un impossible amour, laissé dans la brousse un morceau de son cœur et un peu de son âme. Il avait compris que rien ne serait plus jamais pareil. Sa foi était indemne, mais il avait appris qu'un homme ne pouvait se nourrir que de l'amour d'un être divin.

La religion qu'il pratiquait au Vatican était trop éloignée de la réalité du monde. Les serviteurs de Dieu devaient retrouver leurs places parmi les hommes et remplir leurs devoirs : servir, aider et aimer son prochain.

Après sa première année à Pietra, il avait pris conscience de l'importance de sa mission. Il avait enfin trouvé sa place sur terre et un but à sa vie ecclésiastique, mais il lui restait une ultime étape à franchir. Il fit des recherches et retrouva la trace d'Angela. Il l'appela et deux jours plus tard, elle était à ses côtés.

Il en avait profité pour faire part de son opposition au célibat et entre les lignes de son blogue, il dévoilait au monde des blogueurs son amour pour Angela. Évidemment, cela lui avait attiré les foudres du Vatican qui s'était totalement désolidarisé de sa démarche personnelle.

Angela l'avait rejoint depuis deux ans. Elle travaillait, à mi-temps à la clinique de Luri et le reste du temps, elle restait à ses côtés pour l'assister à la Chapelle de Lapedina. Dans le plus grand secret, ils vivaient leur histoire d'amour et Manuel tout en gardant sa foi intacte, avait enfin trouvé son équilibre. L'amour qu'il portait à Dieu était spirituel et celui qu'il portait à Angela était physique et concret. Elle était sa source de bien être et il ressentait sa foi plus forte, plus communicative et malgré le péché, il ne se sentait pas coupable, au fond de son cœur.

Il se dirigea vers Angela et lui dit :

– Je suis désolé, mon ange, je ne vais pas pouvoir t'aider aujourd'hui. J'ai la cérémonie de cet après-midi à préparer.

– Tout va bien ?

Elle le connaissait parfaitement et elle voyait bien que quelque chose clochait.

– Tout va bien, ne t'inquiète pas, lui répondit-il, avec un sourire forcé. On se voit à la cérémonie. Je t'aime.

– Je t'aime aussi.

Manuel se dirigea vers le fond de la chapelle et emprunta la porte qui menait à leur maison. C'était l'ancienne bergerie qu'il avait restaurée et aménagée. Au rez-de-chaussée, une salle de bain et une grande pièce qui faisait office de salle à vivre, avec une cuisine dans un angle, une grande table en bois encadrée de bancs rustiques et une cheminée dans le fond. Le tout simple et accueillant. À l'étage deux chambres, une douche, des toilettes et le bureau de Manuel, avec une vue exceptionnelle sur la vallée de Pietra.

Manuel posa le dossier, qui semblait peser une tonne, sur la table et malgré l'heure encore matinale, se servit un verre de cédratine. Liqueur locale à base de cédrat corse. Ses mains tremblaient légèrement et l'alcool lui fit du bien. Walter l'avait rejeté et sa conception de la religion l'avait éloigné de lui. Il était trop conservateur, alors que lui voulait réformer le culte et l'image de l'église, pour la rendre plus attrayante et plus abordable. Néanmoins, Manuel avait toujours eu un profond respect pour cet homme qui s'était totalement dévoué à Dieu et qui avait compris avant tout le monde que l'église était gravement malade. Malheureusement, il n'avait pas suivi la bonne voie pour tenter de la guérir. Sa quête d'un hypothétique manuscrit avait tourné à l'obsession, puis au cauchemar. Toute la théorie de Walter reposait sur des prédictions et des indices douteux.

Manuel regarda le dossier sur la table, posa son verre et l'ouvrit. Il devait comprendre le vrai sens du manuscrit. Lucas était certainement déjà sur ses talons et il devait prendre une décision. Il regarda la cheminée et il se dit que dans quelques secondes tout pouvait se terminer dans un feu de paperasse.

– Tu conduis, dit Lucas en tendant les clés de sa voiture à Pierre.

Ce dernier s'exécuta et croisa les doigts pour que Cathy ne sorte pas de la maison. Il se demandait ce que Manuel venait faire dans cette histoire, mais il n'était pas surpris. Le lien avec le pseudo prêtre et cet homme ne faisait que confirmer sa mauvaise opinion de lui.

– Allons-y, lui dit Lucas, ramenant Pierre à la réalité.

– Vous pourriez m'expliquer ce qui se passe ? D'abord vous voulez me tuer, sans raison, sur le bateau et maintenant vous pénétrez chez moi, vous me menacez et vous m'obligez à vous conduire chez Manuel. C'est quoi votre problème ?

– Tu étais au mauvais endroit, au mauvais moment, mon gars, lui répondit sèchement Lucas. Tu vas m'obéir sans poser de questions et peut-être que je te laisserai vivre.

Le message était clair et Pierre se concentra sur sa conduite, cherchant un moyen de se débarrasser de ce cinglé.

Élisabeth, Marie-Jeanne et Jimmy pénétrèrent dans la chapelle de Lapedina. Elle était déjà largement occupée par une foule animée, joyeuse et bruyante. Ils s'arrêtèrent sur le seuil, stupéfiés par l'aspect incongru de l'endroit. L'extérieur du bâtiment était bien conforme à celui d'une chapelle, avec son clocheton, sa croix et son aspect rustique. Mais l'intérieur, avec l'îlot central surplombé d'un chapeau d'inox, était d'un paradoxe saisissant. Le plus incroyable était l'éventail des gens présents. Des hommes, des femmes et des enfants de tous âges. Du costume au short, de la robe la plus traditionnelle à la minijupe. L'ensemble avait pourtant un parfum de bonne humeur, de partage et de tolérance. Pas de vulgarité, pas d'irrespect, pas d'excès. Le tout sous le regard bienveillant du Christ sur sa croix.

Au milieu de l'îlot, quatre personnes s'affairaient dans la préparation des repas. Les nouveaux arrivants déposaient sur le comptoir de nouvelles provisions. Certains, une pièce de viande, d'autres, un cageot de légumes, ou bien encore une tarte dont l'odeur des pommes encore chaudes embaumait sur son passage. Les occupants de l'îlot triaient, découpaient, rangeaient et l'odeur de plancha fumante remplissait toute la chapelle. Un ange blond orchestrait ce ballet frénétique avec douceur, bonne humeur et une autorité naturelle. Ils s'approchèrent d'elle, comme on s'adresse à la maîtresse de maison et Marie-Jeanne lui demanda :

– Bonjour, Mademoiselle, nous souhaiterions voir le Père Manuel.

– Il est très occupé, lui répondit Angela, avec un sourire.

– Je n'en doute pas, au vu de l'effervescence qui règne, mais c'est vraiment très important. Nous ne le dérangerons pas longtemps, lui dit Marie-Jeanne, en lui rendant son sourire.

Les deux femmes se jaugèrent du regard quelques secondes et Angela fini par lui montrer du menton, la porte du fond.

– C'est par-là.

– Merci, beaucoup.

Ils allèrent tous les trois jusqu'à la porte et Marie-Jeanne frappa énergiquement à la porte.

Manuel s'était rapproché de l'âtre, décidé. Il avait posé la pochette au bout de la table et il tenait à la main une boîte d'allumettes. Il en avait craqué une, lorsqu'on frappa à la porte. Il était tenté de ne pas répondre, mais restait, avant tout, au service des autres. Il lança donc :

– Entrez !

Marie-Jeanne, Élisabeth et Jimmy pénétrèrent dans la pièce et tirèrent la porte derrière eux. Manuel reconnut Marie-Jeanne et ne put cacher sa surprise. Cette dernière aperçut tout de suite la pochette ouverte sur la table, dont l'un des feuillets était dans la main du prêtre. Elle sentit l'odeur de soufre d'une allumette et la présence de l'homme devant la cheminée laissait deviner ce qu'il s'apprêtait à faire. Il n'était pas censé savoir qu'elle connaissait l'existence du manuscrit et elle devait utiliser tous ses talents de politicienne pour tirer profit de la situation. Elle prit un air désespéré, avec le regard perdu de quelqu'un en état de choc et s'approcha du prêtre.

– Walter est mort, dit-elle, laissant aux mots le temps de faire leur effet.

– Mais pourquoi Lucas a-t-il fait ça ?

– Il poursuit sa propre quête au nom d'Allah.

Manuel accusa le coup. Mais au fond de lui, il n'était pas surpris.

– Nous ne savions pas où aller, continua Marie-Jeanne.

– Vous avez bien fait. Asseyez-vous, je vous en prie.

Il s'installèrent tous les trois autour de la table et Manuel leur servit un café, qu'ils avalèrent avec plaisir. Il s'assit avec eux et se présenta, de manière à poser les choses et à éclaircir la situation, car il ne connaissait pas les deux autres personnes qui accompagnaient la femme qui était avec Walter quelques minutes plus tôt.

– Je suis le père Manuel. Je travaillais avec Walter et l'homme qui l'a tué travaillait aussi avec nous.

Il marqua une pause, car il ne voulait pas trop en dire avant de connaître ses interlocuteurs.

– Vous savez qui je suis, intervint Marie-Jeanne, qui avait retrouvé tout son aplomb, à l'étonnement des trois autres. En plus d'être l'amie de Walter, vous devez savoir que je suis la Présidente du P.F et que c'est à ce titre que Walter voulait me voir ce matin, continua-t-elle avec un air grave.

Elle avait spontanément inventé l'histoire la plus crédible possible pour arriver à ses fins.

– Nous nous connaissons depuis vingt ans et il m'avait informé récemment que ses recherches allaient aboutir. Mais il n'avait confiance en personne et, au vu des derniers événements, il n'avait pas tort.

Elle marqua une pause avant de placer son dernier argument:

– Il devait me remettre le manuscrit pour que je le place en lieu sûr, dit-elle avec assurance. Ensuite, nous devions ensemble et avec l'aide de mon parti, faire jouer toutes nos relations pour l'exploiter au mieux dans l'intérêt de notre église.

Elle regarda le prêtre, guettant sa réaction. Ce dernier semblait avoir gobé son histoire. Elle attendit sa réponse, mais ce dernier se tourna vers les deux autres, sans répondre.

– Nous sommes Élisabeth et Jimmy, dit l'homme.

– Lisa et James Waters, rectifia la femme.

Ni l'un ni l'autre n'avait utilisé ces pseudonymes depuis longtemps et ils avaient oublié jusqu'à leur nom de famille depuis la mascarade de leur soi-disant décès. Walter avait tout organisé et, s'ils n'avaient pas accepté, il aurait tué leur fille Cathy. Il leur avait tout d'abord proposé un pont d'or pour qu'ils travaillent pour lui, mais lorsqu'ils avaient appris la nature de leur recherche, ils avaient catégoriquement refusé. Walter ne leur avait pas laissé le choix et le piège s'était refermé sur eux.

Depuis le jour où Walter avait organisé leur disparition dans les rapides canadiens, leur vie avait basculé dans l'horreur. Après cet enlèvement maquillé en accident, ils s'étaient maudits d'avoir accepté de rencontrer Walter, d'avoir cru pouvoir gagner beaucoup d'argent sans contrepartie. Ils avaient été naïfs et vénaux et avaient payé cash cette erreur. Une fois le doigt dans l'engrenage, ils n'avaient pu faire machine arrière, car ils en savaient trop et parce que Walter ne pouvait plus se passer d'eux pour mener à bien son utopique projet.

Aujourd'hui, Lisa était fière de brandir, à nouveau, leur nom devant la nouvelle vie qui s'offrait à eux. Ils ne vivaient plus cachés car leur tortionnaire était mort. Ils pouvaient se soulager de toutes ces années d'oppression, se confesser au prêtre qui était devant eux et retrouver la chair de leur chair, leur fille Cathy.

Depuis des années, James Waters n'avait pas entendu sa femme parler de la sorte. Elle s'était comme éteinte, sa voix n'était plus qu'un filet à peine audible et là, elle s'exprimait avec assurance et détermination.

– Nous aussi, nous étions au service de Walter, dit-elle, se surprenant à entendre sa voix si forte et si claire. Plus exactement, nous étions ses prisonniers dans sa fondation en Angleterre. Nous avions refusé de travailler pour lui, mais il tenait notre fille et il l'aurait tuée si nous avions tenté quoi que ce soit.

– Pourquoi avoir refusé de travailler dans la recherche des énergies nouvelles ? demanda Marie-Jeanne qui connaissait cette fondation, mondialement réputée.

– Nous travaillons sur un tout autre projet, lui répondit Lisa. Un projet beaucoup moins louable que les énergies nouvelles et dont personne ne connaît l'existence.

– De quel projet s'agit-il ? demanda Marie-Jeanne, qui ne perdait pas une miette de ces informations.

– Le clonage humain.

Un grand silence tomba comme une chape de plomb sur la pièce. Les mots qui allaient suivre pouvaient changer la face du monde, car aucune recherche de ce genre n'avait officiellement été entreprise, à ce jour. De plus, elles étaient totalement interdites.

– Et quels sont les résultats ? questionna Marie-Jeanne, qui avait du mal à dissimuler son excitation.

– Vous n'êtes pas obligée de répondre à cette question, coupa Manuel, cela ne nous regarde pas.

– Au contraire, cela regarde tout le monde et de toutes les manières, nous ne pouvons plus garder cela pour nous, lui répondit Lisa décidée, qui chercha du regard l'approbation de son époux.

Ce dernier acquiesça. Lisa continua :

– Nous sommes parvenus à cloner un être humain, mais pour être plus précise, le clonage physique, avec exactement les mêmes caractéristiques que la copie originale. En revanche, à ce jour, il s'agit uniquement d'une coquille vide sans aucunes connexions neurologiques.

– Pouvez-vous être plus explicite ? demanda Marie-Jeanne, qui réalisait qu'elle était le témoin de quelque chose d'énorme.

– Pour faire simple : nous avons élaboré une copie totalement identique d'un être humain, excepté que nous avons perdu son âme, son identité. L'immortalité reste un mystère et les voies du Seigneur restent impénétrables, conclut-elle en regardant le prêtre.

– Telle est peut-être la volonté de Dieu, dit Manuel, à moins que…

– À moins que quoi ? rebondit Marie-Jeanne, sans cacher son impatience.

– Si je comprends bien, reprit le prêtre, il vous manque le moyen de cloner le cerveau ?

– En effet. Nous sommes, avec James, les spécialistes du clonage. Mais cloner un cerveau avec son contenu reste une énigme totale.

Manuel semblait songeur et Marie-Jeanne attendait qu'il s'explique, mais à sa grande surprise, le prêtre posa sa main sur la pochette contenant le manuscrit et leur dit, d'une façon très solennelle, comme si lui aussi voulait se décharger d'un fardeau trop lourd pour lui :

– Il faut que je vous parle de ceci.

Pierre et Lucas pénétrèrent à leur tour dans la chapelle. Pierre n'était jamais entré à l'intérieur et il découvrit avec curiosité l'étrange agencement de l'endroit. Cela ressemblait à une fête de village, avec sa buvette où tout le monde se regroupait. On était bien loin de la chapelle traditionnelle. Il chercha Manuel du regard, sans le trouver. Lucas était tout proche et, de temps en temps, il lui piquait les flancs avec la pointe de son couteau pour bien lui rappeler qu'au moindre écart, il n'hésiterait pas à le tuer. Pierre se dirigea vers Angela, qu'il connaissait mieux que Manuel, car elle était souvent à la plage avec Louis et sa famille. Elle était intelligente et drôle. Elle ne parlait jamais de ses activités à la chapelle, ce qui plaisait particulièrement à Pierre, qui avait essayé, sans succès, de la séduire.

– Bonjour, Angela, lui lança Pierre avec le plus de conviction possible. Je cherche le Père Manuel.

– Bonjour, Pierre. Décidément, c'est son jour de gloire, tout le monde le cherche. Au fond de la chapelle, la porte à droite. Viens manger un morceau avec ton ami quand vous aurez fini vos messes basses, fini-t-elle en souriant, gardant un œil sur la cuisson de son plat.

– Bien sûr, merci, lui répondit Pierre qui cherchait désespérément un moyen de lui faire passer un message.

Impuissant, il se dirigea vers la porte, suivi par Lucas, quand la Providence vint à sa rencontre.

– On dit plus bonjour aux amis, lança Louis dans son dos.

Pierre se retourna et sentit la pression du couteau.

– Ne joue pas au con, lui souffla Lucas.

– Bonjour, Louis, ça va ?

Ils s'embrassèrent et, remarquant le regard de Louis pour Lucas, Pierre lui dit :

– Un copain du continent, fan du Père Manuel.

Il avait insisté sur le « Père » car Louis savait qu'il n'utilisait jamais ce nom pour parler de Manuel.

Louis serra la main de Lucas, qui le salua poliment.

– Bien, dit Louis, étonné de voir Pierre dans ces lieux et intrigué par sa froideur inhabituelle.

Pierre devait couper court à la conversation sinon Louis allait vite découvrir le problème et cela allait dégénérer.

– On se voit tout à l'heure, dit Pierre en repartant.

Il fit quelques pas et se retourna vers Louis, pris d'une inspiration.

– Tu diras à ton Oncle que je passerai le voir, cet après-midi comme prévu.

Sans attendre la réponse, il s'approcha de la porte, suivi de Lucas, et frappa.

Louis resta médusé, le message était clair, Pierre avait un problème pour lui parler de son oncle décédé. Il s'approcha d'Angela et lui demanda :

– Tu as parlé à Pierre ?

– Oui, il voulait voir Manuel.

– Et tu n'as rien remarqué de bizarre dans son comportement ?

– Non, rien… Puis, se ravisant : si, il y a bien quelque chose de surprenant de la part de Pierre.

– Quoi donc ? demanda Louis avec empressement.

– Il m'a dit qu'il voulait voir « le Père » Manuel et c'est bien la première fois qu'il l'appelle ainsi.

Louis réalisa aussi que Pierre lui avait dit la même chose.

– Merci, Angela. Je vais aller les rejoindre.

Manuel cherchait par où commencer. Il prit une grande inspiration et dit:

– Il semblerait que le fameux manuscrit après lequel courrait Walter depuis des années ne soit pas du tout ce à quoi il pouvait s'attendre.

– Quel manuscrit? demanda James, qui n'y comprenait rien.

Marie-Jeanne rongeait son frein, mais si elle voulait rester crédible et ne pas attirer les soupçons, elle devait faire preuve de patience.

Manuel expliqua la théorie de Walter sur la fin du christianisme et sur le rôle du manuscrit qui serait à l'origine de cette catastrophe.

– Et vous pensez qu'il s'agit de ce fameux manuscrit ? demanda Lisa à Manuel, en montrant du doigt la pochette.

– Vous connaissez l'auteur et vous l'avez lu ? demanda Marie-Jeanne.

Tous les trois regardèrent le Père, attendant ses réponses.

– Non je ne connais pas l'auteur et oui, je l'ai lu, mais…

Manuel ne put terminer sa phrase, car on frappait de nouveau à la porte.

Sans attendre la réponse et sous la pression de Lucas, Pierre ouvrit.

Manuel fut étonné de voir Pierre, mais la surprise fit place à la peur lorsqu'il reconnut Lucas derrière lui. Tous les quatre se levèrent d'un bon pour faire face aux nouveaux venus.

– On se calme et on s'assoit, sinon je le plante, dit Lucas après avoir fermé la porte et montré son couteau.

– On va faire simple, continua-t-il. vous me donnez cette pochette et je repars avec mon copain, histoire que vous n'appeliez pas les flics. Ensuite, je le dépose quelque part et comme ça, personne ne sera blessé.

– On ne va nulle part, dit une voix derrière Lucas.

Lucas fit un pas de côté tirant Pierre, le couteau sous sa gorge.

Louis avait écouté derrière la porte et il avait fait irruption dans la pièce en comprenant la situation. Il faisait face à Lucas et il était bien décidé à ne pas laisser Pierre partir avec lui, mais la situation était plus compliquée que prévu. Lucas comprit que le grand Corse qui venait de rentrer ne le laisserait pas partir avec son ami. Cela risquait de se terminer en bain de sang et tous les hommes du village présents dans la chapelle allaient se jeter sur lui.

Lucas réfléchissait à cent à l'heure pour trouver un moyen de se sortir de la. La solution lui sauta aux yeux lorsqu'il croisa le regard de Marie-Jeanne. À l'origine, ils étaient partenaires dans cette opération. De plus, elle ne savait rien de ses réelles intentions et pouvait encore lui être utile. Il devait négocier.

– Il y a certainement un moyen de s'arranger.

– Comme avec Walter, lui répondit Manuel.

– Walter était un vieux fou et je n'ai fait que me défendre. C'est lui qui s'est jeté sur moi.

– C'est pour cela que vous lui avait brisé le cou, dit James.

– Il tenait tellement à rejoindre son Dieu, que je lui ai rendu ce petit service, répondit Lucas avec un rictus.

Marie-Jeanne intervint avant que cela tourne mal.

– Nous ne négocierons pas dans ces conditions. Pas sous la menace.

– Très bien, répondit Lucas en écartant le couteau de la gorge de Pierre. Je vous propose la chose suivante : vous quatre, vous sortez, dit-il, en désignant Marie-Jeanne, le prêtre, Lisa et James.

– Et eux ? demanda Manuel.

– Dès que vous serez partis, je récupère le manuscrit et je disparais. Si vous tentez quoi que ce soit, je mets le feu à la chapelle.

Il joignit le geste à la parole en prenant le liquide pour allumer la cheminée.

– Un cocktail Molotov dans la salle serait du plus mauvais effet.

– Très bien, lui répondit Manuel, qui ne voulait en aucun cas risquer la vie des fidèles présents en nombre.

Lucas savait que Marie-Jeanne appuierait sa demande de garder le silence auprès des autres.

Les quatre personnes se levèrent en silence et Manuel se tourna vers Pierre et Louis :

– On se retrouve tout à l'heure, comme prévu.

Ils sortirent directement dans la ruelle.

Pierre et Louis s'étaient rapprochés l'un de l'autre et Lucas leur faisait face. Il les regarda d'un air méprisant et rangea son couteau.

– Je ne vais pas avoir besoin de ceci, dit-il, en avançant vers eux.

Les deux amis se regardèrent et prononcèrent en même temps, le même mot : « sécateur ».

C'était une technique qu'ils pratiquaient ensemble au rugby et qui consistait à plaquer à deux, un adversaire coriace, afin de briser ses velléités offensives. C'était efficace et radical.

Ils s'élancèrent sur Lucas.

Madi n'avait pas lâché Pierre depuis la veille et elle ne regrettait pas son choix. Elle ne comprenait pas encore ce qu'il venait faire dans cette histoire et encore moins son rapport avec l'Apôtre Judas, mais elle finirait pas découvrir le lien entre eux. Elle fut aussi étonnée que Pierre lors de la réapparition de Lucas et elle se trouvait maintenant à l'entrée de la chapelle. Elle en avait entendu parler par Walter qui ne voyait en cet endroit qu'une utilisation perverse et abusive du culte. Elle portait de grosses lunettes de soleil fumées qui lui mangeaient une grande partie du visage. Elle avait vu les deux hommes rentrer dans le petit édifice et elle s'apprêtait à faire de même. Elle savait que l'apôtre Mathieu, alias le père Manuel, officiait ici et Lucas s'était probablement servi de Pierre pour le retrouver. La foule à l'intérieur était dense et elle préféra attendre l'arrivée d'un autre groupe pour ne pas se faire repérer. Elle jeta un regard aux alentours, guettant l'arrivée d'un véhicule. Elle remarqua alors qu'un petit groupe sortait de la maison mitoyenne à la chapelle et, dès qu'elle reconnut le Père Manuel, elle préféra se faire discrète. Il la connaissait et elle disparut derrière le mur. Après quelques secondes, elle regarda de nouveau de leur côté. Le Père Manuel était accompagné de trois autres personnes qui lui tournaient le dos. Madi était certaine qu'aucun d'eux n'était Pierre ou Lucas. Un instant, Manuel avait fait demi-tour pour revenir sur ses pas, mais la plus petite des deux femmes l'avait rattrapé énergiquement par le bras et ils étaient repartis. Madi avait aperçu l'inquiétude qui se lisait sur son visage et elle décida d'aller voir du côté de la maison.

Lucas ne s'attendait pas à ce genre de réaction des deux hommes. Pierre s'était jeté dans ses jambes, le déséquilibrant et, avant qu'il ait pu s'en débarrasser, l'autre costaud l'avait percuté eu plexus. Le choc fut violent et Lucas projeté dans la pièce, par-dessus la table. Il heurta lourdement le mur avec sa tête et tomba sonné sur le sol. Pierre et Louis avaient roulé sur les dalles et s'étaient immédiatement relevés.

– On fait quoi maintenant ? demanda Louis.

– On sort chercher de l'aide.

– Pas encore, répondit une voix dans son dos.

Lucas se relevait, le regard brûlant de haine. L'énorme table de chêne qui était entre eux devait peser une centaine de kilos. Lucas la saisie d'une main et la souleva pour s'ouvrir le passage. La pièce était maintenant totalement dégagée entre lui et les deux hommes et ces derniers prenaient conscience qu'ils avaient à faire à un homme doté d'une force monstrueuse. Ils se retrouvèrent épaule contre épaule, le souffle court et le sang battant dans leurs tempes.

Lucas avança d'un pas, toute son attention concentrée sur ses deux adversaires. Ils étaient bien moins forts que lui, mais cette solidarité fraternelle qui les unissait et l'instinct de survie, pouvaient se révéler redoutables. Il remarqua soudain un changement dans leurs attitudes, mais avant d'en comprendre la raison, il s'effondra, inconscient.

Madi se tenait derrière le corps de Lucas, avec dans la main un rondin de bois qu'elle avait ramassé devant la porte d'entrée. Elle était arrivée lorsque Pierre et l'autre homme s'étaient jetés sur Lucas et lorsque la situation avait mal tourné, elle était intervenue.

– Décidément, vous arrivez toujours au bon moment, lui lança Pierre, dont le cœur avait du mal à se calmer.

– Cette nuit, sur le bateau, c'est vous qui m'avez sortie d'une bien mauvaise posture. Alors, je vous devais bien ça.

– Je peux savoir ce qui se passe ? demanda Louis qui avait reconnu la jeune femme.

Pierre lui expliqua, rapidement, la situation et son incompréhension totale quant aux velléités de la brute couchée sur le sol.

Tous les deux se tournèrent vers la jeune femme rousse, dont les lunettes cachaient le regard, et demandèrent :

– Vous pouvez peut-être nous éclairer ?

– C'est une affaire compliquée et je ne comprends pas pourquoi vous êtes mêlés à tout cela.

– Peut-être que cela pourrait vous aider, lui dit Pierre, en lui montrant le manuscrit posé sur la table.

– Le manuscrit ! dit-elle, incrédule.

– On dirait bien.

– Qui l'avait en sa possession ?

– Il semblerait que ce soit Manuel.

Cela se tenait, pensa Madi. L'Apôtre Barthélemy l'avait reçu de l'Apôtre Pierre et ce dernier l'avait envoyé à l'Apôtre Mathieu. D'où le message laissé dans la boîte aux lettres de Bandol.

– Et où est-il ?

– Au couvent de Sainte-Catherine, à Sisco, lui répondit Pierre.

– Nous devons nous y rendre au plus vite, avec ce manuscrit dont la valeur est inestimable, et décider ensemble de la suite des événements, conclut-elle, sans leur laisser le temps de poser d'autres questions.

– Et lui ? demanda Louis, en désignant Lucas toujours immobile.

– Appelez la police et expliquez-lui qu'il vous a agressé, qu'il est responsable de la mort d'un homme hier, dans un incendie à Bandol et très probablement aussi, l'assassin de votre oncle Paolo Corta.

Louis regarda avec dégoût Lucas et acquiesça.

– Je dois encore rassembler quelques preuves de sa culpabilité pour qu'il finisse ses jours en prison, conclut Madi. Vous avez une voiture ? demanda-t-elle, se tournant vers Pierre.

– La sienne, répondit Pierre en montrant Lucas du doigt.

– Ça fera l'affaire, prenez le manuscrit, lui dit Madi, qui brûlait d'envie de s'en emparer.

Elle voulait laisser à Walter, qui était l'instigateur de ces recherches, le privilège de le consulter en premier. Il avait du recevoir son texto et il serait assurément présent aux obsèques de l'éditeur.

– Très bien, dit Pierre, mais je dois impérativement appeler une amie qui doit s'inquiéter.

– Je vous attends dehors.

Quelques secondes plus tard, Pierre sortit, le regard inquiet.

– Quelque chose ne va pas ? demanda la jeune femme rousse.

– Je dois m'arrêter quelques secondes sur la route.

Ils montèrent dans la voiture de Lucas et ils prirent la direction de la mer. Pierre réfléchissait, cherchant un lien entre cette histoire et lui. Il se rappela alors ce que venait de dire Madi quelques instants plus tôt concernant le meurtre de l'oncle de son ami par Lucas. Le seul lien possible avec lui était donc l'éditeur. Des dizaines de questions lui brûlaient les lèvres et Madi connaissait certainement les réponses à certaines d'entre elles. Mais la jeune femme qui se cachait derrière ses grosses lunettes ne semblait pas très loquace sur toute cette affaire.

– Je peux vous poser quelques questions ? demanda-t-il prudemment.

– Que voulez-vous savoir ?

– Quelles sont les forces en présence ?

– Vous voulez connaître les principaux acteurs de cette histoire ?

– Cela me permettrait, peut-être, de mieux comprendre ce que je viens faire dans tout ça.

– D'un côté, vous avez Walter Bevans et ses collaborateurs dont je fais partie.

– Vous avez dit Walter ! s'exclama Pierre.

– Oui, Walter Bevans, répondit Madi, étonnée que Pierre le connaisse.

– Je suis désolé, dit Pierre embarrassé, mais Lucas aurait tué un certain Walter ce matin.

Le visage de la jeune femme rousse blêmit et Pierre sentit son émoi. Il avait remarqué depuis leur première rencontre sa force de caractère et cette froideur qui la rendait impénétrable et presque inhumaine. Mais là, elle semblait soudain si fragile, si vulnérable. Ses épaules s'étaient affaissées et ses mains tremblaient. Il voulut lui parler, la réconforter, mais il resta muet, respectant son silence.

Son téléphone sonna. Ils arrivaient à quelques centaines de mètres de chez lui et il profita de la largeur de la route, au niveau de la mairie, pour se garer et répondre.

– Allô ?

– Tu ne croyais quand même pas que c'était terminé ! lui dit la voix rauque de Lucas.

Chapitre 10

Où est Louis ? répondit Pierre en activant le haut-parleur de son téléphone pour que Madi pût suivre la conversation.

Lucas avait rapidement repris connaissance et avait neutralisé Louis avant qu'il ait pu contacter la police.

– Il va bien, pour l'instant, répondit Lucas avec ironie. Maintenant, écoute-moi bien. Tu seras dans trente minutes au couvent de Sainte-Catherine avec le manuscrit, sinon ton copain y passe. Trente minutes et après il est mort. Si tu téléphones aux flics ou si tu joues au con, il est mort. C'est bien compris, petit ?

– Ça va, j'y serai.

Lucas avait pensé au couvent, car ils seraient plus tranquilles pour leur transaction et il pourrait terminer le travail qu'il avait commencé avec Walter. Il récupérerait le manuscrit, porterait un coup fatal aux chrétiens.

Il lui resterait à crucifier les derniers Apôtres pour accomplir totalement sa mission.

Madi se tourna vers Pierre. Elle avait toujours ses larges lunettes et il ne pouvait distinguer ses yeux.

– Je suis garée à côté, dit-elle d'une voix qui avait retrouvé toute sa maîtrise. Je vais les attendre pour être sur que Lucas ne nous prépare pas un sale coup. Et puis, j'aurai un avantage sur lui.

– Très bien.

Elle descendit de la voiture et s'éloigna. Pierre regarda sa montre qui indiquait midi. Il avait largement le temps de se rendre au couvent. Il devait prévenir Cathy et la mettre à l'abri du danger, mais avant, il lui restait quelque chose à faire. Il descendit de la voiture et se dirigea vers la petite mairie.

Quelques instants plus tard, Pierre garait la voiture de Lucas devant sa maison et en faisait le tour pour entrer dans le jardin. Il pénétra dans la maison et appela Cathy. Elle n'était pas la. Il espérait qu'elle ne fût pas partie à sa recherche. Il retourna dans le jardin et sortit par le portail afin d'inspecter les environs, quand il la vit arriver du chemin de la Putsatine, un petit bassin naturel de la rivière, où les enfants aimaient se baigner après la plage.

Elle était en maillot de bain, ses cheveux blonds étaient mouillés, ses vêtements roulés sous son bras et ses yeux étaient un peu rouges.

Elle dut remarquer son regard, car elle lui dit :

– Je suis allergique au sel de mer, mais l'eau douce de la rivière, où je me suis plongée, devrait arranger ça.

– Je suis désolé d'être parti comme un voleur, mais j'avais une urgence à traiter chez des amis.

– Ne vous excusez pas, dit-elle en souriant, vous n'avez pas de compte à me rendre. Et puis, je me suis baladée et j'ai trouvé ce petit coin super agréable.

– Je dois repartir une heure ou deux.

Cathy perçut l'inquiétude dans sa voix et elle lui demanda :

– Quel est le problème ?

– Tout va bien, dit-il avec le plus de conviction possible.

– Je vois bien que quelque chose cloche, Pierre, mais si vous ne voulez pas en parler…

– Il est revenu, coupa Pierre, soulagé de partager son fardeau.

Cathy lui inspirait confiance et il ne voulait pas lui raconter des histoires.

– Le gars du bateau ?

– Celui-là même.

– Je viens avec vous.

– C'est de la folie ! s'empressa de répondre Pierre.

– Je ne vous laisse pas le choix, dit-elle soudain avec une autorité qui désempara Pierre. S'il sait où vous habitez, il pourrait venir s'en prendre à moi. Je préfère rester avec vous, que me retrouver seule avec ce dingue.

Pierre ne résista pas à son argument, d'autant plus qu'il avait envie de l'avoir près de lui. Le poids de la situation était trop lourd pour lui et égoïstement il avait besoin d'elle pour le partager.

– Donnez-moi deux minutes, lui lança-t-elle en courant vers la maison.

Elle revint rapidement avec son sac à dos sur l'épaule.

Pierre attrapa les clés du tout-terrain et monta dedans.

– Il y a un problème, lui dit Cathy, deux pneus sont crevés.

Pierre sortit de la voiture et pesta en constatant que deux des pneus avaient été lacérés. Lucas n'avait rien laissé au hasard.

– Prenons la voiture de Lucas, dit Pierre.

Ils s'installèrent dans le véhicule et ils prirent la direction de la marine. Le manuscrit, source de tous leurs problèmes, était sur le siège arrière.

La situation devenait pesante et Pierre sentait bien que le pire restait encore à venir. Il expliqua rapidement à Cathy la situation et elle acquiesça sans commentaire.

Ils étaient presque arrivés au bout de la longue ligne droite menant à la plage et rejoignant la route de Cap Corse. Dans quelques minutes, ils seraient au couvent.

Une effervescence inhabituelle régnait au carrefour. Un petit bouchon s'était formé. Du jamais vu !

Pierre consulta sa montre qui indiquait douze heures dix. Il avait rendez-vous dans vingt minutes. Le temps passait et Pierre sentait le stress l'envahir. Un élément positif le rassura : Louis et Lucas étaient derrière eux.

Finalement, ils arrivèrent au croisement. Des gendarmes filtraient les voitures, perturbant le trafic. Pierre était inquiet car il conduisait la voiture de Lucas. Un gendarme s'approcha d'eux, observa le véhicule, les salua et s'approcha de la portière de Pierre :

– Bonjour, gendarmerie nationale. Pourriez-vous vous garer sur le parking, s'il vous plaît Monsieur ?

– Bonjour, il y a un problème ? demanda Pierre le plus calmement possible.

– Simple contrôle de routine. Veuillez garer votre véhicule, sortir, ouvrir le coffre et me présenter vos papiers, lui répondit le gendarme, poliment mais fermement.

Pierre sentait les problèmes arriver et il devait impérativement être au couvent au plus vite. Il inspira fortement pour se calmer et se dit qu'en collaborant et en jouant au plagiste sans ses papiers avec lui, il pourrait repartir rapidement.

Il se gara donc et sortir de la voiture. Il remarqua que toutes les voitures arrêtées étaient des berlines grises, comme celle de Lucas. Il pensa au meurtre de Walter un peu plus tôt dans la matinée. La voiture de l'assassin avait peut-être été signalée par des employés de l'hôtel et la gendarmerie avait décidé de mettre en place un barrage routier.

Ils étaient dans la voiture du tueur !

Le gendarme se dirigeait vers lui. Pierre sentait son cœur battre à tout rompre dans sa poitrine. Il ouvrit le coffre et resta tétanisé, le souffle coupé.

Dans le coffre, se trouvait un homme mort dont les yeux, grands ouverts, fixaient Pierre.

Il recula d'un pas, sa tête lui tournait et il dut faire un énorme effort pour ne pas s'évanouir.

Il leva le regard vers le gendarme qui était près de la portière.

Il était fichu et Louis allait mourir à cause de lui.

Manuel arrivait au couvent de Sainte-Catherine. Il se tourna vers ses trois compagnons de route et leur dit :

– Ne bougez pas, je reviens tout de suite.

Il avait décidé, en cours de route, de changer son itinéraire. Il avait vu Lucas à l'œuvre et il savait qu'il n'épargnerait personne dans sa croisade pour le manuscrit.

Il devait mettre ces gens en sécurité.

Il pénétra rapidement dans le couvent, prit une feuille blanche, écrivit un nom, l'accrocha sur la porte de la chapelle et remonta dans la voiture.

La cérémonie religieuse avait lieu à dix-sept heures et il avait largement le temps de faire l'aller et retour.

– Je vous emmène faire une petite balade en montagne, leur dit-il.

– Mais nous devions retrouver les autres ici ! s'exclama Marie-Jeanne.

– Plus maintenant, lui répondit fermement Manuel. Mais si vous voulez attendre que Lucas vienne vous tuer, libre à vous.

Marie-Jeanne se tut, poussa un grand soupir et marmonna un « OK ».

Une autre berline grise s'approcha à l'instant même où le gendarme allait découvrir le corps sans vie dans le coffre. Il tourna les talons pour aller à sa rencontre.

– Je reviens tout de suite, dit-il à Pierre.

Cathy n'avait pas bougé de sa place et Pierre regarda le gendarme s'éloigner en lui tournant le dos.

Il n'avait pas d'autre choix, il le savait…

Il se précipita dans la voiture et démarra en trombe. Les pneus dégagèrent un grand nuage de poussière et la voiture bondit en avant.

Le gendarme hurlait dans le rétroviseur et courait vers ses collègues.

– Vous êtes fou ! cria Cathy pour couvrir le grondement du moteur.

Pierre plongea, l'espace d'une seconde, ses yeux dans ceux de Cathy.

– C'est une question de vie ou de mort, je n'ai pas le choix. Faites-moi confiance.

Pierre fonça, pied au plancher. Avant le premier virage, ils entendirent les sirènes derrière eux.

Le cerveau de Pierre était en ébullition : en l'espace d'une fraction de seconde il était devenu un hors la loi et maintenant, il devait les sortir de ce pétrin. Il réfléchissait à toute vitesse.

La solution lui sembla soudain évidente.

Il s'adressa à Cathy, tout en gardant le regard braqué sur la route qu'il connaissait parfaitement. À cause du barrage il y avait un grand nombre de voitures et Pierre devait multiplier les prouesses pour les doubler sans risquer un accident.

– Prenez le manuscrit et mettez-le dans votre sac à dos hermétique. Gardez le minimum de vêtements sur vous.

– Et après on fait quoi, on plonge dans l'eau avec la voiture? demanda la jeune femme qui malgré la situation semblait garder son calme.

– On plonge, mais sans la voiture.

– Pardon ?

– On va refaire le même chemin que ce matin, sous l'eau, mais sans le masque.

– Mais c'est impossible ! C'est de la folie, Pierre !

– Je l'ai déjà fait. Vous aurez juste à me suivre. On s'arrête au bord de la route, cent mètres avant le couvent. On prend le chemin qui descend vers la mer. Ensuite, on saute à l'aplomb du passage sous-marin. On met le manuscrit et le maximum d'affaires dans le sac pour ne pas être gêné.

– Pourquoi ne pas se rendre et tout leur expliquer ?

– Le tueur de cette nuit tient mon meilleur ami et si je ne suis pas au couvent dans quinze minutes, il le tuera. Je n'ai pas le choix. Je suis désolé de vous avoir fourrée là-dedans.

Cathy resta muette et Pierre se concentra sur sa conduite, continuant de dépasser la file de voitures tout en observant ses poursuivants dans son rétroviseur. Il entendait au loin les sirènes des gendarmes, mais il avait réussi à mettre une certaine distance entre lui et eux.

– C'est bientôt le moment. Soyez prête !

Il braqua sur le bas côté et la voiture dérapa dans la poussière et Pierre crut qu'ils allaient basculer dans les rochers, quelques dix mètres en contrebas. Mais finalement, ils s'arrêtèrent à limite du précipice.

Ils sortirent sans fermer les portières et Pierre cria à Cathy :

– Suivez-moi !

Il emprunta un petit sentier invisible de la route, qui descendait dans le maquis. Le chemin était escarpé, truffé de pièges de toutes sortes : racines, branches, pierres et trous. Le tout friable et glissant. Heureusement, tous les deux avaient des chaussures de sport et leur progression était rapide. Pierre connaissait bien le coin et il anticipait toutes les difficultés. Il se retournait régulièrement et il s'étonnait de voir la jeune femme toujours sur ses talons. Elle bondissait, glissait avec agilité et il pouvait entendre son souffle régulier dans son dos.

Derrière eux, les gendarmes étaient arrivés près de leur voiture, mais ils perdaient du temps à chercher le bon chemin. Le relief accidenté et l'épaisseur du maquis protégeaient les fuyards.

Cathy et Pierre arrivèrent finalement sur un espace dégagé surplombant la mer d'une dizaine de mètres.

– Là nous sommes vulnérables et visibles de la route, lui dit Pierre.

Il se mit à couvert, enleva son tee-shirt, son short, ses chaussures et les fourra dans le sac à dos. Cathy l'imita et ils se retrouvèrent en maillot de bain, le corps luisant de sueur, le souffle court.

– Donnez-moi le sac, ordonna Pierre. Il pourrait vous gêner.

– Vous aviez dit un rocher. Il y a au moins dix mètres !

– Douze, plus exactement.

Il lui tendit la main.

– On saute ensemble avec un bon élan et ensuite on va arriver, avec la hauteur et en se laissant descendre, exactement en face du couloir sous-marin. Croyez-moi, je l'ai fait des dizaines de fois quand j'étais môme, lui dit-il pour la rassurer.

– OK. À trois !

Pierre essayait de se calmer pour retrouver une respiration normale, afin de prendre assez d'air pour sa plongée. Cathy semblait prête et déterminée.

Ensemble, ils comptèrent : un, deux, trois.

Ils s'élancèrent sur le grand rocher plat et sautèrent dans le vide.

Cathy serra la main de Pierre et ils restèrent suspendus dans les airs. L'eau arrivait à toute vitesse. Elle serra les jambes et ils s'enfoncèrent dans l'eau, dans un tourbillon de bulles.

Elle se laissa entraîner vers le fond avec Pierre. Enfin, les bulles se dissipèrent et ses pieds touchèrent le sable.

Pierre lui montra le passage juste quelques mètres devant eux. Elle ne voyait pas très bien sans le masque, mais elle devinait plus loin la clarté du puits de lumière de l'autre côté du tunnel. Pierre tira sur son bras et la propulsa dans la cavité.

Le sac à dos le gênait considérablement et le tirait vers le haut. Il devait nager le plus bas possible pour ne pas risquer de s'accrocher dans la roche.

Cathy émergea et aspira avec soulagement l'air humide de la grotte.

Elle s'attendait à voir apparaître Pierre d'une seconde à l'autre, mais ce dernier était coincé avec le sac à dos.

Ce qu'il redoutait était arrivé. Le sac hermétique contenait de l'air et il l'attirait vers la surface. Au milieu du passage, il s'était collé à la voûte rocheuse et accroché à une excroissance.

Pierre avait été stoppé net et, pris de panique, il se débattait. Un soupçon de lucidité lui inspira de le détacher. Il était irrésistiblement attiré vers la sortie. Au diable ce fichu sac à dos ! pensa-t-il.

Finalement, il se retourna, attrapa le sac qu'il cala sous son ventre et repartit vers la lumière, les poumons en feu.

Il jaillit de l'eau avec un cri de soulagement.

– Ça va ? lui demanda Cathy, tout en l'aidant à se hisser sur le rocher.

– Pour être hermétique, il est hermétique, votre sac ! J'ai failli rester collé au plafond.

Sans pouvoir se contrôler, Cathy éclata de rire et Pierre en fit de même. L'intensité des cinq dernières minutes explosait dans un énorme fou-rire. Quand ils furent calmés, Cathy demanda :

– On fait quoi, maintenant ?

– Cette galerie, à une certaine époque, menait au couvent. Il est interdit de s'y aventurer car elle est en mauvais état. Il nous faut trouver le passage et en vitesse, dit Pierre dont la montre indiquait midi vingt. Nous avons rendez-vous dans dix minutes.

Ils enfilèrent les vêtements secs qu'ils avaient entassés dans le sac hermétique de Cathy, et se levèrent.

– Nous avons une petite marge de manœuvre, dit Cathy pour le rassurer, ils devront, eux aussi, passer le contrôle de gendarmerie.

– Vous avez raison, mais Manuel et les autres sont, eux aussi, là-bas et nous devons les mettre à l'abri, répondit Pierre, dont la voix trahissait l'inquiétude.

Pierre chercha quelques secondes la direction à prendre, mais l'obscurité, au-delà du cercle de lumière diffusé par le trou dans la voûte, était dense et insondable. Il se sentit de nouveau gagné par la panique. Avoir pris tous ces risques pour être bloqué ici, quel ridicule ! Un faisceau de lumière éclaira soudain le fond de la cavité.

– C'est mieux comme ça ?

Pierre se retourna vers la jeune femme qui tenait une lampe torche, qu'elle avait prise dans son sac.

– Décidément, vous ne manquez pas de ressources !

– Comme je vous l'ai dit, je ne me sépare jamais de ce sac et il est plein d'astuces.

Elle lui tendit la torche et il inspecta les parois sombres. Il découvrit un passage avec des marches et il s'engagea suivi de Cathy. À peine avaient-ils grimpé quelques marches qu'ils tombèrent sur un mur de briques, construit pour en boucher l'accès.

– Alors là ! s'exclama Cathy, je suis impuissante.

Pierre ne répondit pas et s'approcha du mur. Il passa sa main sur les briques et le bout de ses doigts sur les joints.

– Moi, peut-être pas, lui dit Pierre, en redescendant les marches.

Il revint portant fièrement un rocher dans les bras.

– Écartez-vous, s'il vous plaît.

– Vous n'espérez tout de même pas casser ce mur avec un caillou ?

Sans répondre, Pierre leva son projectile au-dessus de sa tête et le projeta en plein centre du mur.

Cathy fut surprise du résultat, car il s'effondra aux deux-tiers.

Pierre se retourna vers elle, content de son petit effet.

– À cause de l'humidité, les joints se sont ramollis et les briques sont devenues poreuses. Allons-y ! Ne perdons pas de temps.

Ils montèrent les escaliers rapidement. La pente était raide et les marches très hautes. La pierre était glissante et les parois lisses ne permettaient pas de s'accrocher. Pierre tenait la torche à la verticale pour éclairer les marches pour eux deux.

Il estima la distance entre la mer et le couvent de deux cents mètres. Les escaliers montaient droit et ils avaient dix bonnes minutes à grimper.

Perdu dans ses calculs, Pierre glissa sur une marche, tenta en vain de se rattraper au mur et bascula en arrière. Il allait se briser les os dans les marches raides et dangereusement hautes. De plus, il risquait d'entraîner Cathy dans sa chute.

– Merde ! jura-t-il, quand il se sentit partir en arrière.

Deux mains fermes l'attrapèrent dans le dos et le repoussèrent en avant jusqu'à la marche.

Il n'avait pas lâché la lampe et éclaira le visage de Cathy. Ses traits étaient durs et les muscles tendus sous la peau fine.

– Bon sang, Pierre ! Faites attention, vous allez nous tuer.

– Je suis désolé, lui répondit-il, contrit.

Comment la jeune bibliothécaire l'avait-elle rattrapé avec une telle force ?

– La peur décuple la force, dit la jeune femme, devinant sa pensée.

Elle semblait maintenant accablée, prenant conscience qu'ils avaient frôlé l'accident.

Pierre reprit sa montée se concentrant sur les marches qui défilaient sous ses pieds.

Comme il l'avait pensé, une dizaine de minutes plus tard, ils arrivèrent à un palier, le souffle court.

De nouveau, il chercha le passage menant au couvent et il découvrit une lourde porte de bois. Il s'approcha activa la poignée et tira sur la porte. Elle était verrouillée et, cette fois, ils étaient bel et bien bloqués.

– Ce n'est pas vrai ! cria Pierre, frappant la porte de rage.

Peine perdue car cette dernière bougea à peine.

Cathy était accroupie avec son sac ouvert à ses pieds.

– Vous permettez ? dit-elle, en lui indiquant la lampe qu'il tenait à la main.

– Bien sûr, dit-il, en la lui donnant.

Cathy fouilla dans son sac et sortit un couteau suisse.

– C'est une vieille porte, donc une vieille serrure peu compliquée et un rat de bibliothèque comme moi, amatrice de vieux livres, a déjà vu ça quelque part. Alors, je tente ma chance.

Pierre resta médusé en voyant Cathy se pencher sur la serrure.

Après trois longues minutes à triturer le pêne, celui-ci céda et la porte s'ouvrit.

– Un jour, il faudra m'apprendre ça.

– C'est promis.

La porte donnait accès à un vestibule étroit et sans issue.

– La, on est drôlement avancé ! pesta Pierre.

– Qui dit passage secret, dit entrée secrète. Et si je me réfère au modèle de la porte, j'en déduis qu'à cette époque les mécanismes les plus courants étaient un levier en bois ou une pierre amovible.

Pierre chercha stupidement un levier et Cathy tâtonna sur les pierres.

Soudain, l'une d'entre elle s'enfonça sous la pression de sa main et une autre ressortit. Un pan de mur s'ouvrit alors doucement.

Pierre se retourna vers Cathy :

– Finalement, vous êtes un peu comme Indiana Jones, mais en fille. Cathy Jones, en somme !

– Je vous expliquerai un jour, répondit-elle mystérieusement.

Ils franchirent le passage et débouchèrent derrière l'orgue qui occupait tout le fond de la chapelle du couvent.

Ils avaient tout juste la place pour se faufiler le long du mur.

Enfin, ils se retrouvèrent au milieu du cœur. Pierre consulta sa montre qui indiquait douze heures quarante. Ils étaient en retard et, sans perdre une seconde, il s'élança jusqu'à la lourde porte donnant sur l'extérieur.

Il l'ouvrit et constata qu'aucune voiture n'était garée devant le couvent. Louis et Lucas avaient certainement dû être retardés par le contrôle de gendarmerie et le trafic.

Pierre remarqua un mot sur la porte, avec l'inscription : « Saint-Jean ».

Cela expliquait pourquoi Manuel et les autres n'étaient pas présents non plus. Il avait décidé de les mettre à l'abri de Lucas et Saint-Jean était l'endroit parfait.

Pierre avait instantanément compris le message de Manuel et il s'agissait sans aucun doute du col de Saint-Jean et de la petite chapelle du même nom, à mille mètres d'altitude au-dessus de Sisco.

Le bruit d'une voiture se fit entendre. Pierre décrocha le mot qu'il enfouit dans sa poche et referma la porte. Il eut juste le temps d'apercevoir qu'il s'agissait du quatre-quatre de Louis.

Quelques instants plus tard, Louis et Lucas pénétraient dans la chapelle.

– C'est bien, petit, lança Lucas.

– Ne perdons pas de temps, répondit Pierre, que le ton de Lucas commençait à agacer.

La peur de cette brute s'était changée en autre chose. Pierre avait pris conscience que son destin était scellé à cet homme et que, s'il devait mourir aujourd'hui, c'était écrit. Il ne voulait plus subir son sarcasme et il lui ferait dorénavant face sans baisser le regard. Ce Lucas n'était finalement qu'un homme comme les autres et comme disait son entraîneur de rugby : « Il a deux bras et deux jambes, comme les autres. »

– Tu as raison, donne-moi le manuscrit, ordonna Lucas.

Pierre se tourna vers Cathy et elle lui tendit la pochette. Il s'adressa ensuite à Lucas :

– Tu libères mon ami et je te le donne.

Lucas n'aimait pas le ton du blondinet, mais il ne risquait rien en relâchant Louis car il se trouvait devant la seule issue possible.

Louis rejoignit son ami, pendant que ce dernier déposait la pochette sur un banc.

Lucas s'empressa de l'ouvrir.

– Tu te fous de ma gueule ! vociféra ce dernier, en lançant la pochette dont les feuilles totalement vierges volèrent dans la chapelle.

– Non, mais je commence à connaître tes pratiques expéditrices et j'ai pris mes précautions, répondit Pierre content de son coup. Si je te l'avais donné, tu nous aurais tous tués. Alors, je l'ai laissé à quelqu'un de confiance qui le détruira si je ne reviens pas personnellement le récupérer avant dix-sept heures. Conclusion, tu les laisses partir et on va, tous les deux, le chercher. Ils ne diront rien sinon tu me tues. Alors ?

Lucas fulminait, Pierre lui avait joué un sale tour, mais il avait toujours les cartes en mains et il pouvait accepter sa proposition sans risque.

– OK, mais pas d'autres embrouilles.

Pierre se tourna vers Cathy et lui dit rapidement, à voix basse :

– Détournez son attention, en sortant.

Cathy regarda Pierre interrogative, cachant son désarroi. Ce n'était pas une bonne idée de le laisser seul avec Lucas. Mais au regard de Pierre, elle comprit qu'il avait une idée derrière la tête.

Lucas scruta la chapelle et constata que la seule issue était derrière lui.

Louis n'était pas disposé à laisser son ami avec Lucas et il ne bougerait pas. Cathy lui prit la main et lui dit, en le regardant droit dans les yeux :

– Ne vous inquiétez pas, il sait ce qu'il fait.

Ils contournèrent Lucas et ouvrirent la porte.

Cathy se retourna alors vers Lucas et l'invectiva :

– Vous êtes dans la maison de Dieu et votre châtiment sera à la hauteur de votre cruauté.

Lucas, piqué au vif, se retourna pour lui faire face, alors que Louis restait pétrifié par le culot de la jeune femme.

– Pauvre petite chrétienne naïve ! Le pouvoir d'Allah est bien plus puissant que celui de ton Dieu pathétique. Ma cause est juste et mes actes sont dictés par sa volonté.

– Vous salissez votre religion et vous n'en êtes pas digne.

Lucas éclata d'un rire bruyant qui se répercuta sur les murs et emplit toute la chapelle.

Il se retourna vers Pierre :

– À nous, maintenant, tu…

Il ne termina pas sa phrase.

Cathy tira Louis à l'extérieur et lui dit :

– Courez !

Ils foncèrent en direction du maquis.

Lucas fronça les sourcils. Pierre avait disparu et, en se retournant, il constata que les deux autres l'avaient suivi.

Après l'effet de surprise, il se ressaisit. Pierre devait se cacher lamentablement, comme un petit enfant peureux.

– Moi qui avais cru déceler en toi un soupçon de tempérament ! Je constate que maintenant tu te caches comme une mauviette. Sors de ta planque, tu me fais perdre mon temps.

Pierre avait profité de la diversion de Cathy pour foncer derrière l'orgue et réintégrer le passage secret. Heureusement le rire sonore de Lucas avait masqué le bruit du pan de mur se refermant.

Lucas fit le tour de la chapelle sans succès et se dirigea vers l'orgue.

– Je sais que tu es là !

Il regarda derrière l'instrument, la seule cachette possible, mais sans plus de résultat.

– Ce n'est pas possible, marmonna-t-il.

Il fit, de nouveau, l'inspection de la salle, de chaque recoin, mais sans plus de succès. Il était furieux et désemparé.

Il leva la tête vers le Christ sur la croix. Ce dernier semblait sourire et lui dire : « Dans la maison de Dieu, les miracles sont possibles. »

Lucas s'approcha de l'effigie pour la jeter au sol, mais le visage du Christ sembla se métamorphoser et Lucas interrompit son geste.

– Tu ne perds rien pour attendre, lança-t-il, en repartant vers la sortie.

Il fouilla le tout terrain de Louis et trouva, avec satisfaction, un fusil de chasse et des cartouches dans le coffre.

Il démarra et s'éloigna du couvent.

Pierre attendit encore quelques minutes avant de sortir discrètement de sa cachette. Constatant que la chapelle était vide, il se dirigea vers la porte. Dès qu'il fut sur le perron deux têtes apparurent au-dessus d'une touffe de maquis et Cathy lui fit un signe de la main. Il les rejoignit.

– Bien joué, lui dit-elle avec un signe du pouce.

– On fait quoi maintenant ? demanda Louis.

Pierre leur montra la feuille de papier avec l'inscription « Saint-Jean ».

– Encore une devinette ? demanda Cathy.

– Il s'agit certainement du col Saint-Jean et de la chapelle du même nom, dit Louis.

– Exactement, répondit Pierre. Mais nous n'avons plus de véhicule.

– Quand il s'agit de trouver un tout-terrain, le Corse n'est jamais démuni, lui dit Louis avec un large sourire. Mon cousin habite à l'entrée de Sisco et, comme tout bon chasseur qui se respecte, il en possède un.

– Allons-y, dit Pierre, en prenant la direction du bord de mer.

– Nous ferions mieux de prendre par le maquis, car la gendarmerie patrouille sur la route à votre recherche. J'ai vu la voiture de Lucas au bord de la route, encerclée par les gendarmes.

– Il y a un cadavre dans le coffre et nous avons du improviser, lui répondit Pierre, qui lui raconta rapidement leur fuite.

– Vous avez pris de sacrés risques et vous voila maintenant dans de beaux draps, mais il sera toujours temps de leur expliquer la vérité.

– Nous verrons plus tard. Nous devons retrouver Manuel et les autres. Tant que Lucas rode dans les parages personne n'est en sécurité. Une fois réunis, nous irons chercher le manuscrit et ensuite nous nous rendrons à la gendarmerie de Luri.

– C'est toi le patron, répondit Louis qui savait son ami décidé à mener à terme ses projets.

Ils s'enfoncèrent dans le maquis, sans plus attendre.

Marie-Jeanne de Galpi fulminait. Elle avait été ballottée dans le vieux quatre-quatre du prêtre pendant trois quarts d'heure sur le chemin caillouteux qui montait jusqu'au col, au-dessus de Sisco. Ils étaient maintenant tous les quatre au bout du monde et après avoir caché la voiture, le père Manuel les avait fait rentrer dans la petite chapelle.

– C'est quoi, le programme, maintenant ? lui demanda-t-elle avec un sourire ironique. On attend la fin du monde ?

– On attend.

– J'ai besoin de sortir, si vous voyez ce que je veux dire.

– Bien, mais ne traînez pas.

– Je ne risque pas de faire les boutiques.

Elle regarda au-dessus de la porte et remarqua l'inscription « Saint-Jean ». Elle s'éloigna à une cinquantaine de mètres, à l'abri des oreilles indiscrètes et sortit son téléphone portable.

Chapitre 11

Malgré les circonstances dramatiques de la situation, Cathy était émerveillée par le charme de l'endroit. Ils avaient récupéré le véhicule du cousin de Louis, sans que ce dernier ne posât de questions et pris la route montant au village de Sisco, passant d'un hameau à l'autre, longeant les maisons de pierres aux toits de Lauzes, dépassant de majestueux tombeaux encadrés de cyprès, dernières demeures des grandes familles du village.

Après l'église, la route goudronnée avait laissé la place à un chemin caillouteux qui s'enfonçait dans le maquis et montait dans la montagne. Ils avaient serpenté durant une bonne demi-heure dans un cadre grandiose et sauvage.

Finalement, Louis avait garé la voiture à l'écart, non loin d'une petite chapelle pittoresque, plantée sur le col.

Cathy descendit de la voiture et resta en admiration devant la beauté du site. Face à elle, la mer Tyrrhénienne s'étendait à perte de vue. À mille mètres, le panorama était extraordinaire. La commune de Sisco s'étalait à leurs pieds et sur la gauche la baie de Pietra s'ouvrait sur la mer, laissant deviner le ruban blanc de sa plage.

Une grande bourrasque de vent souleva un nuage de poussière qui la ramena à la dure réalité de la situation.

Pierre et Louis lui avaient laissé le temps de la contemplation.

– Le Libecciu se lève, dit Pierre en regardant les moutons se former sur la mer, côté ouest du cap.

– Ils l'annonçaient, à la météo, très fort pour ce soir, mais il est en avance.

176

– Je n'aime pas ça. C'est dangereux d'être en pleine montagne avec le Libecciu. La sécheresse et le vent ne font pas bon ménage et les risques de feux sont décuplés.

– Je sais, mais nous ne devrions pas rester longtemps ici et avant qu'il soit totalement levé, nous serons déjà redescendus.

– Tu as raison, récupérons tout le groupe et partons.

Les deux hommes se dirigèrent vers la porte de bois de la petite chapelle, Cathy vingt mètres derrière eux.

Pierre avait la main sur la poignée lorsqu'un cri, derrière lui, l'arrêta net.

Il se retourna.

Cathy gisait sur le sol, face contre terre.

Derrière elle, se tenait Lucas, tenant à la main le fusil avec lequel il l'avait frappée.

– Ça, c'est pour ta petite provocation de tout à l'heure, ricana Lucas.

La jeune femme ne bougeait plus – inconsciente ou morte ?

– Non ! hurla Pierre.

Il fit un pas vers elle, arrêté net par Lucas.

– Un pas de plus et tu vas rejoindre ta copine.

Le canon du fusil était braqué sur lui.

Pierre fulminait. Cathy était immobile et sans lui, elle serait saine et sauve.

Il regarda la jeune femme allongée, inerte. Au cours de ces derniers événements, en quelques heures, elle avait changé sa vie et il ressentait pour elle des sentiments depuis longtemps refoulés. Il prenait brutalement conscience de la place qu'elle avait prise dans son cœur et qu'il venait, peut-être, de la perdre.

Il avait envie de hurler et de se jeter sur Lucas, mais il serra les dents et resta lucide. Mort, il ne serait d'aucune utilité pour elle et pour les autres.

– Entrez ! ordonna Lucas.

Les deux amis pénétrèrent dans le petit édifice.

Marie-Jeanne, Lisa et James étaient assis un banc de bois et Manuel était appuyé à l'autel de pierre.

– Je vois que vous avez eu mon message, dit Manuel aux deux amis.

– Et comment ! répondit Lucas dont la large stature apparut dans l'encadrement de la porte.

Manuel saisit instantanément le danger. Lucas allait faire un carnage ! Il prit la parole et s'adressa directement à lui :

– Je t'attendais, fils d'Allah. Il est temps maintenant que ta croisade s'arrête. Je sais ce que tu cherches et je l'ai lu.

Lucas marqua un temps d'arrêt. Manuel avait touché juste et éveillé son intérêt. Il devait gagner du temps et trouver une solution pour les sortir de là. Le silence de Lucas était une invitation à la suite de l'explication et Manuel ne se fit pas prier pour continuer :

– Cette histoire de manuscrit n'est qu'un prétexte pour une remise en question totale de toutes les religions. Un signal, un phare dans la nuit pour nous avertir que toutes les croyances sont menacées. Les religions ont toujours guidé les hommes dans leur vie et elles sont les gardiennes des valeurs fondamentales des communautés. Le dénominateur commun de toutes les classes sociales. Elles garantissent l'équilibre et évitent le chaos. Mais l'homme, dans sa quête insatiable de pouvoir, a changé l'interprétation et la pratique des religions. Il s'est autorisé les plus grandes atrocités et dans le monde entier des peuples se déchirent au nom de Dieu. Des hommes d'État, des chefs religieux, des groupes terroristes revendiquent l'extermination de leurs congénères et le sacrifice de leurs vies, sous couvert de leur foi. Ce manuscrit ne nous apprend rien que nous ne sachions déjà et il ne changera pas la face du monde. C'est à nous qu'il revient de le faire, tous ensemble, avec nos différences. À mon modeste niveau, j'ai voulu démontrer aux bureaucrates du Vatican que l'on pouvait réunir, dans une petite chapelle de village, des gens de toutes origines sociales, afin qu'ils progressent ensemble, qu'ils retrouvent le goût du partage et de la générosité. J'ai été jusqu'à renier mon vœu de chasteté pour vivre un amour légitime et épanouissant avec Angela. Les prêtres ne peuvent pas donner de l'amour à autrui, s'ils n'en connaissent pas la saveur. Notre univers religieux peut encore changer, car notre foi n'est pas morte. Nous pouvons vivre avec nos Dieux, cohabiter et faire partager aux autres nos croyances. Lucas, nos différences sont notre richesse et transmettre la multiculture religieuse évitera la pauvreté de l'âme et rapprochera les peuples. Des personnes sont mortes pour cette quête absurde et inutile. Dépose les armes et retrouve la voie de la sagesse. Aucun Dieu ne guide nos actes, car c'est nous qui avons écrit leur histoire et il ne tint qu'à nous de changer leur destinée. Ce manuscrit redonne à Dieu sa vraie place et à l'homme la sienne.

– Beau sermon, mon Père, mais le tien de destin, est déjà tout scellé, lui dit Lucas en pressant la détente du fusil de chasse.

La détonation claqua comme un coup de tonnerre et ils sursautèrent tous. Lisa poussa un cri et Manuel, que l'impact avait collé à l'autel, resta de marbre, comme si le projectile l'avait transpercé sans le toucher. Puis, une grande auréole de sang se forma sur sa chemisette immaculée. Il vacilla légèrement, sans un mot.

Pierre se précipita pour le soutenir.

– Ça va aller, mon Père, lui dit-il, employant pour la première fois son titre d'ecclésiastique.

– Dis-lui que je l'aime, lui souffla le prêtre, dont la dernière pensée alla vers la femme de sa vie.

– Pourquoi tu as fait ça ? hurla Pierre.

– Au nom d'Allah, petit, au nom d'Allah. Et maintenant, vous trois, dit-il en désignant du canon de son arme : Lisa, James et Louis, vous allez vous mettre vers l'autel. Quant aux autres, vous venez avec moi. La petite, tu m'apportes les deux lampes à pétrole.

Marie-Jeanne prit, en passant, les deux lampes, qui faute d'électricité assuraient l'éclairage de la chapelle. Chacun obéit car ils savaient que Lucas n'hésiterait pas à utiliser son arme, comme il venait de le faire.

Pierre et Marie-Jeanne se retrouvèrent devant la chapelle. Le vent avait redoublé de violence et il devenait assourdissant. Lucas, sur le perron, fit face au petit groupe resté à l'intérieur, près de l'autel au pied duquel était étendu le Père Manuel.

Il jeta une des lampes sur les bancs et le pétrole éclaboussa la porte de bois.

Pierre fit un pas en avant, stoppé par Lucas qui le menaçait de son arme.

– Essaye pour voir !

Pierre rageait, mais il ne pouvait que constater son impuissance. Lucas alluma la mèche de la deuxième lampe et recula hors de la chapelle, la tenant à bout de bras.

– C'est pour la bonne cause ! cria Lucas pour masquer le bruit du vent.

Le trio était pris au piège et ils s'étaient resserrés pour faire face aux flammes.

Au moment où Lucas allait lancer la lampe, une silhouette surgit de l'angle du mur et se jeta sur lui.

Dans sa chute, Lucas lâcha la lampe et son fusil qui tombèrent dans le maquis proche, hors de portée.

La lampe se brisa et, en quelques secondes, le pétrole enflammé embrasa les buissons secs. Attisé par la violence du vent, un ouragan de feu se répandit, comme si la végétation avait été aspergée d'hydrocarbure.

Les deux corps entremêlés roulèrent dans la pente, disparaissant dans les premiers nuages de fumée.

– Venez ! hurla Pierre, qui craignait que le pétrole sur la porte ne s'enflammât au contact des brindilles incandescentes qui virevoltaient dans les airs et s'engouffraient dans le petit édifice.

Lisa, James et Louis se précipitèrent à l'extérieur au moment où la porte prenait feu. Les deux hommes avaient tiré à l'extérieur le corps sans vie de Manuel.

Dehors, le brasier prenait des proportions énormes et se développait à vue d'œil.

Lucas remontait déjà la pente le visage haineux.

Mais, il fut de nouveau arrêté par son assaillant. Pierre reconnu alors la chevelure rousse de Madi. Cette dernière profitait intelligemment de la fumée pour attaquer Lucas et ensuite disparaître dans les épaisses volutes.

Lucas essayait de l'attraper, mais plus agile et rapide, elle lui filait entre les doigts.

Pierre se précipita vers l'endroit où Cathy était tombée, mais Louis le rattrapa par le bras à l'instant où les flammes, poussées par le vent, surgissaient devant lui.

Un pas de plus et il était carbonisé.

– Lâche-moi, Louis ! Je dois aller la chercher.

– Tu ne peux plus passer, Pierre. Elle est sur une partie dégagée, à l'abri du feu. Nous reviendrons lorsque l'incendie sera passé et que le reste du groupe sera en sécurité, lui dit Louis, soucieux de convaincre son ami de ne pas se jeter dans les flammes.

Pierre recula en se tenant la tête, impuissant.

Le feu menaçait et la fumée âcre leur piquait les yeux et leur brûlait les poumons. Il se tourna vers les autres :

– Suivez-moi, on ne doit pas rester là ! cria-t-il pour couvrir le bruit du crépitement des flammes et du vent.

Il regarda, de nouveau, à l'endroit où était tombée Cathy, mais le feu avait érigé une barrière entre eux. Il ne voyait rien et à son grand désespoir il ne pouvait plus rien faire pour la secourir.

Plus il traînait, plus il mettait le groupe en danger et il devait les mettre en sécurité au plus vite. Il prit la direction de la crête par le petit chemin balisé qu'il connaissait bien.

Ils devaient monter au-dessus de la fumée et s'éloigner du feu, qui pouvait d'un instant à l'autre changer de direction et les carboniser tous.

Ils escaladèrent le sentier abrupt, laissant derrière eux la chapelle dévorée par le braisier, Lucas, Madi, Cathy et le corps de Manuel.

Après quelques minutes d'ascension, ils arrivèrent aux dessus du raidillon surplombant le col de Saint-Jean.

Le spectacle était terrifiant, des flammes gigantesques dévoraient la végétation dense et le vent violent, tourbillonnant, changeait constamment de direction, augmentant d'intensité.

Deux cents mètres plus bas, Lucas s'extirpait de la fumée. Madi avait réussi à le ralentir, mais dorénavant, à découvert, elle devenait vulnérable et elle ne pouvait plus le harceler.

Le petit groupe avait les yeux tournés vers la silhouette massive de Lucas et, sans dire un mot, ils reprirent tous le chemin derrière Pierre.

Madi était cachée derrière un rocher. La fumée lui piquait les yeux et lui brûlait les poumons. Elle savait qu'à tout moment le feu pouvait la menacer, mais elle devait en prendre le risque. Elle cherchait un autre moyen de gêner la progression de Lucas qui se trouvait entre elle et le groupe.

Avant tout, elle devait repasser devant lui. Elle observa le relief et se lança dans les rochers, sortit du sentier principal et grimpa au milieu du maquis, heureusement peu développé à cet endroit de la montagne.

Finalement, elle réussit à combler son retard et à le dépasser sans que ce dernier ne la repérât, concentré sur le groupe devant lui.

Doucement, mais sûrement il se rapprochait de ses proies, ralenties par Marie-Jeanne qui boitait, à l'arrière.

Madi, absorbée par sa progression, ne remarqua pas le gros troupeau de chèvres immobile qui se trouvait juste derrière la crête qu'elle venait de franchir. Elle se retrouva nez à nez avec un énorme bouc, plus grand qu'elle, avec des yeux jaunes barrés d'un trait noir. Il la regardait d'un air mauvais et ne semblait pas vouloir la laisser passer.

Derrière lui, des dizaines de chèvres toutes plus impressionnantes les unes que les autres. Les petits étaient regroupés autour de leurs mères. Ces animaux à demi sauvages avaient retrouvé leurs instincts ancestraux et leur agressivité n'était pas feinte.

Madi recula doucement, sans quitter le grand mâle des yeux. Tandis qu'elle jaugeait la situation, une idée germa dans son esprit.

Elle devait faire vite et bien calculer son coup. Elle se pencha et ramassa un caillou de bon calibre et ajusta le bouc, qu'elle toucha juste entre les grandes cornes recourbées.

L'animal sauta en arrière et l'ensemble du troupeau frémit. Il était furieux et secouait sa tête, mais hésitait à charger.

Madi ramassa alors une grande lauze plate et effilée et la lança vers l'animal. Elle se brisa en plusieurs morceaux, projetant des éclats sur le grand mâle. Il n'en fallut pas plus pour déclencher sa fureur.

Madi dévala la pente à toutes jambes, poursuivie par le bouc. Elle entendait dans son dos le fracas des cloches du troupeau lancé derrière elle. Elle ne pouvait se retourner de peur de trébucher, se concentrant sur le chemin le plus court la menant à Lucas.

Ce dernier était cinquante mètres plus bas, derrière une barrière rocheuse et il ne pouvait deviner la manœuvre de Madi.

Pierre entendit le vacarme des cloches et se retourna. La scène était sur réaliste. Madi courait dans le maquis, sautant par-dessus les arbustes et zigzagant entre les rochers. Elle était rapide, et d'une agilité incroyable.

Derrière elle, un troupeau de chèvres emmené par un énorme bouc blanc, la talonnait d'une quinzaine de mètres. Plus bas, Lucas s'était arrêté et guettait du côté de barrière rocheuse, tendant le cou, sans voir ce qui se passait.

Madi parvint à cette barrière et dans un ultime effort, au risque de se briser les os, elle bondit par-dessus le dernier rocher.

Elle se réceptionna sur une grande pierre plate et roula derrière, à dix mètres de Lucas, stupéfait.

Derrière elle surgit le bouc qui rebondit sur la même pierre et se retrouva face à Lucas. Il eut le réflexe de se jeter à terre pour éviter la charge. Mais déjà, le reste du troupeau déboulait comme un torrent furieux et Lucas disparut dans une forêt de toisons multicolores et ses cris se perdirent dans le vacarme des cloches.

Pierre s'adressa calmement à son ami, malgré les battements rapides de son pouls :

– Louis, tu connais parfaitement ces montagnes. Emmène-les par les crêtes et redescends jusqu'à Lapedina. Nous nous retrouverons à la chapelle. Nous ne sommes pas à l'abri du feu et il faut quitter le maquis au plus vite. Je dois aller chercher Madi sinon elle risque de se perdre et d'être prisonnière du feu. J'ai déjà laissé Cathy et je ne referai pas la même erreur.

– Fais attention, lui dit Louis, en tapant sur son épaule.

Ils se séparèrent et lorsque Marie-Jeanne passa devant lui, Pierre lui demanda :

– La cheville, ça va ?

– Ouais ! grommela-t-elle, furieuse que son petit stratagème n'eût pas permis à Lucas de les rattraper.

Madi se releva endolorie. La chute avait était lourde et son épaule était écorchée. Voyant Pierre redescendre dans sa direction, elle alla à sa rencontre :

– C'était de la folie de faire ça !

– Certes, mais le résultat n'est pas si mal.

Ils se tournèrent vers l'endroit où Lucas était tombé.

– On ne peut quand même pas le laisser là, dit-il.

– Parce que vous croyez qu'il mérite mieux ?

– Il est ce que nous ne sommes pas, un monstre.

– C'est comme vous voulez.

Pierre la regarda. Son visage était couvert de suie et des mèches rousses étaient collées sur son front ruisselant de sueur.

Elle était belle et effrayante à la fois. Sa tenue était déchirée, laissant apparaître des parcelles de peau blanche ; du sang coulait sur son bras.

– Vous êtes blessée.

– Rien de grave.

Il arracha une manche de son tee-shirt et tapota la plaie. Elle se laissa faire sans rien dire, peut-être soulagée de trouver un peu de réconfort. La sueur coulait sur son visage et traçait des sillons blancs. Il croisa les yeux verts et fut saisi par la douceur qui en émanait. Elle détourna pudiquement le regard.

– Merci, lui dit-elle doucement.

Ils se rapprochèrent de l'endroit où était tombé Lucas. Ils distinguèrent une masse recroquevillée sur le sol.

L'homme, piétiné par les chèvres, était couvert de sang. Pierre se pencha sur lui et approcha sa main de son cou, afin de prendre son pouls. Le bras de Lucas se détendit soudain comme un serpent et lui saisit le poignet. Pierre le retira brusquement et Lucas lâcha prise.

Madi et Pierre reculèrent de quelques pas, pendant qu'il se relevait difficilement.

Son visage était tuméfié, ses vêtements étaient déchirés et du sang les souillait. Seuls les yeux avaient gardé leur mauvais éclat et brillaient d'une lueur de folie.

– Je suis le bras indestructible d'Allah et rien ne peut m'arrêter !

Ses paroles étaient plus convaincantes que sa piètre apparence et il chancelait, à bout de forces.

Madi et Lucas firent un bon en arrière et Lucas ricana :

– Vous avez raison d'avoir peur !

En fait, c'était le feu qui venait de surgir derrière lui qui les avait fait reculer.

L'enfer l'avait suivi et cet homme défiguré et en haillons était le diable en personne.

Pierre regarda du côté de la Cipolla, un énorme rocher posé sur la crête et comprit que leur salut était de ce côté.

– Madi, suivez-moi !

Le rocher était à une centaine de mètres, mais l'incendie déchaîné pouvait à tout instant les dévorer.

Rapidement ils gagnèrent la base de l'impressionnant géant de pierre et, sans réfléchir, ils commencèrent à grimper.

Pierre connaissait cet endroit parfaitement, car chaque année il venait y casser la croûte et admirer la beauté saisissante du panorama.

Le feu se rapprochait dangereusement et les flammes léchaient la base de la roche. La paroi était abrupte, mais les nombreuses prises permettaient de monter relativement facilement. Pierre savait que le plus dur était de redescendre, car les prises étaient bien moins visibles.

Vingt-cinq mètres plus haut, ils atteignaient le sommet. Le feu avait changé de direction et redescendait vers la vallée. L'autre versant de la Cipolla avait été préservé de l'incendie et ils pourraient redescendre de ce côté, suivre la crête et retrouver les autres.

Un grognement leur fit tourner la tête. Une énorme main venait d'apparaître. Lucas arrivait.

Pierre se tourna vers Madi.

– Vous avez le vertige ?

– Non répondit-elle, sans comprendre où il voulait en venir.

– Parce que lui, oui !

Pierre s'était souvenu que, sur le bateau, Lucas avait perdu tous ses moyens et paniqué lorsqu'il s'était retrouvé au-dessus du vide.

Ils étaient maintenant dans une situation qui leur donnait un avantage sur lui.

Déjà, Lucas prenait pied à son tour sur le sommet. Il avait retrouvé de sa vigueur et il s'approcha de Pierre.

Ce dernier recula doucement pour l'attirer vers le bord et plus il approchait du vide plus Lucas hésitait.

– Tu as un problème, mon grand ? lui demanda Pierre.

– C'est toi, mon problème !

Pierre recula encore, jusqu'à l'extrême bord du rocher, s'équilibrant avec les bras.

– Viens me chercher pour voir !

Lucas avança prudemment encore un peu, mais lorsqu'il aperçut le vide derrière Pierre, il recula précipitamment.

Madi avait observé la scène et elle longea le bord pour rejoindre Pierre.

Lucas ne bougeait plus, sa tête tournait et ses jambes étaient molles.

Le jeune blanc-bec avait touché juste et découvert son talon d'Achille. Il l'avait sous estimé et était monté sans réfléchir au sommet de ce maudit cailloux où il était maintenant pris au piège. Il se tourna vers l'est, en direction de la Mecque, s'agenouilla et commença à prier.

– Allah, donne-moi la force, murmura-t-il.

Madi et Pierre étaient médusés par l'attitude de Lucas, soudain désemparé et sans force.

Pierre se tourna vers Madi :

– Là, au moins, il ne nuira à plus personne. Suivez-moi, car c'est un peu compliqué pour descendre.

Ils empruntèrent, avec précautions, la face nord du rocher qui était toujours épargnée par les flammes.

Quelques minutes plus tard, ils étaient sur la terre ferme et, sans tarder, Pierre prit la direction de Lapedina, laissant Lucas au sommet de la Cipolla que le feu avait finalement encerclé en totalité.

Le Libecciu était encore monté en intensité et les rafales de plus de cent kilomètres-heure descendaient vers la vallée, poussant l'incendie vers le village.

Pierre était inquiet car ils risquaient de se retrouver coincés dans le maquis. Il avait choisi le sentier le plus dangereux pour se rendre à Lapedina, mais il leur permettrait de contourner l'incendie.

Néanmoins, d'un moment à l'autre ils croiseraient sa route. Ils devaient faire vite pour arriver avant lui au village.

– Suivez mes pas, Madi et soyez très prudente. Entre les racines, les buissons épineux et les lauzes instables, vous auriez vite fait de vous casser une jambe.

La jeune femme opina d'un signe de la tête, déjà concentrée et profita de cette pose pour attacher sa longue chevelure rousse.

Pierre démarra doucement, assurant chaque pas, choisissant l'endroit où poser les pieds. Lorsque le sentier était plus praticable, il accélérait.

Ils parcoururent ainsi la distance en deux fois moins de temps. Une heure au lieu de deux. Pierre suivait du coin de l'œil la progression des flammes sur leur droite et ils avaient pris un peu d'avance.

Il était exténué, ses jambes étaient dures comme du bois, son cœur battait à tout rompre et la sueur lui brûlait les yeux.

Derrière lui, il entendait Madi qui soufflait dans l'effort, mais elle le talonnait de près.

Enfin, derrière un monticule, les premières maisons de Lapedina apparurent et il aperçut en contrebas la croix de la chapelle.

Encore un dernier effort dans les escaliers du petit hameau et ils débouchaient sur la placette devant la chapelle.

Pierre poussa la porte, pénétra dans la grande salle, heureux de retrouver la civilisation.

Il avait, bêtement, espéré retrouver Louis et les autres, mais ils avaient pris un chemin plus sûr, quoique plus long, en passant par les crêtes.

Ils ne seraient pas là avant une bonne heure. Il était seize heures et il devait récupérer le manuscrit avant dix-sept heures. L'heure à laquelle devrait avoir lieu l'enterrement de Paolo Corta, l'oncle de Louis.

Le père Manuel était mort et Louis dans le maquis.

– Ça va, Pierre ? demanda une voix douce.

Pierre leva la tête et regarda Angela, ne sachant que répondre.

Avec Madi, ils avaient les mains sur les genoux et ils récupéraient de leur course folle dans le maquis.

Angela regarda Pierre et voyant son trouble, elle ne lui demanda rien de plus et se contenta de leur dire, en désignant la porte donnant dans leur maison :

– La salle de bain est au fond de la cuisine et il y a une douche au premier. Allez vous débarbouiller, vous ressemblez à des chiffonniers.

Sans dire un mot, ils s'exécutèrent. Ils avaient besoin de se décrasser et de reprendre leurs esprits.

Pierre se sentait minable de ne pas lui avoir annoncé la terrible nouvelle. Mais il lui avait semblé que la jeune femme avait déjà compris et qu'elle voulait se donner quelques minutes de plus, avant de connaître la vérité. Pierre opta pour la douche et laissa la salle de bain à Madi. Il ne resta sous le jet froid que peu de temps, essayant de se nettoyer le corps et l'esprit, puis il redescendit dans la chapelle.

Madi était assise dans l'ombre et son visage était caché par les grandes boucles rousses.

Angela était installée sur un tabouret, les coudes appuyés sur le comptoir en zinc. Elle avait devant elle, un polo plié qui devait appartenir à Manuel. Elle caressait le tissu avec une infinie douceur et lorsque Pierre s'approcha elle dit simplement :

– Mets ça, Pierre, il aurait aimé que tu le portes. Il le trouvait trop beau pour lui.

Intentionnellement, elle avait utilisé le passé.

Pierre s'exécuta et enfila le polo bleu qui mettait en valeur ses yeux.

– Assieds-toi, tu veux bien, lui demanda-t-elle gentiment, et raconte-moi ce qui c'est passé.

Madi se leva alors et sortit de l'ombre :

– Je vais vous laisser. J'ai encore quelque chose à faire. Je dois aller chercher cette jeune fille qui est restée au col de Saint-Jean.

– C'est à moi de le faire. Je l'ai abandonnée au milieu des flammes et …

– Vous avez fait le bon choix, Pierre, l'interrompit Madi avec autorité. Maintenant, faites-moi confiance et soyez certain que je vous la ramènerai. Occupez-vous du reste aussi bien que vous l'avez fait jusqu'à présent.

Pierre l'observa dans la lumière : avec le visage propre, elle était différente de la Madi qu'il connaissait. Il émanait d'elle une douceur qu'il ne lui connaissait pas. Angela lui avait prêté des vêtements qui la rendaient plus humaine. Elle semblait transformée et sortie de cette carapace qu'elle s'était construite. Elle devenait une autre.

Elle sortit et Pierre la laissa partir car elle était la seule capable de retrouver Cathy.

Pierre se tourna vers Angela dont un voile de tristesse assombrissait déjà le regard.

– Le Père Manuel est mort. Je suis sincèrement désolé Angela. Il s'est éteint dans mes bras et ses derniers mots ont été pour toi. Il m'a murmuré : « Dis-lui que je l'aime. »

Angela serra les mâchoires, retenant ses larmes, mais elle ne craqua pas.

– C'était un homme bon, dit-elle.

– Je l'ai enfin compris, dit Pierre désabusé. J'ai été stupide et aveugle de ne pas l'avoir vu avant.

– Il vivait pour les autres et pour donner un nouveau sens à sa foi. Je l'aimais plus que tout au monde et j'ai eu une chance extraordinaire de faire un bout de chemin à ses côtés.

Pierre lui raconta tout ce qui c'était passé depuis la veille, dans le détail, sans rien omettre. Elle ne semblait pas surprise par ses propos, ni par le rôle de Manuel et lui dit :

– Manuel m'avait expliqué son rôle dans la société secrète des « Douze Apôtres » et pourquoi il avait pris du recul avec Walter Bevans, l'instigateur de ce mouvement. Depuis hier, il savait que les choses allaient mal tourner. Il avait reçu une enveloppe qui, au vu des informations que tu viens de me donner, contenait le manuscrit. Il était bouleversé et il m'avait préparé au pire. Il croyait au destin de chaque homme et le sien était apparemment à la chapelle de Saint-Jean.

Elle se tut soudain, écrasée par le poids de la douleur. Une larme coula le long de sa joue et pudiquement elle détourna la tête. Pierre était désemparé et ne savait que faire pour soulager sa peine. Mais la jeune femme était forte et elle lui dit :

– Ça va aller, Pierre, ne t'inquiète pas pour moi.

À la lueur de ce que venait de dire Angela, cette histoire prenait une ampleur considérable et il se sentait totalement dépassé.

– Que dois-je faire ? demanda-t-il à Angela qui en savait beaucoup plus que lui.

– Cela dépend de toi, Pierre. Tu es maintenant le seul dépositaire du manuscrit et s'il est entre tes mains, c'est peut-être la volonté de Dieu ou tout simplement ton destin.

Pierre n'aimait pas que sa vie fût dans les mains d'un autre ou dans une boule de cristal. Il devait décider avec objectivité et pragmatisme.

Soudain, la porte s'ouvrit, mettant un terme à leur conversation.

À la grande surprise de Pierre, Louis, Lisa, Marie-Jeanne et James pénétrèrent dans la pièce, refermant la porte avec beaucoup de mal tant le vent était fort.

– Comment avez-vous fait pour être la aussi vite ? demanda Pierre.

– Les pompiers nous ont récupérés sur la crête et ils nous ont ramenés jusqu'au village. Ils ne voulaient pas nous laisser, car le feu menace de plus en plus Lapedina. Le hameau n'est pas accessible aux camions de ce côté. Nous leur avons expliqué que vous étiez là et que nous devions vous prévenir du danger. Il faut partir immédiatement ! conclut Louis.

Angela s'était ressaisie et elle bondit de son tabouret.

– Je prends mon sac, les clés du trafic et on file.

– On ne va nulle part, répondit une voix caverneuse dans leur dos.

Ils se tournèrent vers la porte. Lucas se tenait là.

– Mon Dieu ! cria Angela.

Son visage était noirci par le sang séché et le bois brûlé. Ses cheveux en bataille et sa tenue déchirée le rendaient méconnaissable, mais il tenait son couteau et semblait terriblement déterminé.

– Vous m'avez beaucoup fait courir aujourd'hui. Maintenant, le premier qui bouge le petit doigt, je le tue. Quant à toi, le blondinet, tu vas m'emmener chercher le manuscrit et si tu déconnes, tu es mort et ensuite je buterai tous les autres, un par un.

Ils se dirigèrent tous vers la porte. Devant le bâtiment était garé le trafic de la chapelle qui servait à faire les courses. Angela avait pris son sac et les clés. Ils attendaient devant le véhicule, toujours sous la menace de Lucas. Ce dernier les avait tous à l'œil et il tendit la main vers Angela.

– Donne-moi les clés et recule, ordonna-t-il.

Elle tendit la main, mais brusquement le feu surgit derrière la chapelle. Le Libeccu déchaîné hurlait et deux rafales plus tard, les flammes arrivaient de toutes parts.

Des brindilles incandescentes volaient autour d'eux et grésillaient au contact de leurs cheveux.

Des arbres entiers étaient en feu et des flammes gigantesques rugissaient, se couchaient avec la force du vent et venaient mourir non loin d'eux.

La température était insupportable et la fumée les enveloppait d'un linceul mortuaire.

Lucas fut totalement pris de panique, car d'un instant à l'autre il allait brûler vif.

Il arracha les clés de la main d'Angela et se jeta dans la voiture, les menaçant de son arme.

– Blondinet, tu viens avec moi et les autres, vous faites barbecue ! hurla-t-il, pour couvrir le vacarme du vent et de l'incendie.

– Hors de question, répondit Pierre, qui s'était écarté de la voiture.

Chaque seconde comptait et Lucas le savait. Mort, il ne servirait plus sa cause.

Il démarra et leur cria, avec un mauvais rire :

– Allez mourir en enfer !

Angela entraîna le groupe dans la chapelle.

– Ce fou ne fera pas plus de cent mètres avec la voiture, avant que le feu ne le rattrape, leur dit-elle.

Puis, après avoir tiré la porte, elle se tourna vers eux.

– Écoutez-moi attentivement, il ne nous reste que quelques instants avant que les flammes ne nous encerclent totalement. Nous allons fermer toutes les portes, les volets et les fenêtres. Je vais vous donner des serviettes et des draps que vous tremperez dans l'eau. Ensuite, vous les positionnerez à l'intérieur des volets. Faites vite ! nous avons très peu de temps.

Elle répartit les tâches de chacun dans la maison et sans un mot ils s'exécutèrent.

Déjà, l'incendie faisait rage dehors, puis s'attaquait à la chapelle. Les flammes léchaient les murs de la vielle chapelle qui avait été construite avec les critères d'antan. Peu d'ouvertures, de modestes tailles et une toiture tout en lauzes.

Soudain, une énorme explosion retentit non loin et les vitres vibrèrent, heureusement sans se briser.

Pierre croisa le regard de Louis et ce dernier lui dit :

– Le trafic ?

Pierre acquiesça et continua méticuleusement à colmater les volets avec les serviettes imbibées d'eau.

– Pourvu que ça marche, murmura-t-il pour lui-même.

Trois minutes plus tard, ils étaient tous regroupés dans la grande salle, autour de l'îlot central.

Ils entendaient les arbres craquer sous les flammes qui cherchaient le moindre interstice pour s'infiltrer et répandre la mort.

Angela avait déroulé le tuyau servant à nettoyer le sol de la cuisine et elle arrosait abondement la double porte de bois de l'entrée, qui était le point faible de l'édifice.

L'eau sur le seuil fumait au contact de la dalle chaude et crépitait là où la lumière filtrait entre le bois et le mur. Elle ressortait et inondait le bois, empêchant le feu de la dévorer.

Le temps s'était arrêté et chacun écoutait les plaintes de la chapelle résistant à l'assaut de l'incendie. D'un instant à l'autre, ils craignaient que le toit s'effondre, que les vitres volent en éclats et que la porte cède.

Durant des minutes interminables le feu longea la chapelle, cherchant le moyen d'entrer. De la fumée parvenait à se glisser sous la porte et leur piquait les yeux.

Et puis, le bruit diminua, l'eau sur le sol cessa de fumer. Le feu capitulait et allait jeter son dévolu ailleurs, las de la chapelle et de ses occupants.

Ils regardèrent tous spontanément vers le Christ sur sa croix, comme s'Il les avait protégés.

Marie-Jeanne avait les mains jointes.

– Vous croyez que c'est fini ? demanda-t-elle, d'une petite voix.

Louis s'approcha de la lourde porte et posa prudemment sa main sur le bois mouillé.

– On dirait bien.

Une immense vague de soulagement les envahie. Lisa et James étaient collés l'un à l'autre, retrouvant le plaisir de leur tendresse passée.

– Je vais voir dans la maison, dit Angela.

Elle s'absenta quelques secondes et revint avec un large sourire qui illumina son visage.

– L'incendie est passé, vous pouvez ouvrir la porte.

Pierre et Louis tirèrent doucement les deux battants.

La partie du hameau où ils se trouvaient avait été dévastée par le feu. La végétation carbonisée, fumante donnait au sol couvert de braises ardentes l'aspect d'un champ de bataille.

Mais ils étaient sains et saufs.

Les deux amis avancèrent sur le perron, puis reculèrent précipitamment dans la chapelle.

Lorsqu'ils s'écartèrent, les autres comprirent pourquoi ils avaient eu ce mouvement de recul.

Une vision de cauchemar se présentait devant eux.

Chapitre 12

Lucas était toujours vivant. Le monstre qui ressemblait à un homme avait quitté son enveloppe humaine pour montrer son vrai visage. Il avait sauté de la voiture et échappé à l'explosion, mais pas aux flammes. Il était gravement brûlé et semblait sorti tout droit des profondeurs de l'enfer.

Ses cheveux avaient brûlé, une grande partie de ses vêtements aussi et une épouvantable odeur émanait de tout son corps.

– Ce n'est pas possible, dit Louis avec dégoût.

Lucas tenait toujours son couteau, qui semblait faire partie intégrante de sa main brûlée.

– Alors, surpris ? lança-t-il avec une voix venue d'outre-tombe et avec un sourire monstrueux déformant sa bouche, dont les lèvres étaient boursouflées.

– Pas vraiment, répondit une voix dans son dos.

Madi apparut derrière lui, dans l'encadrement de la porte. Un tableau biblique s'offrait à eux.

Satan leur faisait face et dans son dos un ange venait d'apparaître.

Madi était complètement trempée et les vêtements mouillés collaient à sa peau, mettant en valeur les courbes parfaites de son corps. Les boucles rousses auréolaient son visage et le poids de l'eau les faisait paraître interminables.

– Je peux remercier le village d'avoir restauré le lavoir, dit-elle. Quant à toi, Lucas, tu es au bout du voyage et tu vas sortir de cette chapelle où tu n'as rien à faire.

Lucas se retourna et tendit son bras armé.

Madi frappa si fort le bras de Lucas que l'arme et une partie de la main qui y était incrustée volèrent à plusieurs mètres.

Ce dernier hurla comme un animal blessé et se précipita sur elle.

Madi sauta sur le côté et évita facilement l'homme lourdement handicapé par ses brûlures. Néanmoins, Lucas semblait insensible à la douleur et stimulé par l'adrénaline. Il s'approcha de Madi qui le frappa avec le pied, au niveau des côtes. Il chancela, mais continua d'avancer. Elle le frappa encore et encore de toutes ses forces, faisant exploser la chair carbonisée sous l'impact des coups. Lucas avait un rictus de folie et il réussit enfin à l'attraper au cou, avec sa main encore valide, les doigts monstrueux lui coupant la respiration.

Pierre et Louis qui suivaient le combat décidèrent de lui venir en aide et avancèrent vers eux. Mais Madi les stoppa d'un signe de la main. Elle avait un compte à régler avec Lucas et elle s'en sortirait seule, ou pas du tout.

D'un coup violent de ses poings, elle arracha la main de Lucas et le frappa au visage. Cette fois, il recula, étourdi. Elle lança alors sa jambe avec tout le poids de son corps et visa sa tempe.

La violence de l'impact le projeta sur le côté et, déséquilibré, il bascula dans le lavoir tout proche, dont la toiture à moitié brûlée fumait encore.

Lucas tomba dans l'eau froide. Il se releva sur un coude, mais avant qu'il eût pu se redresser complètement, la lourde toiture de lauzes s'effondra et il disparut, sans un cri, sous un amas de pierres et de bois, dans un bruit de tonnerre et un nuage de fumée.

Madi sentit un énorme poids libérer sa poitrine.

La bête était morte.

C'était le destin d'une charpente carbonisée et non elle qui avait mis fin à ses jours.

Elle se tourna ensuite vers le perron où s'étaient regroupés ses compagnons.

Elle resta alors médusée, bouche bée, les yeux écarquillés par ce qu'elle voyait.

Le Libeccu était soudain tombé, comme pour sonner le glas de Lucas.

Il était reparti aussi vite qu'il était arrivé. Déjà, plus bas sur la route, les pompiers gagnaient leur combat contre l'incendie et les canadairs allaient pouvoir intervenir pour atteindre les zones isolées.

– Il faut aller chercher Cathy, dit Pierre.

– Je vous avais fait une promesse, Pierre, lui répondit Madi. Celle de vous la ramener.

Elle se baissa en avant, attrapa ses cheveux à la base de la nuque et tira d'un coup sec sur la chevelure rousse.

Elle releva la tête, tenant la perruque rousse dans sa main et Madi se transforma alors en Cathy.

Ses cheveux blonds, courts étaient ébouriffés et son visage semblait soudain métamorphosé. La guerrière s'était transformée en bibliothécaire.

Pierre regarda Madi se métamorphoser en Cathy et ressentit un immense soulagement.

Lisa et James sortirent du groupe, main dans la main, les yeux remplis de larmes et s'approchèrent de Cathy.

Cette dernière était pétrifiée de bonheur, car elle avait en face d'elle son père et sa mère.

– Maman, Papa, dit-elle la voix brisée par l'émotion.

Ils se retrouvèrent enlacés tous les trois, dans un moment de communion intense et de joie indescriptible.

Pierre fit instantanément l'association entre Lisa, James et Cathy Waters

– Excusez-moi un instant, dit Cathy à ses parents.

Elle alla vers Pierre et plongea son regard vert dans ses yeux bleus. Elle le gratifia de son plus beau sourire et le prit dans ses bras. Elle l'embrassa tendrement sur la joue et lui dit, optant naturellement pour le tutoiement :

– Merci, Pierre. Tu m'as ouvert les yeux et le cœur.

– Cathy ou Madi, dit Angela. Venez avec moi, je vais vous donner des vêtements secs.

– Je reviens tout de suite, dit-elle à ses parents.

Pierre sourit, car finalement il n'était pas aussi étonné que les autres qui venaient de découvrir la double personnalité de Cathy. Il avait, inconsciemment, fait le lien entre les deux femmes, au fur et à mesure qu'il les avait côtoyées. Il revoyait les événements de ces vingt-quatre dernières heures et des images lui revenaient en mémoire. L'apparition de Madi sur le bateau lors de sa première rencontre avec Lucas, son retour de la Putsatine, les capacités physiques soudaines de la timide bibliothécaire, lors de leur course dans les rochers avant de plonger dans la mer et de se glisser sous la voûte sous-marine… Lorsqu'elle l'avait rattrapé dans les escaliers menant au couvent, elle avait fait preuve de l'expérience de Madi, ainsi que pour forcer la serrure, trouver le passage secret. Et elle ne se séparait jamais du sac de la James Bond girl… !

Le plus évident, avec le recul, était que jamais les deux jeunes femmes n'avaient été présentes au même moment. Quand l'une apparaissait, l'autre disparaissait.

Mais pourquoi donc Cathy avait-elle créé cette guerrière rousse ?

Après quelques secondes, Cathy revint. Elle s'approcha de Pierre et lui dit, devinant ses pensées :

– Je t'expliquerai tout.

Pierre regarda sa montre, qui indiquait seize heures quarante-cinq. Il se tourna vers Louis.

– Louis, la cérémonie !

– Ne t'inquiètes pas, j'ai téléphoné à Rose-Marie et elle a pris les choses en main.

– Fonce là-bas. Je passe récupérer le manuscrit et je t'y rejoins.

– Je souhaiterais venir aussi, dit Cathy, qui éprouvait de l'affection pour l'ami de Pierre qui les avait soutenus sans jamais faillir et avait risqué sa vie durant cette incroyable journée.

– Je vous remercie.

– Nous venons aussi, répondirent les parents de la jeune femme.

– Je vous accompagne, dit Marie-Jeanne, qui ne voulait pas lâcher le manuscrit.

– Très bien, leur dit Louis, qui ressentait le besoin du groupe de rester uni, après ces événements exceptionnels.

– Prenez ma voiture, dit Angela. Elle était à l'abri dans le garage. Quant à vous, Pierre prenez le scooter de Manuel.

– Et toi, Angela ? demanda-t-il.

– Je vais prévenir les pompiers afin qu'ils sécurisent la chapelle et qu'ils retirent le corps de Lucas des décombres du lavoir. Je me charge aussi de contacter la gendarmerie de Luri, afin de leur expliquer toute l'affaire et vous innocenter. Ensuite, j'irai chercher le corps de Manuel.

Pierre la prit dans ses bras et lui dit simplement :

– Merci, Angela.

Quelques secondes plus tard, la voiture quittait le petit hameau traumatisé par l'incendie, suivie par Pierre sur le scooter.

Angela, sur le perron de la chapelle Lapedina, regarda partir les véhicules. Elle observa les ravages du feu et dit à voix haute :

– Les traces de cet incendie disparaîtront plus vite que la blessure de mon cœur.

Elle s'approcha du lavoir sous lequel était enseveli Lucas et aperçut sur le sol un téléphone portable.

Les pompiers s'étaient positionnés le long de la route et luttaient farouche-ment contre les foyers encore actifs qui menaçaient les autres hameaux du village. Mais, une fois le vent tombé, les combattants du feu parvenaient à maîtriser la situation. Il leur faudrait encore des heures d'effort pour parvenir à le circonscrire totalement. La catastrophe écologique avait été évitée de justesse, car la forêt avait été presque entièrement épargnée.

La voiture passa sans s'arrêter devant la Mairie, mais Pierre gara le scooter devant et pénétra dans le bâtiment communal. Il monta au premier étage et y retrouva son amie d'enfance, Marie-Hélène qui en assurait le secrétariat. Il lui avait confié le manuscrit, car il avait une confiance totale en elle.

Elle le reçut avec un sourire soulagé.

– J'étais inquiète pour toi, Pierre. Tout ce mystère autour d'une pochette et ce feu en plus… ! J'étais sur le point de la brûler, comme tu me l'avais demandé.

– Assez de feu pour aujourd'hui !

Louis conduisait prudemment car de nouveaux camions de pompiers montaient au village sirènes hurlantes et l'étroitesse de la route l'obligeait à se ranger sur le côté pour les laisser passer. Marie-Jeanne était assise à côté de lui et Cathy était entre ses parents qui lui tenaient la main. Elle brûlait d'envie de leur poser milles questions sur ce qui c'était passé ce terrible jour où elle les avait crus morts, mais ce n'était pas le moment et elle profitait en silence. Leur seule présence suffisait à son bonheur. Elle avait toute la vie devant elle pour rattraper le temps perdu.

Néanmoins, une question lui brûlait les lèvres, une question essentielle.

Elle se tourna vers sa mère et lui demanda :

– Qui est responsable de ça ?

– Walter.

Elle sentit un grand soulagement, car cela donnait un sens à cette double vie qu'elle avait mené. Elle n'avait pas eu la lucidité ni le courage d'admettre le rôle majeur que Walter avait eu dans ce qui lui était arrivé. Madi, elle, l'avait ressenti et elle s'était mise en danger en travaillant pour lui et il n'y avait vu que du feu. Elle avait d'abord pris cela comme un jeu, mais rapidement la Madi, forte, sûre d'elle, téméraire et battante avait pris une place dévorante, incontrôlable et elle aurait certainement fini par effacer totalement Cathy.

Madi avait été une famille de substitution, une sœur qu'elle n'avait jamais eue. Elle lui avait donné la force de survivre à ses parents et d'exister au-delà de la bibliothécaire anéantie par la culpabilité née de sa soi-disant responsabilité dans leur mort.

Madi avait une raison de vivre : celui de servir les intérêts de Walter dans sa quête du manuscrit et la sauvegarde du christianisme. Mais avant tout, elle avait cherché à connaître et à comprendre cet homme qui avait éprouvé une si soudaine compassion pour la jeune Cathy. En réalité, il cherchait juste à se faire pardonner ses péchés. Sa foi incontrôlable avait perverti son cœur et transformé ses nobles intentions en une quête destructrice.

Ce dernier était responsable de la disparition de ses parents et il ne pourrait plus jamais répondre de ses crimes.

Heureusement, Pierre avait croisé sa route et brisé le maléfice. Il avait réveillé la Cathy dormante, déstabilisé la Madi dominatrice et lui avait redonné naissance. Grâce à son intervention, elle avait retrouvé ses parents.

Madi avait laissé la place à sa vraie famille et grâce à Pierre, Cathy pouvait enfin cohabiter avec son double et s'épanouir en une seule. Madi n'était pas morte, car elle avait accompli sa tache en découvrant la vraie nature de Walter Bevans et elle vivait maintenant en elle, la rendant plus forte et lui permettant d'entrevoir, après toutes ses années de tourment, une vie normale dans laquelle Pierre tiendrait une place de choix

Elle pensa à lui avec tendresse car il avait été, malgré lui, l'instigateur de cette nouvelle vie.

Il était dix-sept heures cinq lorsqu'ils arrivèrent au couvent de Sainte-Catherine. Déjà une foule dense se pressait devant le couvent. Paolo Corta était connu et apprécié de tout le village et chacun voulait lui rendre un dernier hommage. Louis descendit le premier de la voiture et se précipita vers sa famille. Sa femme et ses enfants étaient devant la porte et cette dernière l'attendait avec un regard mi-inquiet, mi-réprobateur. Louis la prit dans ses bras, attirant ses enfants contre eux, prenant conscience qu'il aurait pu tout perdre durant cette terrible journée. Rose-Marie, qui savait son mari peu démonstratif, comprit qu'il y avait eu un gros problème. Elle ne dit rien et se contenta de lui dire, pour le rassurer.

– J'ai tout arrangé et le prêtre de Sisco assurera l'office.

– Merci, chérie, je t'aime.

Pierre arriva, à son tour, et rejoignit Cathy. Il tenait à la main la pochette contenant le manuscrit si convoité et cause de tous ces morts.

Tous les regards des membres du petit groupe convergèrent vers le précieux sésame, mais le mouvement de la foule, qui pénétrait en silence dans la chapelle, rompit le charme.

Le premier banc était resté disponible pour Louis et sa famille. Pierre, qui n'aimait pas les cérémonies religieuses, s'arrangeait toujours pour être au fond. Il attendit sur le côté avec Cathy, ses parents et Marie-Jeanne. Deux grosses berlines identiques, noires aux vitres teintées se garèrent sur le parking et sept hommes vêtus de costumes sombres en sortirent. L'un d'eux avait la chemise noire et le col blanc des prêtres. Ils portaient tous des lunettes de soleil et dans le décor sauvage du couvent, cette équipe était totalement surréaliste.

– C'est quoi ça ? demanda Pierre à voix haute.

– Ce sont les sept derniers Apôtres, répondit Cathy.

Ceux-ci n'étaient pas informés des derniers événements et ils n'avaient fait qu'obéir à l'ordre de Walter de venir le rejoindre aux obsèques de l'apôtre Pierre, dans ce petit village corse. Ils avaient conscience de l'importance de cet instant, car leur rassemblement n'était exigé qu'en cas d'extrême urgence. Deux fois en une semaine, c'était un signe fort dans la concrétisation de leur quête. Ils s'étaient retrouvés à l'aéroport, avaient juste échangé des courtoisies et peu parlé, crispés par l'enjeu.

Ils cherchèrent du regard, dans la foule, Walter où l'un des trois autres Apôtres, Barthélemy, Matthieu et Judas. Mais la place devant le couvent se vidait et ils pouvaient déjà être à l'intérieur.

Ils s'installèrent donc sur le dernier banc et leur inquiétude grandit au fur et à mesure que la cérémonie avançait et que les autres Apôtres restaient invisibles.

La messe fut élogieuse pour l'éditeur Paolo Corta qui avait beaucoup œuvré pour sa région, en écrivant des articles, des livres sur le Cap Corse et en participant au développement de son village.

Lorsque les fidèles eurent communié et après les dernières paroles du prêtre, la chapelle se vida. Les sept derniers Apôtres n'avaient pas bougé de leurs places et un petit groupe s'était formé autour du cercueil.

Louis, Pierre, Cathy, ses parents et Marie-Jeanne s'étaient regroupés. En retrait, Rose-Marie et ses enfants discutaient avec le prêtre.

– On fait quoi ? demanda Pierre.

– Je vais aller leur parler, répondit Cathy. Ils ne me connaissent pas, mais Madi, oui.

– Il y a une grande salle dans le couvent et nous pourrions nous y retrouver pour faire le point. Ils pourront peut-être nous aider sur ce qu'il convient de faire ? intervint Louis.

– C'est une bonne idée, répondit Pierre.

– Je vais solliciter l'accord du prêtre et lui demander de m'attendre quelques minutes, car je dois encore inhumer le corps de mon oncle dans le caveau familial. J'ai souhaité être seul, avec le prêtre, pour ce moment, mais je serais heureux que tu m'accompagnes, Pierre.

– Ce sera un honneur d'être avec toi, Louis.

Cathy se dirigea vers le dernier banc et Louis vers le prêtre.

Marie-Jeanne ne pouvait détacher son regard de la pochette sous le bras de Pierre. Elle représentait son avenir politique, lui assurerait le soutien indéfectible de l'église et lui permettrait d'atteindre les sommets de l'État.

Les sept hommes regardèrent étonnés la jeune femme blonde s'approcher d'eux.

– Bonjour, Messieurs. Voulez-vous bien me suivre dehors ? J'ai les réponses à vos interrogations.

Ils s'exécutèrent sans hésiter et la suivirent sur le parking.

– Je suis Cathy Waters. Walter Bevans était mon père adoptif, dit-elle avec ironie.

– Était ? demanda l'un des hommes.

– Walter est mort ce matin et c'est Lucas Bertino, celui que vous appelez l'apôtre Judas, qui l'a tué.

– L'apôtre Judas a tué Walter ! répéta un autre.

– En effet, ce dernier est aussi mort, ainsi que l'apôtre Matthieu et Barthélemy

– Que s'est-il passé ? demanda calmement l'apôtre en tenue de prêtre.

Louis arriva à cet instant et dit à Cathy :

– Nous pouvons utiliser la salle commune.

– Suivez-nous, nous allons tout vous expliquer.

Ils se retrouvèrent tous dans la grande salle du couvent. Il y avait deux grandes tables entourées de quatre bancs et ils s'installèrent. Les sept Apôtres, excepté le prêtre, étaient nerveux.

Ce dernier était l'apôtre André. Il avait été recruté par Walter qui avait trouvé en lui le digne successeur de l'apôtre Matthieu qui avait trahi sa confiance. Depuis que ce dernier était parti vivre en Corse, il avait changé radicalement et son dévouement à la cause de Walter s'était évanoui.

Lors d'un de ce nombreux voyage au Vatican, Walter avait rencontré le Père Conrad et avait été instantanément séduit par son charisme et son intelligence.

Cette rencontre n'était pas fortuite, mais elle résultait d'un stratagème d'un haut cardinal du Vatican : informé de la quête de Walter Bevans, il souhaitait garder un œil sur ses recherches et, le cas échéant, se les approprier. Le Père Conrad travaillait pour lui et ses origines texanes avaient fait la différence dans son choix. Il avait facilement infiltré la société secrète de Walter Bevans et ses rapports confirmaient l'importance de la menace. Il remplissait sa tâche avec une efficacité remarquable et un total dévouement à son patron, le cardinal Heineker.

Celui-ci appartenait aux dicastères du Vatican, ministères de l'église composés de différents organismes. L'un des plus connus est la Curie romaine, qui est l'ensemble des organismes administratifs du Saint-Siège assistant le Pape. Dans la Curie, différentes congrégations sont dirigées par des cardinaux. Le cardinal Heineker avait la tache de veiller à toutes les rumeurs, toutes les prophéties, toutes les allégations susceptibles d'ébranler le Saint-Père et son église. Il disposait d'un pouvoir et de moyens considérables pour lutter contre ce mal.

Cathy prit de nouveau la parole et leur expliqua les événements depuis la veille, ne mentionnant pas sa relation directe avec Madi. Elle termina son récit par :

– À l'instant où je vous parle, le manuscrit est en notre possession.

– Le manuscrit ! clamèrent plusieurs voix.

– Celui-là même, reprit Pierre en poussant au centre de la table la pochette.

– Et que comptez-vous en faire ? demanda le Père Conrad.

– Nous sommes justement ici pour en décider.

Le Père Conrad ne pouvait laisser passer une si belle opportunité de récupérer le manuscrit tant convoité et il devait saisir cette occasion. Aussi avant que quiconque n'intervienne, il prit la parole.

– Si vous le permettez, je souhaiterais exposer certains faits.

Marie-Jeanne brûlait d'envie d'intervenir, mais elle venait de se faire griller la priorité par le prêtre et elle devait attendre qu'il ait parlé.

Les autres Apôtres approuvèrent de la tête et Pierre lui dit :

– Expliquez-vous.

Le Père Conrad, dont le français était parfait, croisa les mains devant lui, concentré. De ses paroles dépendait l'avenir de l'église.

– Nous sommes dans la maison de Dieu et ce n'est pas un hasard si le Tout-

Puissant nous a réuni aujourd'hui ici pour décider de l'avenir de son église. Vous connaissez tous l'importance de ce manuscrit et les conséquences de ce dernier sur l'avenir du christianisme. Je vous rappelle que depuis plus de deux mille ans nous sommes dans l'ère chrétienne. La religion est le fondement de notre civilisation et elle doit perdurer pour que l'équilibre mondial soit préservé. Ces jours-ci, des hommes sont morts pour sa cause et certains, comme Walter, ont voué toute leur vie pour la défendre. Pour honorer leurs mémoires, nous devons remettre ce manuscrit aux seules autorités compétentes, capables de l'exploiter.

– Et quelles autorités ? demanda Marie-Jeanne qui voyait les événements lui échapper.

– Le Vatican, bien sûr. Ce document doit être livré aux archives et étudié. Depuis trente ans Walter poursuivait sa quête, comme représentant du Saint-Père et son seul objectif était de le remettre à l'église. Vous avez tous œuvré dans ce sens et le Vatican vous sera éternellement reconnaissant des sacrifices que vous avez consentis pour préserver le christianisme.

Les Apôtres approuvèrent et les autres restèrent silencieux.

Marie-Jeanne devait intervenir avant que la décision ne soit prise de remettre le manuscrit au prêtre.

– Je ne suis pas d'accord avec vous, dit-elle, d'une voix forte et claire pour que tous puissent l'entendre.

Des regards interrogateurs se tournèrent vers elle et, comme elle le faisait lors de ses discours politiques, elle se leva. De petite taille, elle paraissait ainsi plus grande et son long cou et son menton relevé, lui donnaient de l'assurance. Elle devait gagner le plus d'adhésions possibles et marquer les esprits. Elle prit donc le temps de poser son regard profond sur chaque membre du groupe et de peser ses mots :

– Vous êtes sur le territoire français et je suis Marie-Jeanne de Galpi, une de ses représentantes et présidente du Parti Français. J'ai des relations au sommet de notre État, ainsi qu'avec de nom-breux organismes internationaux. Ce manuscrit revêt une importance qui dépasse de loin le cadre seul de l'église et il doit être soumis aux plus hautes autorités internationales. Comme vous l'avez si bien précisé, mon Père, le christianisme règne sans partage depuis deux mille ans en maître absolu, sur des millions d'êtres humains. Le temps est peut-être venu que son hégémonie soit remise en cause. Ce ne sont pas seulement nos amis d'aujourd'hui qui sont morts pour sa cause, mais des millions et depuis deux millénaires.

– Comment osez-vous parler ainsi de notre église ! hurla le Père Conrad.

– Je ne fais qu'exposer des faits concrets et proposer une solution universelle qui n'exclut pas l'église. Des représentants de l'église, ainsi que des représentants de tous les pays et de toutes les religions pourront ainsi décider de ce qu'il convient de faire. Ceci pour le bien de l'humanité et non pour les seuls intérêts du Vatican.

– Cette décision appartient à notre Saint-Père et à lui seul. Nous sommes sur terre les enfants du Seigneur et sans Lui, nous serions des brebis égarées. Le pouvoir de Dieu est plus grand que le pouvoir des hommes et nous devons le préserver à tout prix. J'ai prié pour que ce jour arrive et pour que ce manuscrit maudit soit entre mes mains. Il est maintenant dans les mains du Seigneur et nous ne pouvons aller contre Sa Volonté.

Le prêtre semblait en transe mais ses arguments ne portaient pas sur Pierre, insensible à ce type de sermon.

Ils semblaient dans une impasse et les Apôtres eux-mêmes étaient troublés par le discours de Marie-Jeanne.

– La décision revient à Pierre, intervint Cathy. Il a hérité du manuscrit et il a risqué sa vie pour le préserver, alors qu'il aurait pu tout simplement le remettre à Lucas.

Pierre sentait le poids de cette responsabilité peser sur ses épaules et il s'en serait bien passé. Cathy n'avait pas tort et il prenait seulement conscience qu'il avait risqué de mourir pour cette pochette cartonnée. Néanmoins, il était beaucoup moins impliqué que les Apôtres et sa position le laissait totalement libre dans sa décision. Il était finalement peu concerné par l'avenir de l'église et le choix de Marie-Jeanne semblait bien plus logique que celui du prêtre radical.

– Nous sommes en démocratie, dit le Père Conrad. Nous devons voter et choisir entre Pierre, Madame de Galpi et moi-même.

– Dans une démocratie, il n'y a pas qu'un seul parti et vous êtes plus nombreux que nous rétorqua Marie-Jeanne. Six contres sept, ce n'est pas très juste. Je propose que la voix de Pierre compte double. Mais avant de voter, je tiens à vous rappeler que cinq des vôtres sont déjà morts dans cette quête et que votre gestion de cette affaire a été désastreuse. Sans ce jeune homme courageux, vous auriez déjà laissé échappé le manuscrit. Il est peut-être temps d'arrêter les frais et de préserver les vies restantes.

L'argument fit mouche et elle sentit que certains Apôtres n'étaient pas prêts à risquer leur vie.

En effet, c'était des hommes d'affaires mariés et pères de familles et la tournure que prenaient les événements les effrayait. Il n'avait jamais été question de mourir pour l'église et un manuscrit.

Fait du hasard, ils étaient treize autour de la table.

– Bien, dit le prêtre. Alors, votons. Qui vote pour moi ?

Les mains se levèrent, au nombre de quatre. Celles de trois Apôtres plus la sienne. Ce dernier lança un regard glacial aux trois autres, attendant leur ralliement. Mais ils ne bougèrent pas et il conserva ses quatre voix.

– Qui vote pour Pierre ? demanda Cathy, qui ajouta : vous pouvez aussi vous abstenir.

Elle leva sa main, imitée par ses parents et Louis. Quatre votes. Il suffisait à Pierre de voter pour lui pour remporter le suffrage puisque sa voix comptait double. Un total de six voix lui donnerait la majorité absolue, même si Marie-Jeanne récoltait les quatre derniers votes.

Pierre ne pouvait se résoudre de voter pour lui et avait décidé de s'abstenir.

Marie-Jeanne était tendue comme la corde d'un arc prête à rompre.

– Il semble que je sois la dernière, ce qui n'est pas très galant, vous en conviendrez ! Alors, votons.

Elle leva sa main, ainsi que deux Apôtres qui avaient été sensibles à ses propos et qui trouvaient sa proposition de transmettre le manuscrit aux autorités internationales, la plus sérieuse. Soit un total de trois, car le dernier Apôtre s'était abstenu.

Résultat, quatre voix pour le père Conrad, quatre voix pour Pierre et trois pour Marie-Jeanne.

– On n'est pas plus avancé, dit Louis avec dépit.

– Attendez, dit Pierre et il leva sa main. Je vote pour Marie-Jeanne.

Il ne l'aimait pas, mais il appréciait encore moins le prêtre qui lui faisait penser, dans ses propos, à l'extrémisme de Lucas.

– Il faut bien prendre une décision, dit-il.

Finalement, Marie-Jeanne récoltait cinq voix et remportait les suffrages.

– La démocratie a parlé, mon Père, dit ironiquement Marie-Jeanne.

Elle jubilait et savourait intérieurement sa victoire. Les mots qu'elle savait si bien manipuler, avaient fait mouche. Elle mettait enfin la main sur le manuscrit et s'ouvrait ainsi une voie royale jusqu'aux prochaines élections présidentielles. Elle se voyait déjà à l'Élysée, gouvernant la France.

La première femme Présidente de la République française.

Pierre se leva, la pochette dans la main, passa devant le prêtre qui fulminait.

Il s'approcha de Marie-Jeanne qui se leva afin de récupérer son trophée.

Elle tendit la main et toucha le manuscrit avec un frisson de bonheur, mais à cet instant, son téléphone portable sonna.

Elle l'ignora.

– Vous devriez répondre, dit une voix de femme dans son dos.

Pierre suspendit son geste et conserva la pochette.

Marie-Jeanne se retourna et fit face à celle qui avait interrompu son moment de gloire.

– Comment osez-vous ? demanda-t-elle à Angela qui venait d'entrer dans la salle.

Angela, leva devant elle le portable qu'elle tenait à la main et avec lequel elle avait appelé la femme.

– Ceci est le portable de votre ami Lucas, dit-elle avec un regard dur qui transperça la politicienne.

– Que racontez-vous ? se défendit Marie-Jeanne.

– Je l'ai trouvé à côté de lui et j'ai compris, grâce au récit de Pierre, que l'un d'entre vous l'avait appelé du col de Saint-Jean pour l'informer de votre position. J'ai consulté la messagerie et un appel reçu à treize heures quinze confirmait mes soupçons. Il ne restait plus qu'à trouver l'émetteur de cet appel. Il venait de vous, Madame de Galpi et vous allez devoir répondre de complicité dans le meurtre du Père Manuel.

Les regards des douze personnes assises autour de la table se tournèrent vers Marie-Jeanne de Galpi.

– Vous n'avez aucune preuve, dit-elle.

Mais sa voix avait perdu de son assurance et personne n'était dupe.

– Sortez ! lui lança Angela, avant que je ne perde mon sang froid.

Marie-Jeanne ouvrit la bouche, mais en voyant le regard d'Angela, elle se tut et sortit.

Pierre avait toujours la pochette dans la main et il n'était pas plus avancé. Il avait fait le mauvais choix. Cathy avait raison, c'était à lui de prendre la décision et, avant que le prêtre n'intervienne, il dit :

– Nous devons nous occuper de l'inhumation de Paolo Corta. Je vous donne rendez-vous chez moi après. Je vous ferai part de ma décision concernant ce document, à ce moment. Êtes-vous d'accord ?

Tous approuvèrent et à contre cœur, le prêtre accepta aussi. Il sortit le premier de la salle, car il était hors de question de perdre le manuscrit de vue.

– Allons-y Pierre, le corbillard doit nous attendre, dit Louis.

Ils sortirent sur le parking et ils croisèrent le Père qui avait assuré la cérémonie.

– Je vous rejoins, dit ce dernier.

Pierre et Louis montèrent dans le fourgon mortuaire et ils partirent en direction du caveau familial des Corta. Celui-ci se trouvait à Pietra, car même si Paolo était de Sisco, ses ancêtres étaient du village voisin et le caveau magistral était situé au hameau du Ponticello.

Le corbillard se gara sur le bord de la route et les employés des pompes funèbres sortirent le cercueil et l'installèrent dans l'emplacement du caveau resté disponible pour l'éditeur. Ils ressortirent laissant les hommes seuls. Le monument était majestueux et l'escalier central qui menait aux caveaux était large. La porte imposante avait été récemment refaite et les deux cyprès de chaque côté de l'entrée étaient bien entretenus.

Louis toucha le bois du cercueil avec tendresse, les yeux brillants de larmes.

– J'aimais cet homme, qui a été le père que j'ai perdu trop tôt et je me sens, quelque part responsable de sa mort.

– Tu ne peux pas dire ça Louis. Je comprends ton chagrin, mais tu ne dois pas culpabiliser.

– La dernière fois que je l'ai vu, il m'a beaucoup parlé et je n'ai pas su l'écouter. Il avait des problèmes et je n'ai rien vu. Mais quel con j'ai été !

– Tu ne peux pas t'en vouloir Louis. Tu le voyais régulièrement à Paris et tu étais toujours présent pour lui.

Louis n'eu pas le temps de répondre, car le prêtre venait de les rejoindre afin de donner les derniers sacrements au défunt.

Les deux hommes se retournèrent et découvrirent avec stupeur le Père Conrad.

– Vous ! s'étonna Louis.

– Je suis prêtre, que je sache et Paolo Corta était un ami cher avant d'être disciple des Douze. Je tenais à lui rendre personnellement ce dernier hommage, en bénissant son cercueil.

L'homme avait l'air sincère et Louis se contenta de ses explications. Quant à Pierre, il ne voyait pas d'un bon œil cette coïncidence, mais ils étaient devant le fait accompli et ils n'avaient pas d'autre choix.

Pierre remarqua le regard de l'homme fixé sur le manuscrit qu'il tenait à la main. Cela ne s'arrêtera jamais, pensa-t-il, et à cet instant une idée lumineuse lui traversa l'esprit.

– Pourriez-vous faire vite, mon Père, je vous prie ? demanda Louis. Il est temps que mon oncle repose en paix.

Le prêtre prononça quelques formules de circonstances et bénit le cercueil.

– Pourriez-vous nous laisser maintenant ? demanda poliment Pierre. Ma maison est à un kilomètre plus haut sur la route. Vous reconnaîtrez la voiture de vos amis. Nous vous rejoindrons dans quelques minutes.

– Bien sûr, répondit le prêtre avec dépit.

– Tu as une idée derrière la tête toi ? lui demanda Louis.

– En effet, mais je voudrais ton accord.

– Je t'écoute.

– Ce manuscrit est un vrai poison et il faut que ça s'arrête. Finalement, le premier à l'avoir eu entre les mains était ton oncle et il serait peut-être bien qu'il le conserve avec lui.

– C'est une sage décision, lui répondit Louis avec un sourire las.

Pierre posa la pochette sur le cercueil et ils fermèrent le caveau avec une plaque de pierre sur laquelle était gravé le nom de Paolo Corta.

Cathy avait fait asseoir tout le monde autour des deux tables de la terrasse de Pierre et ils attendaient sans dire un mot. Angela était absente car, après avoir envoyé les pompiers chercher le corps de Manuel au col Saint-Jean, elle était partie à la gendarmerie de Luri pour leur expliquer les événements de la journée.

L'ambiance était pesante depuis que le Père Conrad les avait rejoints et Cathy fut soulagée de voir Pierre et Louis arriver.

Chapitre 13

Pierre passa devant eux sans s'arrêter et il revint avec des boissons qu'il posa au milieu de la table.

– Je vous en prie, servez-vous.

L'odeur de la fumée de l'incendie parvenait jusqu'à eux et quelques sirènes de pompiers se faisaient encore entendre dans le lointain.

– Nous attendons votre décision, dit le père Conrad, rompant le silence.

– Ma décision a déjà été prise. Je vais reprendre l'une des dernières phrases du Père Manuel, qui justifie finalement assez bien mes actes. Il nous a dit, avant de mourir, qu'il avait pris connaissance du manuscrit, qu'il ne lui avait rien appris de nouveau et ne changerait pas la face du monde.

– C'est aussi à nous d'en décider, intervint le prêtre.

– Je vous rappelle que six personnes sont mortes à cause de ce bout de papier, répondit sèchement Pierre dont le comportement du prêtre commençait sérieusement à agacer. Cinq d'entre eux faisaient partie de votre groupe.

– Ils sont morts pour une juste cause, lui dit le Père Conrad.

– C'est plus facile à dire lorsque l'on est encore vivant, mais demandez plutôt à Louis ce qu'il en pense.

Le prêtre regarda le grand Corse dont le regard était empli de tristesse. Mais les mâchoires serrées et la tête droite traduisaient un sentiment d'injustice et de colère et il préféra se taire.

– Vos craintes reposent sur la découverte et donc la divulgation des informations que ce manuscrit contient, continua Pierre. Je pense que certaines informations doivent rester ignorées. Que l'interprétation de ces informations, par les médias, les politiciens où l'église, pourrait être faussée, déformée. Alors, j'ai pris la décision de détruire le manuscrit et de laisser Paolo Corta et le Père Manuel emporter leur secret dans la tombe.

Pierre ne croyait pas si bien dire et sourit de sa métaphore.

Un grand silence suivi ses paroles et même le Père Conrad resta muet. Il se leva et annonça :

– Je n'ai plus rien à faire ici.

Les autres Apôtres se levèrent. Ils semblaient soulagés par la tournure des événements et le plus âgé prit la parole :

– Votre décision est la bonne et vous avez mis fin à notre quête en détruisant le manuscrit. Finalement, vous avez raison. Nous ne serons jamais ce qu'il contenait, mais personne ne le saura. Notre mission est accomplie et nous pouvons maintenant rentrer chez nous. Merci, Pierre.

– Vous savez où dormir ? demanda Pierre.

– Nous avons des chambres à l'hôtel le Mérou et nous quitterons cette île à l'aube.

Sans attendre de réponse, les quatre hommes sortirent du jardin.

Pierre s'assit épuisé. Il regarda Cathy, Louis, Lisa et James.

– Je crois que c'est l'heure de l'apéro !

Tout le monde approuva, même si le cœur n'y était pas. La journée avait été oppressante, épuisante et destructrice et ils avaient tous besoin d'évacuer le stress accumulé.

– Je crois qu'ils auraient aimé que l'on trinque à leur santé, dit Louis.

– Je dois bien avoir quelque chose de sympa dans le frigo, dit Pierre. Rose-Marie est passée par-là.

– Je vais t'aider, dit Cathy.

– Tu n'as pas oublié que j'étais chef et que, dans ma cuisine, je suis le roi.

– Non je n'ai pas oublié et je tâcherai d'être une apprentie à la hauteur.

Leur fraîcheur et leur complicité faisaient plaisir à voir.

Pierre alluma le four, sortit du frigo les lasagnes de sanglier, une salade, le muscat, le fromage de chèvre, les fruits et le Fiadone.

– Je pense qu'un bon repas nous ferait du bien, nous n'avons rien mangé depuis ce matin.

– C'est une excellente idée et ces lasagnes ont l'air fameuses.

– Je n'ai aucun mérite, c'est Rose-Marie qui les a faites, mais on dira que c'est moi, répondit-il en riant.

– C'est de la triche, répondit-elle avec une voix d'une petite fille, mais on va se rattraper avec la sauce salade.

– Ça, c'est un challenge !

Ils préparèrent le repas rapidement et entassèrent les assiettes, les verres et les couverts sur un plateau.

Ils retournèrent sur la terrasse. Il était dix-neuf heures. Le soleil était déjà passé derrière la montagne et dans une heure, il ferait déjà sombre.

– Je n'accepterai aucun désistement pour le somptueux dîner que la charmante épouse de Louis a préparé, annonça Pierre.

Personne ne protesta et Pierre, aidé de Cathy, dressa la table. Louis appela sa femme pour la prévenir et il la remercia au nom de tout le groupe. Le muscat les détendit et Pierre décida de rompre le silence.

– Monsieur et Madame Waters, si cela n'est pas indiscret, que faisiez-vous pour Walter ?

– Tu peux nous appeler Lisa et James et nous tutoyer, dit le père de Cathy.

– Très bien.

C'est Lisa qui prit la parole.

– Walter nous avait sollicités pour travailler pour lui, mais la nature de ses recherches nous a incités à refuser. Il a ensuite menacé de tuer notre fille et nous n'avons pas pu faire autrement que d'accepter. Mais pour pouvoir mener à bien ses recherches en tout discrétion, il nous a fait passer pour morts en mettant en scène l'accident dans les rapides canadiens. Ensuite, il nous a enfermés dans sa fondation en Angleterre.

– Les recherches de la Fondation WB concernent bien les énergies nouvelles ? demanda Louis.

– Entre autre, répondit James. Nous étions sur un projet tout à fait différent. Le projet Lazare.

– De quoi s'agit-il ? demanda Cathy.

– Ce projet concernait le clonage humain, dit Lisa.

– Mais je croyais que c'était interdit ? demanda sa fille.

– En effet, Cathy et c'est pour cette raison que nous devions disparaître, lui répondit son père.

– Et vos recherches ont abouti ? s'enquit Pierre que le sujet passionnait.

– Oui et non, répondit Lisa. Pour être plus précise, nous sommes parvenus après beaucoup d'échecs à cloner un être humain. Mais il reste très imparfait.

– Vous voulez dire anormal ? demanda Louis.

– C'est un peu plus compliqué, répondit-elle. Nous avons travaillé sur des échantillons d'ADN que Walter nous avait transmis. Ces échantillons étaient de très mauvaise qualité et nous devions doper la croissance des sujets pour accélérer leur développement.

– Avec des hormones de croissance ou quelque chose comme ça ? demanda Cathy.

– L'ultracroissance, qui multiplie de trente six fois le développement, répondit James.

– C'est dingue ! Ne put s'empêcher de dire Louis. Mais pourquoi vouloir accélérer sa croissance ? demanda Louis.

– C'était l'exigence de Walter et il ne nous a jamais expliqué pourquoi.

– Et ça marche ? demanda Pierre.

– Après trois sujets décédés avant le troisième mois, le dernier est aujourd'hui âgé de six mois, soit dix-huit ans avec l'ultracroissance, expliqua James.

– Le problème, continua sa femme, est que le développement du cerveau ne suit pas la croissance du corps.

– Ce qui veut dire que c'est un adulte avec un cerveau de bébé, dit Pierre.

– Exactement, répondit-elle. C'est un peu comme construire un ordinateur sur le modèle d'un autre sans récupérer les données incluses dans le disque dur

– Pierre a sa théorie là-dessus, dit Cathy.

Pierre rougit et balbutia :

– Je crois que ce n'est pas une bonne idée Cathy, je vais me ridiculiser.

– Allons, Pierre, lui dit James. C'est nous qui sommes ridicules avec nos expériences à la Frankenstein. Expliquez-nous.

– Ce n'est pas une théorie, c'est de la science fiction.

Il était devant deux sommités dans le domaine du clonage et portait dans son sac leur ouvrage. Il disposait de l'opportunité des réponses à ses questions sur le sujet.

– Ne vous sentez pas obligé Pierre, lui dit Lisa.

– Allez, Pierre. Tu es venu chercher le livre de mes parents à la bibliothèque samedi et tu as l'occasion d'avoir des renseignements de vive voix. Si tu veux finir ton roman cet été, il te faut des réponses.

Pierre ne résista pas plus longtemps à la tentation.

– Vous allez me prendre pour fou. J'ai écrit un roman que je suis en passe de finaliser, mais je devais valider certains points afin d'être le plus crédible possible.

– Et quel est le rapport avec le clonage ? demanda Louis.

– Toi, tu ne devrais même pas être au courant et si tu en parles à qui que ce soit, je t'arrache la langue !

– Ça va, tu peux me faire confiance. Le Corse est taiseux.

– En fait, j'ai fait quelques recherches sur Internet. Rien de très original et je me suis intéressé aux Égyptiens. Plus particulièrement aux Pharaons et à leurs capacités intellectuelles extraordinaires. Je suis parti du principe qu'ils avaient découvert le moyen de transmettre leurs connaissances à leur successeur.

– Rien que ça ! dit James.

– Mon idée réside dans le patrimoine génétique de l'ADN présent dans l'eau du corps et que les Égyptiens parvenaient à récupérer lors de la momification. Le principe de cette coutume qui consistait à assécher le corps et à en extraire les organes et le sang, avait pour objectif d'en récupérer tous les liquides corporels. Ces derniers étaient stockés dans un vase canope et ensuite, durant le rite du couronnement le liquide récupéré était assimilé par le successeur, alors que ce dernier était totalement déshydraté.

– Vous pensez donc que, lorsque l'ADN présent dans l'eau est consommé, on assimile les informations qui y sont contenues ? demanda Lisa.

– En effet, je pense que l'ADN est dans l'eau et que l'information transite par son intermédiaire d'une personne à l'autre. Le cerveau fait alors office de disque dur et traite les données qui s'y trouvent.

– Vous avez déjà entendu parler de « la mémoire de l'eau »? demanda James.

– Non, de quoi s'agit-il ?

– Un biologiste français des plus respectés a publié le résultat de ses travaux qui suggéraient que l'eau avait une mémoire. C'est une hypothèse selon laquelle l'eau qui a été en contact avec une substance conserve les propriétés de cette dernière alors que celle-ci ne s'y trouve statistiquement plus. Cela est bien sur valable pour l'ADN présent dans l'eau avec le patrimoine génétique qui s'y trouve.

– Ces découvertes, rajouta Lisa, reprises et étudiées par un prix Nobel, lui font dire que « l'information génétique peut-être transmise de l'ADN à quelque chose qui est dans l'eau. ».

Un grand silence suivit les paroles de la scientifique.

– Finalement, tu vois Pierre, tes élucubrations font des adeptes, lui dit Cathy en riant.

James regarda Lisa, comme si la foudre venait de la toucher.

– C'est simple, presque une évidence.

– En effet.

Leurs esprits scientifiques reprenaient le dessus et ils pensaient chacun de leur côté aux perspectives nouvelles de leurs recherches.

– C'est fini, dit Cathy. Vous ne devez plus penser à ça.

– Tu as raison chérie, répondit sa mère. Excuse-nous.

Le couple semblait désabusé et ils prenaient conscience qu'ils avaient travaillé des années sur un projet dont ils ne connaissaient pas toutes les données.

– Merci de votre confiance, leur dit Pierre, qui ne voulait pas les ennuyer plus longtemps et remuer le couteau dans la plaie. Passons au repas.

Pierre et Cathy allèrent chercher les plats dans la cuisine. Ils mangèrent volontiers et l'alcool leur rendit courage. Louis évoqua son oncle et les bons moments qu'ils avaient passés au village. Pierre raconta leurs parties de pétanque épiques avec l'éditeur qui était un grand joueur, mais surtout un très mauvais perdant. Ils riaient de bon cœur à l'évocation de leurs souvenirs. Cathy et ses parents se mêlaient à la conversation et retrouvaient avec plaisir leur complicité d'antan. La nuit était tombée et la fatigue se faisait sentir.

– Nous allons vous laisser, dit James en se levant, imité par sa femme.

– On ne finit jamais une soirée sans une petite cédratine et j'ai une chambre d'amis qui vous tend les bras. Ne me faites pas l'affront, devant votre fille, de refuser.

– Merci, Pierre, avec plaisir, répondit Lisa.

La cédratine finit de terrasser d'épuisement le couple et Pierre les accompagna dans la chambre.

Ils se couchèrent enlacés, les corps engourdis par la fatigue et l'alcool et ils s'endormirent instamment heureux de ce bonheur retrouvé.

Pierre retourna sur la terrasse où Louis et Cathy l'attendaient. Cette dernière s'était installée sur une chaise-longue et s'était endormie. Pierre la couvrit avec un pull et s'assit à côté de son ami.

– Je n'ai pas eu le temps de te remercier, lui dit Pierre.

– Me remercier pourquoi ?

– Tu as risqué ta vie pour des gens que tu ne connaissais pas et sans toi les choses auraient mal tourné.

– Tu sais bien que je ne peux pas te laisser seul cinq minutes sans que tu fasses des conneries et puis tu aurais fait la même chose pour moi.

– Merci, Louis.

– Quel est le programme de demain ? demanda Louis, qui changea pudiquement de sujet.

– Grasse matinée, pêche, plage, pétanque, apéro, barbecue, sieste. Le programme habituel quoi !

– Sieste avec la demoiselle ?

– T'es con ! On se connaît à peine et je crois qu'elle doit d'abord rattraper le temps perdu avec ses parents.

– Garde toute la famille chez toi pendant les vacances.

– Je crois que cela va être plus compliqué. Nous devons aller à la gendarmerie faire une déposition et je pense que les Waters devront expliquer ce qui s'est passé. Ce sont des scientifiques renommés et leur résurrection va intéresser beaucoup de gens.

– Je vais me mêler de ce qui ne me regarde pas, mais cette fille est faite pour toi et tu ne dois pas laisser passer ta chance. Elle ne se reproduira peut-être plus jamais, dit Louis avec gravité.

– Peut-être, répondit Pierre, songeur.

Louis se leva et s'étira.

– Je suis mort de fatigue. Mais moi au moins, je suis bien vivant, dit Louis avec ironie.

– Va te coucher, on s'appelle demain.

Ils s'embrassèrent et Louis monta dans sa voiture. Il était sur les rotules, mais il avait une dernière chose à faire avant d'aller se coucher.

Pierre débarrassa la table, rangea la cuisine, puis sortit dans le jardin avec un dernier verre de liqueur. La nuit était opaque et le village peu éclairé mettait en valeur le ciel où une myriade d'étoiles étincelaient. Pierre savoura ce spectacle et fit le tour de la maison regardant avec un œil nouveau ce qu'il avait failli perdre durant cette journée. Il aimait cet endroit plus que tout autre. L'harmonie sauvage de la végétation, les trois paliers différents typiques des villages corses et les sons nocturnes qui berçaient ses nuits.

Il revint vers Cathy et s'assit à ses côtés, contemplant sa beauté. Il scrutait ses traits retrouvant les deux jeunes femmes qu'il avait côtoyées ces dernières vingt-quatre heures. Elle dut sentir sa présence car elle ouvrit les yeux et lui sourit.

– Je crois que je me suis assoupie.

– Je crois que je t'ai réveillée.

Elle prit sa main dans la sienne et plongea ses yeux verts dans son regard bleu.

– Tu dois te demander quelle sorte de cinglée je dois être pour avoir eu une double personnalité ?

– Je ne te juge pas, Cathy et je crois que je peux comprendre qu'elles étaient tes motivations. Mais le retour à la vie normale va être bien fade lorsque l'on a été Cathy-Madi.

– Je crois bien que j'ai trouvé mon autre moitié et Madi n'a plus sa place. Elle a joué son rôle et accompli son boulot, maintenant elle peut reposer en paix, si je puis dire.

Elle tira sur la main de Pierre, l'attirant vers elle. Il approcha son visage du sien et au moment où leurs lèvres allaient se rencontrer, le portable de Pierre sonna. Elle interrompit son geste et lui dit :

– On dirait que les affaires reprennent ?

Pierre regarda l'écran de son téléphone sur lequel était inscrit le nom de Louis.

– C'est Louis, je le rappellerai demain.

– Tu devrais répondre. Il a passé des moments difficiles et il a peut-être besoin de parler. Et puis, je ne vais pas me sauver, lui dit-elle avec un large sourire.

– Tu as raison. Excuse-moi un instant.

Il se leva et s'éloigna vers le jardin.

Cathy était heureuse. Elle éprouvait des sentiments pour Pierre jusqu'alors inconnus pour elle. Cet homme était exceptionnel et elle était irrésistible-ment attirée.

– Quoi! cria soudain Pierre. Viens me chercher tout de suite.

Cathy sursauta et bondit sur ses pieds. Pierre revenait vers elle, la mine déconfite.

– Que se passe-t-il ?

– Le caveau où repose Paolo Corta a été profané.

– Mais pourquoi ? demanda la jeune femme incrédule.

– Lorsque nous avons inhumé son corps, j'ai décidé de déposer le manuscrit sur le cercueil avant de refermer le caveau.

– Mais qui savait ?

– À part Louis et moi, personne. À moins que…

Sa phrase resta en suspens, car la seule personne présente, assez près, à ce moment était :

– Le père Conrad, dit Cathy.

– Oui, le père Conrad.

– Mais comment un prêtre peut-il commettre un tel sacrilège ?

– Pour la même raison que Lucas qui a tué cinq personnes : au nom de Dieu !

La voiture de Louis arriva et il en descendit bouleversé.

– Mais qui a pu faire une chose pareille ?

– Nous avons notre petite idée sur la question. Je prends mon sac et on va au Mérou. Prends un pull, Cathy, les nuits sont fraîches dans le Cap.

Elle s'exécuta et laissa un mot sur la table de la cuisine, à l'attention de ses parents.

Elle regrettait de ne pas avoir son sac à dos resté dans la voiture au col de Saint-Jean.

Deux minutes plus tard, ils étaient dans la voiture de Louis et fonçaient vers l'hôtel. Ils feraient tout pour mettre la main sur le père Conrad et, tout prêtre qu'il fût, ils étaient bien décidés à lui faire regretter son blasphème.

Dix minutes plus tard ils se garaient sur le parking de l'hôtel. Par chance, la jeune Lydia était de service à la réception ce soir-là. C'était une fille de Pietra qui travaillait dans cet hôtel pendant la saison et qu'ils connaissaient bien.

– Bonsoir, Lydia, lui dit Louis.

– Bonsoir, Louis, bonsoir, Pierre, bonsoir, Mademoiselle, dit-elle poliment avec un joli accent corse.

– On aurait besoin d'un petit renseignement, lui demanda Louis.

– Si je peux vous aider…

– Nous recherchons un prêtre qui loge chez vous ce soir. L'aurais-tu vu ?

– En effet, il est passé dans la soirée, mais il est reparti une demi-heure plus tard.

– Merde ! dit Louis. Nous l'avons perdu.

– A-t-il demandé quelque chose de particulier ? demanda Pierre.

– Non.

– Merci, Lydia. Là, on est dans la merde, dit Pierre, en s'éloignant

– Attendez ! dit la jeune femme.

Ils se retournèrent et elle dit :

– Il y a bien quelque chose.

– Continue, dit Pierre.

– Il m'a demandé un accès Internet.

– Quel ordinateur ?

– Celui qui est juste à côté du desk.

– Tu permets que l'on jette un œil ? demanda Louis.

– Je vous en prie.

Pierre s'assit face à l'écran et se connecta à Internet. Il consulta l'historique des derniers sites visités et trouva celui de la compagnie maritime Italia ferries. Il demanda à la réceptionniste l'heure à laquelle le prêtre avait utilisé l'ordinateur. Cela correspondait.

Pierre tapa la date du jour et chercha le prochain départ de Bastia.

– Bastia-Livourne, départ à vingt-trois heures trente. Arrivée en Italie à cinq heures demain matin. Trois heures plus tard, il sera au Vatican, expliqua Pierre.

Louis consulta sa montre.

– Il est vingt-trois heures, c'est foutu !

– En voiture, oui, mais pas en bateau, répondit Pierre en sortant les clés de son sac.

– On fonce !

Ils passèrent en trombe devant la réception, remerciant Lydia médusée et montèrent dans la voiture.

Quelques minutes plus tard, ils s'arrêtaient dans un nuage de poussière sur la petite jetée du port de la marine de Pietra.

– Saute, Cathy ! Louis, détache l'amarre !

Le moteur démarra au quart de tour et l'embarcation bondit en avant. Pierre négocia la sortie du port au plus vite et poussa la manette des gaz au maximum en hurlant pour couvrir le bruit du moteur :

– Accrochez-vous !

Heureusement la mer était calme et les cent cinquante chevaux du moteur à pleine puissance propulsaient la coque au-dessus des flots.

– Dans vingt minutes, nous serons à Bastia, dit-il.

Il était déjà vingt-trois heures dix et Pierre espérait secrètement que le paquebot aurait du en retard.

Ils filaient dans le vrombissement du moteur et de l'eau frappant la coque, les yeux braqués vers les lumières de Bastia.

Le père Conrad était monté sur le pont de l'Esméralda, l'un des navires de la flotte d'Italia Ferries. Il tenait sa sacoche à la main et sentait le poids du manuscrit avec délectation. Le cardinal Heineker serait fier de lui et lui pardonnerait son offense.

Il avait observé les deux hommes fermer le caveau et avait vu Pierre poser le manuscrit sur le cercueil. Il n'avait pu laisser passer une telle opportunité et la profanation du caveau lui avait semblé justifiée par l'importance de sa mission.

– Dieu me pardonnera, dit-il en récitant le Notre Père.

Le navire venait d'appareiller et quittait le port.

Sur le quai, quelques personnes faisaient des signes en direction de leurs familles et des badauds observaient avec curiosité le départ, se félicitant d'être encore en vacances.

Les passagers, eux, regardaient avec nostalgie la terre s'éloigner et repre-naient le chemin de leurs maisons, la tête remplie d'images inoubliables de plages de sable blanc, de forêts verdoyantes arrosées de rivières débordantes de vitalité.

Quant aux pensées du prêtre, elles étaient déjà au Vatican.

Il savourait d'avance l'instant où il remettrait solennellement l'objet de toutes les convoitises à son supérieur.

Cette action lui ouvrirait les portes du paradis et sans aucun doute celles du Saint-Père.

– Le paquebot s'en va ! hurla Louis en désignant du doigt le navire qui quittait le port.

Pierre réduisit les gaz et regarda Louis.

– On ne peut pas le laisser s'échapper après ce qu'il a fait.

– Que veux-tu faire ? Tu ne pourras jamais arrêter ce navire, Pierre.

– Il a raison, dit Cathy.

– J'ai ma petite idée, répondit Pierre. La Pilotine.

– C'est quoi ça ? demanda Cathy.

– C'est la petite vedette qui va récupérer, sur le flanc du navire, le pilote qui a fait la manœuvre pour sortir du port.

– Mais vous êtes cinglés !

– Non, corses ! répondit Louis.

– On y va, dit Pierre. Je m'approche discrètement. Ensuite, Louis tu prends la barre et dès que la porte est ouverte, tu grilles la politesse à la

Pilotine et je saute à bord. Sois prudent, si je tombe à la mer, je passe sous la coque.

– Je viens avec toi, dit Cathy.

– Non ! répondit Pierre. J'en fait une affaire personnelle et il est hors de question que tu risques encore ta vie. Tes parents t'attendent.

Cathy fulminait, mais elle ne voulait le déconcentrer. Elle lui fit un signe affirmatif de la tête et se plaça à l'avant pour ne pas gêner la manœuvre.

Pierre dévissa le capuchon de la lumière de positionnement de l'embarcation et retira l'ampoule avec un torchon. Dans l'obscurité de la nuit ils étaient invisibles, mais très vulnérables. Ils devaient se positionner à l'affût de la Pilotine et surgir au dernier moment, car dans la lueur du navire ils seraient vite repérés.

Il poussa la manette a fond et se dirigea droit sur le paquebot.

Pierre se positionna entre le port et le navire, guettant la petite vedette qui devait récupérer le pilote après la sortie du port. Il l'aperçut enfin et se faufila dans son étrave. Dès que ce dernier fut à cent mètres du paquebot, Louis prit la barre dépassa la vedette et se lança vers l'énorme navire. La porte sur le flanc du navire, à un mètre cinquante des flots, était ouverte. L'embarcation était minuscule à côté du monstre d'acier et les vagues émises par l'étrave secouaient le hors-bord. Le manœuvre s'annonçait périlleuse et Louis s'accrochait fermement à la barre pour conserver le cap et éviter la collision. Il remontait le long de la coque en direction de l'ouverture et, lorsque les hommes d'équipage les aperçurent, ils leur firent de grands signes pour les repousser.

Louis fit un écart et Pierre faillit passer par-dessus bord.

– Vas-y Louis ! hurla-t-il.

Louis reprit sa trajectoire luttant contre la panique qui l'envahissait.

– Tout va bien se passer, lui dit Cathy, qui s'était approchée de lui en constatant son état de stress.

Il se reprit et se concentra sur sa manœuvre d'approche.

Pierre se tenait à l'arceau métallique, prêt à sauter.

L'embarcation arriva enfin à la hauteur de l'ouverture. Louis devait maintenant s'en approcher suffisamment pour que Pierre puisse y sauter.

Après deux tentatives infructueuses Louis parvint enfin à un mètre de la porte. Les Italiens hurlaient dans leur direction, mais Pierre, les ignorant, sauta.

Il bondit et atterrit sur le seuil. Mais, au même moment, le roulis du navire le renvoya en arrière. Il s'agrippa à l'ouverture, mais l'eau de mer avait rendu la prise glissante et il sentit ses doigts glisser sur le métal froid et mouillé.

Il perdait l'équilibre et allait basculer dans les eaux sombres de la Méditerranée. Il serait alors aspiré sous la coque et broyé dans les remous des hélices.

Cathy avait observé la scène.

Le hors-bord s'était écarté de deux mètres, mais elle bondit, poussant de toutes ses forces sur ses jambes, s'aidant du rebord.

Elle plongea et saisit Pierre qui basculait. Ils furent tous les deux projetés dans le navire, bousculant deux Italiens au passage. Ils roulèrent sur le sol et furent stoppés par la cloison métallique.

Le souffle coupé par le choc, Pierre reprenait ses esprits.

Les hommes d'équipage regardaient, incrédules, les deux clandestins.

– Vous êtes fous ! hurla l'un d'entre eux.

– Nous sommes à la poursuite d'un profanateur de tombe, lui répondit Cathy.

– Quoi ?

– Un homme qui a embarqué sur votre bateau est recherché par la police et nous devons le retrouver.

– Vous êtes de la police ?

– Oui et dès que nous l'aurons trouvé, nous nous rendrons chez votre commandant, répondit Cathy avec assurance.

Pierre se relevait péniblement.

– Merci, Cathy, tu …

– On n'a pas le temps. Filons avant que ces hommes ne changent d'avis et nous tombent dessus !

Ils se ruèrent par la coursive ouverte et s'engagèrent dans les escaliers menant aux ponts supérieurs. Ils arrivèrent au pont principal, avec ses restaurants, ses boutiques et ses bars. Les passagers nombreux, déambulaient ou s'installaient à même le sol avec leur sac de couchage. Cathy et Pierre cherchaient parmi la foule le père Conrad. Après avoir fait deux fois le trajet de la proue à la poupe sans succès, ils décidèrent de parcourir les ponts extérieurs. Mais après une demi-heure de recherche, ils n'avaient toujours pas trouvé leur homme.

Finalement, ils montèrent sur le pont le plus élevé, au niveau de la cheminée. L'endroit était peu fréquenté, car très exposé au vent.

Un homme, tout de noir vêtu, se tenait seul appuyé à la main courante, un sac pendait au bout de son bras.

– C'est lui ! dit Pierre.

Ils s'approchèrent en silence et Pierre lui tapa sur l'épaule.

– Alors, mon Père, on croyait pouvoir s'enfuir comme ça !

L'homme se retourna en sursautant :

– Quoi ! dit-il surpris.

Ce n'était pas lui.

– Désolé, Monsieur, s'excusa Cathy. Nous vous avons pris pour quelqu'un d'autre.

Ils s'éloignèrent et entrèrent dans le navire.

– On fait quoi maintenant ? demanda Cathy. Il y a des centaines de cabines et il est peut-être dans l'une d'entre elle.

– Nous pourrions solliciter le commandant, mais il va nous prendre pour des fous.

Une annonce faite par une hôtesse retentissait dans les haut-parleurs :

– Nous n'avons pas d'autres choix, dit cathy. Nous devons prendre le…

– Écoute ! la coupa Pierre.

La voix dans le haut-parleur au-dessus d'eux répétait l'annonce : « Pour les passagers souhaitant bénéficier des cabines encore disponibles, merci de vous présentez à l'accueil, pont 1. »

– Il est monté sur ce navire au dernier moment et je doute fort qu'il ait eu le temps de réserver une cabine. Je vois mal ce prêtre passer la nuit sur le pont ou sur la moquette. Allons voir du côté de l'accueil, dit Pierre.

– C'est une bonne idée.

Ils trouvèrent sans difficulté et se placèrent à l'écart, pour ne pas être vus.

Quelques personnes étaient présentes et récupéraient les clés des cabines libres.

Dix minutes plus tard, les passagers intéressés se faisaient plus rares et l'espoir de voir le père Conrad s'amenuisait.

– Allez, viens, marmonna Pierre.

– Je crois que c'est cuit. Allons voir les autorités du bord.

Pierre, dépité, suivit la jeune femme.

Ils allaient emprunter l'escalier lorsque Pierre aperçut le père Conrad qui se dirigeait vers l'accueil.

– Regarde !

Elle se retourna et le vit elle aussi. Ils retournèrent à l'angle de la coursive et observèrent l'ecclésiastique. Il récupéra sa clé et emprunta l'un des couloirs menant aux cabines.

– Suivons-le, dit Pierre.

Ils restèrent à bonne distance et, lorsqu'il pénétra dans sa cabine, ils passèrent devant pour noter le numéro.

Les couloirs étaient encore très fréquentés, néanmoins, ils devaient faire vite, car ils étaient des passagers clandestins recherchés par l'équipage.

– Plus on attend, plus on risque de se faire attraper, dit Cathy. Il faut prendre le risque.

– Très bien, je me fais passer pour un employé et après, on fonce.

– C'est ta spécialité de foncer.

– Cet homme a profané la tombe de Paolo Corta et volé le manuscrit, répondit Pierre, vexé.

– Ce n'était pas une critique, Pierre. J'aime bien quand tu fonces, lui dit-elle en lui caressant la joue.

– Ah ! dit-il désemparé.

– La voie est libre, dit Cathy.

D'un pas rapide, ils rejoignirent la porte et, sans réfléchir, Pierre frappa à la porte.

Pas de réponse. Il recommença.

– Qui est là ? demanda une voix, derrière la porte.

– Service de cabine, répondit Pierre en italien.

– Un instant, j'arrive.

Le verrou dans la porte tourna et elle s'entrouvrit.

Pierre percuta de l'épaule la porte et le prêtre fut projeté sur sol.

Il pénétra dans la cabine, suivi de Cathy. L'homme de Dieu était sur le sol, le nez en sang. Il releva la tête et resta bouche bée en reconnaissant ses assaillants.

– Surpris de nous voir, Monsieur Conrad ? demanda Pierre.

– Vous m'avez cassé le nez.

– Estimez-vous heureux que je ne vous casse pas autre chose.

– Vous n'avez aucun droit sur ce manuscrit et il est maintenant la propriété du Vatican, dit le prêtre en serrant contre lui la sacoche qu'il venait de ramasser.

– Vous avez profané un caveau et volé ce qui se trouvait à l'intérieur, dit Pierre les yeux brillants de colère. Vous n'êtes qu'un pilleur de tombes et vous devrez rendre des comptes à la justice des hommes, mais aussi à celle de Dieu.

Le visage du père Conrad se décomposa. Il blêmit et des larmes coulèrent sur ses joues.

Chapitre 14

Louis avait tremblé lorsqu'il avait vu Pierre sur le point de basculer dans la mer. Ensuite, les choses étaient allées très vite. Cathy avait bondi de l'embarcation et la dernière vision qu'il avait eue était celle des deux corps propulsés dans les entrailles du paquebot.

Il avait ensuite filé droit sur le port de commerce, afin de se rendre à la capitainerie. Il s'était présenté aux autorités du port et avait expliqué ce qu'il s'était passé. Ils l'avaient regardé avec incrédulité lorsqu'il avait raconté son récit, mais avaient ensuite contacté le navire italien. Puis, des policiers étaient arrivés et ils l'avaient conduit au commissariat. Il y était resté une heure, pendant laquelle la police avait pris sa déposition et reçu confirmation des événements de la journée par la gendarmerie de Luri. Il avait appelé Rose-Marie et elle était venue le chercher.

Avant d'aller se coucher, il était repassé chez Pierre pour prévenir les parents de Cathy et les rassurer sur la santé de leur fille. Ils s'étaient donnés rendez-vous le lendemain matin pour suivre l'évolution de la situation.

– Bonjour, il est quatre heures et nous accosterons à Livourne dans une heure.

La voix résonna dans la tête de Pierre qui eut du mal à réaliser où il se trouvait.

Lorsqu'ils avaient retrouvé le Père Conrad, le commandant avait pénétré dans la cabine, accompagné de la sécurité du navire. Il les avait informés qu'il avait été alerté par la capitainerie de Bastia et avait mis le prêtre aux arrêts. Ce dernier s'était laissé emmener sans contester, la tête basse.

La compagnie avait mis une cabine à leur disposition et le commandant avait refusé qu'ils payent. Pierre avait pris une douche et retrouvé Cathy endormie. Il l'avait couverte et il s'était effondré à son tour, épuisé par cette interminable journée si fertile en événements.

Il retrouva ses esprits et chercha Cathy des yeux sur la couchette opposée. Elle n'y était pas et il se leva sur un coude.

– Bonjour, Pierre, dit Cathy qui était assise sur le bord du large hublot.

– Bonjour, Cathy.

– Bien dormi ?

– Aussi bien que l'on peut après une telle journée. Tu es réveillée depuis longtemps ?

– Un quart d'heure. Je suis sortie pour téléphoner à mes parents. Louis les avait déjà prévenus.

Pierre acquiesça et lui dit avec ironie :

– Pour des vacances, on ne pouvait pas rêver mieux !

Elle le gratifia d'un sourire las, mais son visage semblait avoir retrouvé une sérénité que Pierre ne lui connaissait pas.

– J'ai retrouvé mes parents que je croyais morts depuis des années, j'ai abandonné mon double et je t'ai rencontré. C'est pas si mal, finalement.

Pierre regarda la pochette posée sur la table et Cathy suivit son regard.

– Et maintenant, on fait quoi ? demanda-t-il.

– D'abord, je prends une douche et après, on décide.

Pierre s'assit sur le bord de la couchette et réfléchit. Ils pouvaient encore jeter la pochette par-dessus bord et retourner en Corse comme si de rien n'était. Mais d'autres pourraient revenir, persuadés qu'il détenait encore le manuscrit ou bien qu'il en connaissait le contenu.

Cathy sortie de la salle de bain les cheveux mouillés et Pierre prit sa place, car il avait besoin d'avoir les idées claires.

Ils se retrouvèrent assis face à face, avec le manuscrit posé entre eux.

– Nous allons retourner là où tout a commencé, dit Pierre.

– À Paris.

– Exactement.

– Et ensuite ?

– Je vais demander à Louis et à tes parents de nous retrouver à notre restaurant. Tous ensemble, nous prendrons connaissance de ce fichu manuscrit et nous déciderons de ce qu'il convient d'en faire.

– Très bien.

Le paquebot avait rapidement manœuvré et accosté en quelques minutes. Cathy et Pierre avaient pris un rapide café et s'étaient présentés à la coupée. Le commandant était présent et il accompagnait le Père Conrad. Dès que la passerelle fut positionnée, le prêtre, sous bonne escorte, descendit du navire. Après avoir remercié le commandant, Cathy et Pierre le suivirent. Au bas de la passerelle, deux hommes attendaient l'ecclésiastique et ils montèrent dans une voiture aux vitres fumées dont l'immatriculation commençait par SCV.

Le véhicule démarra et Pierre regarda, perplexe, la plaque minéralogique.

– C'est une voiture qui appartient à l'état du Vatican et aux organismes du Saint-Siège, lui dit Cathy, qui avait suivi son regard.

– Ils n'ont pas perdu de temps !

– Cette histoire va faire beaucoup de bruit. Un prêtre qui profane une tombe, ce n'est pas très courant.

– Je demande à voir.

Ils prirent un taxi pour l'aéroport de Pise. Durant le trajet en voiture et malgré l'heure très matinale, Cathy contacta ses parents et les informa de leur décision de se retrouver à Paris.

Ils se mirent d'accord pour un rendez-vous au restaurant de Pierre et de Louis pour le déjeuner et se chargèrent de le prévenir.

Ils arrivèrent à huit heures à Pise et ils trouvèrent un vol pour Paris à neuf heures trente. Ils patientèrent devant un petit déjeuner, parlant peu, impatients tous les deux de découvrir le contenu de la pochette.

À onze heures ils atterrirent à Roissy Charles de Gaulle et une heure et demi plus tard ils pénétraient dans le restaurant Cap sur la Corse.

Cathy leva les yeux sur l'enseigne vert olive et sourit en lisant le nom du restaurant.

– Décidément, la Corse est une religion pour toi.

– Plus précisément le Cap Corse et puis, il faut bien croire en quelque chose, répondit Pierre avec humour.

Il ouvrit la porte et entrèrent dans la salle. Au premier regard, Cathy aima la chaleur qui émanait de l'endroit. La décoration était sobre, mais de bon goût. Les murs étaient simplement décorés de photos de maquis, de montagnes et de plages. Des bouquets de maquis étaient disposés harmonieusement et embaumaient toute la pièce. Le blanc et le vert olive dominaient avec, de chaque côté de la porte d'entrée, de grandes portes-fenêtres avec des persiennes vertes, que Pierre ouvrit. Le soleil s'invita et la pièce reprit vie. Le bar en bois exotique et les photos de bateaux disposées entre les bouteilles s'illuminèrent. Une représentation de l'Île de Beauté, d'un mètre de haut en écorce de chêne, trônait derrière la caisse comme un précieux trophée. Pierre suivi le regard de Cathy et lui dit :

– C'est moi qui l'ai faite. Tu aimes ?

– Artiste en plus de cuisiner et romancier ! lui dit-elle en riant.

– Et encore, tu n'as rien vu. Je jongle, je joue de la batterie, je fais la collection de capsules et des bulles avec un chewing-gum. À l'occasion, je cherche aussi les trésors perdus. Pas mal non ?

– Je suis muette d'admiration.

– Bon, trêve de plaisanteries, si on buvait un petit apéro en attendant les autres ?

– L'apéro est aussi une religion ?

– Il faut bien communier, comme disait mon grand-oncle, qui préférait boire un verre de pétillant plutôt que d'aller à la messe.

– Alors, communions ! lança-t-elle, heureuse de rire et de se détendre.

Pierre alla chercher une bouteille de muscat dans le frigo et il prépara une assiette de charcuterie corse.

Il ouvrit le congélateur à la recherche d'un déjeuner pour cinq personnes. Il trouva quatre belles queues de langoustes qu'il déposa dans le compartiment haut du couscoussier, afin de les décongeler à la vapeur. Il fit chauffer de l'eau salée pour les tagliatelles fraîches qui étaient dans la chambre froide. Du parmesan râpé pour les pâtes, et un beau fromage de brebis pour terminer. Un rosé de Patrimonio pour arroser le tout.

– Je peux t'aider, Pierre ? demanda Cathy en pénétrant dans la cuisine.

Elle regarda les inox impeccables, les fourneaux rutilants, les ustensiles parfaitement rangés et la propreté quasi-obsessionnelle de la cuisine de Pierre.

– Tu ne serais pas un peu maniaque, par hasard ?

– J'aime que cet endroit soit impeccable. C'est mon outil de travail et l'hygiène est essentielle dans ce métier.

– On pourrait même manger par terre, répondit-elle impressionnée.

– Allons boire cet apéro avant que le muscat ne soit chaud.

Pierre passa devant l'écran plat fixé au mur et attrapa la télé-commande.

– Tu permets que je jette un oeil aux informations ?

– Bien sûr, tu es dans ton restaurant.

Ils s'installèrent à la table, Pierre mit en marche la télévision mais, avant même qu'ils aient eu le temps de trinquer, la porte s'ouvrit.

Lisa, James et Louis entrèrent. Ils avaient les traits tirés, mais en les apercevant, un large sourire éclaira leurs visages.

– Louis nous a expliqué votre escapade nocturne et vos acrobaties, leur dit James. Vous êtes des inconscients.

– En attendant, répondit Pierre, le Père Conrad a été arrêté et nous avons récupéré le manuscrit.

– Merci, Pierre, lui dit Louis en l'embrassant.

Lisa l'embrassa aussi et étreignit sa fille. Elle avait récupéré son sac à dos qu'Angela avait déposé chez Pierre le matin même.

– Chérie, il faut vraiment que tu arrêtes tes cabrioles.

– Promis, Maman. Merci, dit-elle, en prenant son sac.

– Décidément, dit James, on vous laisse avec du muscat et on vous retrouve avec du muscat.

– On ne l'a pas volé, répondit Pierre. Joignez-vous à nous, le repas ne va pas tarder.

– Alors, voilà votre restaurant, dit Lisa avec admiration. C'est chaleureux et tellement…

– Corse, finit Cathy.

Tous les cinq éclatèrent de rire.

– Drame en haute Corse, annonçait le présentateur du journal de treize heures.

– Écoutez ! lança Cathy, il parle de nous.

Tous se tournèrent vers l'écran et Pierre augmenta le volume.

– Hier en haute Corse, dans la paisible petite commune de Pietra des incidents ont eu lieu, commentait le journaliste. Un incendie qui a ravagé des centaines d'hectares, est au cœur d'une sombre histoire. Plusieurs personnes, dont certaines identités ne nous ont pas été révélées, ont trouvé la mort dans des circonstances étranges. Mais, de source sûre, nous savons que le Père Manuel, en conflit avec le Vatican et gourou d'une secte locale, est à l'origine de cet incendie, dans lequel il a trouvé la mort. À quelques kilomètres de la, Walter Bevans le célèbre fondateur de la Fondation WB, était retrouvé assassiné dans une chambre d'hôtel. Il était en relation étroite avec le Père Manuel et avait été aperçu le matin même en compagnie de ce dernier. Deux autres corps ont été retrouvés dans les environs et il semble qu'ils étaient, eux aussi, en contact avec le prêtre. Nous retrouvons, sur place notre envoyé spécial qui est en compagnie d'un émissaire du Vatican.

Un journaliste apparut sur écran tenant un micro à la main. À côté de lui, un homme en costume sombre, la mine grave, regardait la caméra.

– Nous sommes en compagnie du cardinal Heineker, délégué par le saint Siège pour faire toute la lumière sur cette sombre histoire qui met en cause un membre du clergé, expliqua le journaliste. Monseigneur, d'après les renseignements que vous avez, quelles sont vos premières conclusions sur les tragiques événements qui ont entaché la paroisse de Pietra ?

– En premier lieu, répondit-il d'une voix solennelle et teintée de reproche, le Père Manuel faisait l'objet d'une enquête du Vatican sur ses agissements dans la chapelle de Lapedina. Il était suspendu de ses fonctions et officiait sans l'approbation du Vatican. Il s'était malheureusement écarté des voies du Seigneur et avait pris des libertés vis-à-vis du culte chrétien. Dans son hérésie, certaines personnes l'ont suivi et aujourd'hui cette histoire prend fin dans des circonstances tragiques. Toutes nos prières accompagnent les familles endeuillées et je leur transmets la bénédiction du Pape, en personne.

Le journaliste, depuis le studio de Paris, demanda à son confrère :

– Avez-vous d'autres informations de la police locale ?

– Les autorités restent très discrètes sur cette affaire et une enquête est en cours. Nous venons d'apprendre qu'un motard a aussi été retrouvé, la nuque brisée, sur un paquebot en provenance de Toulon et il semble bien que sa mort soit aussi liée à cette affaire. Le préfet de Corse doit venir sur les lieux dans la journée et une équipe de Paris doit aussi arriver dans quelques heures. Néanmoins, aucun démenti sur les propos de Monseigneur.

Le journaliste se tourna vers le cardinal :

– Merci, Monseigneur. Je vous rends l'antenne. À vous Paris.

Pierre éteignit le poste de télévision, dégoûté. Ils restèrent bouches bées un instant, avant que ne se déclenche l'indignation.

– Comment peuvent-ils impunément raconter un tel tissu de mensonges? lança Louis, écœuré.

– C'est n'importe quoi ! dit Cathy furieuse.

– C'est l'information, dit simplement Pierre et c'est pour cette raison que j'ai arrêté d'y croire. On nous manipule, on nous fait gober des sornettes et on nous influence en fonction d'intérêts économiques, politiques et religieux.

– Nous devons contacter la police et faire proclamer un démenti ! s'exclama Lisa.

– Nous allons passer pour des fous et nous risquons de gros problèmes si nous intervenons aujourd'hui, répondit son mari.

– Et la mémoire du Père Manuel, vous y pensez ? intervint Louis. C'était un homme bon et ces fausses informations vont salir sa mémoire et ruiner tout le travail qu'il a fait à Pietra. Il sera mort pour rien et c'est inacceptable.

– C'est bien le but, Louis, lui dit Pierre. On cherche à le discréditer et cela prouve que l'église noie le poisson pour cacher la réussite des méthodes du Père Manuel. De la même manière, ils ont caché la profanation de la tombe de ton Oncle par le Père Conrad.

– Rien non plus sur Marie-Jeanne de Galpi, dit Lisa.

– Ils n'ont pas abandonné l'idée de mettre la main sur le manuscrit, expliqua Cathy et mon père a raison, pour l'instant nous ne pouvons rien dire, car nous ne savons pas qui est impliqué. On sait déjà que des intégristes islamistes, des catholiques radicaux et des politiciens sont mouillés dans cette affaire. La liste peut-être bien plus longue.

– Tout le monde peut-être concerné, rajouta son père. La police, les médias, le gouvernement. Ces gens ont le bras long et l'importance de ce manuscrit semble inestimable.

Un long silence s'ensuivit, les laissant pensifs.

– C'est pour cela que nous devons statuer sur ce fichu document, dit Pierre. Et avant tout, nous devons savoir ce qu'il contient de si important.

Tous les regards se posèrent sur la pochette posée au centre de la table. Pierre la poussa vers Cathy, mais cette dernière la refusa et lui dit :

– À toi l'honneur, Pierre : sans toi, nous l'aurions déjà perdu.

Pierre saisit la pochette et se frotta les mains. Il était maintenant au bord du précipice et il allait basculer dans un autre monde. Il hésitait encore, tétanisé par l'enjeu.

Louis se leva et annonça :

– Je vais chercher le déjeuner.

Il fut imité par les autres qui se proposèrent pour l'aider et surtout pour laisser Pierre tranquille. Ce dernier retrouva ses réflexes de chef et il interpella Louis :

– Tagliatelles aux langoustes. Tu tronçonnes les queues, un aller-retour dans la poêle, tu flambes…

– Ça va Pierre ! C'est la recette de ma grand-mère.

– Ne bougez pas, Pierre, dit Lisa. Nous allons lui donner un petit coup de main.

Pierre resta seul devant la pochette. Il avait risqué sa vie pour ce petit tas de feuilles probablement jaunie par le temps. Il était impatient et excité par ce qu'il allait trouver, mais il était aussi effrayé par le mal que ce manuscrit avait déjà causé. Des morts jalonnaient son chemin et il attirait les convoitises de toutes parts.

Il allait être le premier à découvrir le contenu de ce document si recherché.

Il retira la lanière et ouvrit la pochette.

Dans la cuisine, Louis s'affairait autour du fourneau. Il avait jeté les tagliatelles dans l'eau bouillante, puis refroidi les queues de langoustes pour en stopper la cuisson avant de les couper en tronçons. Cathy avait émincé les échalotes et posé la poêle sur le feu. La crème fraîche et l'inévitable muscat étaient posés à côté. Louis s'empara de la poêle où l'huile d'olive fumait. Il jeta les échalotes émincées qui crépitèrent et il remua avec une spatule de bois, baissant le feu pour qu'elles ne brûlent pas. Ensuite, il posa délicatement les tronçons de langoustes sur le lit d'échalotes, versa le muscat qu'il flamba instantanément. Enfin, il ajouta deux belles cuillères de crème, assaisonna et termina par une pincée de cumin. Il couvrit le tout et coupa le gaz. Pendant ce temps, le couple Waters avait égoutté les tagliatelles

– Et voila le travail du chef ! dit Louis avec un plaisir non feint.

– À table ! lança Cathy.

Ils se retournèrent et trouvèrent Pierre debout dans l'entrée de la cuisine, un paquet de feuilles A4, noircies par des lignes d'écritures dactylographiées, entre les mains. Il avait la mine déconfite et le regard hagard.

– Alors,? demanda Cathy. On t'a laissé depuis trois minutes ? C'est un peu court pour se faire une idée non ?

– Pas vraiment…

– Bon sang, Pierre ! lui dit Louis, tu vas nous expliquer ?

– C'est mon bouquin ! répondit Pierre en tendant la liasse de feuille.

– Quoi ! s'exclama Cathy. Ce n'est pas possible.

– Et pourtant, c'est bien ça.

Il fit demi-tour et retourna dans la salle.

Cathy, ses parents et Louis se regardèrent, cherchant une explication rationnelle à cette nouvelle incroyable.

– Allez le rejoindre, leur dit Louis, je dresse les assiettes et j'arrive.

Ils retrouvèrent Pierre assis, pétrifié, à la table. Il réalisait son implication personnelle dans la série de meurtres. Finalement, il n'était pas là par hasard.

Pensif, il regarda Cathy et ses parents et, après quelques secondes, il leur dit :

– Il y a deux choses que je dois comprendre. Premièrement, comment mon manuscrit a-t-il atterri dans les mains des « Douze Apôtres » ? Et deuxièmement, comment a-t-il pu causer un tel carnage ?

Louis qui entrait dans la salle, avec ces cinq assiettes équilibrées dans ses mains et son avant-bras, annonça d'un air coupable :

– Je peux répondre à la première question, Pierre.

Il posa les assiettes devant eux et s'assit au bout de la table.

– Mangez pendant que c'est chaud, je vais tout vous expliquer.

Un doux fumet émanait des tagliatelles, délicat mélange de langoustes, d'huile d'olive, d'échalotes et de muscat, le tout légèrement rehaussé par le cumin. Ils mangèrent en silence et, après quelques bouchées, Louis rompit le silence :

– Je suis désolé, Pierre, je croyais bien faire. Il y a une semaine, tu as oublié ton manuscrit au restaurant et je n'ai pas résisté à la tentation de le feuilleter. J'étais emballé et, sachant que tu ne voulais absolument pas le faire éditer, j'ai décidé, sans rien te dire, de faire une copie et de le montrer à mon oncle Paolo. Comme ça, s'il le trouvait publiable, il pouvait toujours te proposer de l'éditer.

Pierre fronça les sourcils, furieux de l'initiative de Louis. Mais il prit aussitôt conscience que l'acte de Louis avait entraîné la mort de son oncle et il se ravisa.

– Ce n'est pas grave, Louis, tu pensais bien faire.

– Tu parles. Ton oncle en est mort !

– Sept personnes sont mortes et je suis le seul responsable, rectifia Pierre.

– Aucun de vous deux n'est responsable ! les coupa Cathy, en frappant du poing sur la table.

Elle avait retrouvé le timbre et le ton de Madi et tous sursautèrent.

– Depuis des années, ils couraient tous après une chimère. Ton bouquin, que seuls, Paolo et Manuel ont lu, n'a été qu'un élément déclencheur de leur lubie. La pression exercée par Walter était trop forte et il leur fallait impérativement des résultats. Ta théorie de l'ADN présente dans l'eau et surtout celle de l'origine du Christ ont déclenché un mécanisme que personne ne pouvait arrêter. Cela devait arriver, tôt ou tard et vous n'y êtes pour rien. Que les choses soient claires !

Elle avait raison et ils le savaient.

– Tu nous as parlé de l'ADN, Pierre, mais cette histoire sur le Christ, c'est quoi ? demanda Louis.

– Une autre histoire sortie tout droit de mon imagination, qui est en relation avec la découverte de l'ADN par les Égyptiens et le transfert du savoir de Pharaon en Pharaon.

– Tu peux nous expliquer ? demanda Lisa.

– Bien sûr.

Il se concentra, afin d'être le plus précis possible dans ses explications :

– À cette époque, appelée « basse époque », période de l'histoire de l'Égypte antique allant des environs de moins sept cent cinquante à moins trente avant Jésus-Christ, l'Égypte, après la défaite face aux soldats romains d'Octave, voit la fin de la dynastie ptolémaïque, mais aussi la fin de l'Égypte hellénistique et pharaonienne. Elle se termine par l'assassinat de Ptolémée XV, dit Césarion, fils de Jules César et de Cléopâtre VII. Nous sommes alors, en moins 30 avant la naissance du Christ et les années sont comptées avant que les Romains ne s'emparent du secret des Pharaons. Les grands prêtres gardiens de ce secret ont donc voulu détourner l'attention des Romains.

– Tu es calé en histoire égyptienne, lui dit Louis.

– Il faut bien que le récit soit crédible et c'est pour cela que je dois être précis.

– Et comment ont-ils détourné l'attention des Romains ? demanda James.

– Ils ont créé de toutes pièces le Christ, faisant de lui la principale préoccupation des Romains et le meilleur protecteur du secret des Pharaons. Et ils ont réussi bien au-delà de toutes leurs espérances.

– C'est gonflé ! dit James, avec un large sourire.

– C'est de la fiction, répondit Cathy.

– Concernant l'ADN, pas tant que ça, répondit Lisa.

– Que veux-tu dire, Maman ?

– Avec ton père, nous en avons reparlé ce matin et cette théorie qui consiste à retrouver des informations génétiques dans l'ADN présent dans l'eau n'est pas dénuée de bon sens.

– À ce sujet, continua James, nous voudrions essayer quelque chose avec ta mère.

– Et quoi donc ? demanda Cathy, inquiète.

– Nous devons retourner à la Fondation WB, dit Lisa.

– Vous êtes fous. Il est hors de question que vous retourniez là-bas !

– Cathy, lui dit calmement son père, nous avons voué toute notre vie à nos recherches et malgré nous, plus de dix ans au projet insensé de Walter.

Nous sommes des scientifiques et à ce titre nous avons des devoirs et des obligations.

– Vous avez des devoirs envers moi et cela fait aussi treize ans que malgré moi, je n'ai plus de parents. Je ne peux pas vous laisser faire ça !

Cathy avait retrouvé sa petite voix de bibliothécaire et elle avait des trémolos dans la voix. James prit le temps de peser ses mots et il prit la main de sa fille avec tendresse.

– Ma chérie, il nous reste une dernière chose à faire et ensuite, nous tirerons le rideau sur ce terrible épisode de notre vie. Si nous ne le faisons pas, nous aurons réellement perdu tout ce temps et nous aurons des regrets et des incertitudes jusqu'à la fin de nos jours.

– De plus, ajouta Lisa, la vie d'un jeune homme est en jeu et le temps qui lui reste à vivre est compté.

– De qui s'agit-il ? demanda Pierre.

– Il s'agit de Lazare, notre dernier clone, répondit Lisa.

Après avoir été expulsée du couvent, Marie-Jeanne s'était sentie humiliée de se retrouver sur la route du Cap, obligée de faire de l'auto-stop. Rapidement, un Corse en fourgonnette s'était arrêté et heureusement il ne l'avait pas reconnue. Il l'avait déposée à l'hôtel le Mérou où elle avait laissé sa voiture de location. Elle avait réservé une chambre pour la nuit et décidé de se faire discrète, avait pris une douche et commandé un plateau au room service. Dans la soirée, elle s'était rendue à la piscine pour boire un verre et s'était installée dans un coin sombre et isolé.

Elle était furieuse car elle avait touché le manuscrit avant qu'Angela ne la démasque. Ses accusations ne tiendraient pas la route devant un juge, mais elle gardait le goût amer de la défaite, dans la bouche. Elle détestait ça.

Néanmoins, elle n'avait pas regretté son envie de boire un verre, car elle avait assisté, vers vingt-deux heures trente, à l'arrivée du trio à la réception : Pierre, Louis et Cathy-Madi.

Innocemment, elle avait consulté l'ordinateur et ensuite questionné la réceptionniste.

– Excusez-moi, Mademoiselle, je cherche le Père Conrad. Nous avions rendez-vous au bar.

– Décidément, il est sacrément recherché, ce prêtre ! répondit la jeune femme. Je suis désolée, Madame, mais il est parti plus tôt dans la soirée.

– Vous savez où il est allé ?

– Non pas vraiment, mais j'ai entendu parler de bateau.

Marie-Jeanne la remercia poliment, retourna à sa chambre et réfléchit longuement.

Elle ne savait pas comment, mais le prêtre avait certainement mis la main sur le manuscrit et filé avec. Elle avait une nouvelle piste, mais Pierre avait encore un temps d'avance.

Elle devait se tenir tranquille, au moins jusqu'au lendemain midi, car l'endroit allait grouiller de policiers et elle ne souhaitait pas avoir à justifier sa présence.

Marie-Jeanne passa une nuit agitée, se leva tôt, commanda son petit déjeuner dans sa chambre et s'installa devant la télévision. Elle s'était arrangée avec la réception pour garder sa chambre jusqu'à quatorze heures.

Elle somnola un peu et, après une douche, elle regarda le journal télévisé de treize heures, pour suivre avec un grand intérêt l'interview du cardinal Heineker.

Elle le connaissait de réputation et son ambition au Vatican était connue de toutes les personnes bien informées. Mais il n'était âgé que de cinquante ans et des cardinaux plus vieux semblaient mieux placés que lui pour accéder à la fonction suprême.

La présence de ce dernier au journal télévisé n'était pas fortuite et, en observant l'ecclésiastique, elle remarqua son calme forcé. Son discours sonnait faux et l'inquiétude se lisait dans ses yeux. Il cachait quelque chose et, si le Vatican avait été en possession du manuscrit, il ne se serait pas trouvé là.

Il était évident que le Père Conrad avait échoué dans sa mission, tandis que Pierre et Cathy avaient récupéré le précieux document.

Elle ne savait pas où les retrouver, mais, pour les parents de Cathy, elle avait une petite idée.

L'église était aux abois et ce cardinal lui serait très utile pour mener à bien son nouveau projet. Elle devait impérativement le rencontrer.

Après avoir libéré sa chambre, elle récupéra sa voiture sur le parking et prit la direction de Pietra. L'interview du cardinal avait eu lieu à la chapelle de Lapedina, qu'elle avait reconnue. Il n'y avait qu'une seule route entre la marine et le village et, lorsqu'elle l'emprunta, elle surveilla les occupants des voitures qu'elle croisait, dans le cas où elle verrait le visage du cardinal.

Après un virage, elle aperçut une voiture de police garée sur le bord de la route, devant un tombeau dont la porte était ouverte. Elle passa devant et lut rapidement le nom sur la façade : Famille Corta, du nom de l'éditeur. Au même moment, un homme sortit du petit édifice et elle reconnut instantanément le cardinal Heineker.

Elle tourna dans le premier chemin sur sa gauche, en direction de l'église.

Elle eut juste le temps de faire demi-tour, tandis que la haute silhouette du cardinal se profilait sur la route. Elle coupa le moteur et attendit l'homme qui venait dans sa direction. Il passa devant elle, sans un regard et pénétra dans l'église. Elle sortit de la voiture pour le suivre.

L'homme de Dieu était agenouillé au premier rang, en pleine prière.

Marie-Jeanne s'installa derrière lui. L'église était totalement vide. Lorsqu'il eut terminé ses oraisons et qu'il se releva, Marie-Jeanne approcha sa tête de la sienne et lui murmura :

– Je peux exaucer vos prières, Monseigneur.

Sans se retourner, il dit, mi-agacé, mi-intéressé :

– Vous devez d'abord vous confesser.

Ils pénétrèrent dans le petit confessionnal.

– Je vous écoute, mon enfant, dit-il en français avec une voix basse, teintée d'un fort accent germanique.

– Nous cherchons la même chose et, si nous unissons nos forces, nous avons encore une chance de mettre la main sur ce manuscrit.

Elle avait volontairement appuyé sur le dernier mot et l'effet attendu se produisit.

Après quelques secondes de silence, la voix demanda :

– Qui êtes-vous ? Et que voulez-vous ?

– Je suis Marie-Jeanne de Galpi, présidente du Parti Français, qui, comme vous le savez est très proche de l'église et le parti politique français le plus fidèle à vos valeurs. Je souhaite autant que vous que ce document soit remis au Vatican et serve la cause de notre Saint-Père.

– Bien. Que proposez-vous ?

– J'ai besoin de votre soutien pour convaincre un vieil ami totalement dévoué à Dieu, de nous aider. Ensuite, nous passerons un accord d'intérêts communs.

– L'église ne négocie pas, répondit sèchement le cardinal Heineker.

Elle s'attendait à cette volte face de la part de l'ecclésiastique, mais elle resta de marbre et lui dit :

– La possession de ce manuscrit sera une grande victoire pour le Vatican. Il vous apportera la légitimité que vous méritez et vous ouvrira la voie du Saint-Siège.

Elle savait que l'état de santé du pape était catastrophique et que ces jours étaient comptés. Ce n'était qu'une question de mois. Le cardinal avait besoin d'un fait de guerre significatif pour marquer l'opinion du clergé et retourner la situation en sa faveur pour l'élection papale à venir.

Elle lui tendait une perche qu'il ne pourrait refuser.

– Quel est votre intérêt ? demanda-t-il, non dupe.

– Avec moi, vous aurez une alliée de choix, qui grâce au soutien de l'église et à ses millions de fidèles, pourra briguer la plus haute fonction de l'État français. En tant que Présidente de la République, je ferai en sorte de promouvoir, de nouveau, les valeurs de l'église, de redorer son image en France, en Europe et dans le monde. Il ne s'agit pas d'une question de pouvoir, mais bien d'une question de foi.

– Sortons, dit simplement le cardinal.

Ils sortirent par la porte donnant à la confrérie et ils se trouvèrent un coin au calme, à l'ombre, en bordure de la forêt.

Il voyait enfin son interlocutrice au grand jour. Il connaissait sa réputation de politicienne combattante et engagée et du haut de son mètre quatre-vingt-dix, il surplombait Marie-Jeanne de trente-cinq centimètres. Ses doutes, quant aux ambitions de ce petit bout de femme, s'estompèrent à l'instant où il croisa son regard. Elle avait cette flamme dans les yeux que peu de personne possède, avec un mélange de détermination et de confiance inébranlables.

Elle était sans aucun doute destinée, comme lui, à un grand avenir.

Marie-Jeanne sortit son téléphone portable, sélectionna un numéro et attendit qu'il décroche.

– Allô ? fit une voix dans le combiné.

– Bonjour, Hector, c'est Marie-Jeanne.

Chapitre 15

C athy, Lisa, James, Pierre et Louis passèrent la douane anglaise de Heathrow à seize heures trente. Louis avait prévenu sa femme qu'il serait de retour à Bastia le lendemain. Il préférait ne pas quitter son ami tant qu'il ne serait pas en sécurité.

Ils traversèrent le hall des arrivées et se dirigèrent vers le métro. La Victoria line les amènerait directement à la station Russel Square. C'est la que se trouvait la WB Fondation.

Finalement, Lisa et James avaient réussi à convaincre leur fille de les laisser retourner à leur laboratoire une dernière fois. Elle avait accepté sous réserve de ne pas les quitter d'une semelle. Louis et Pierre avaient suivi et ce dernier avait fourré son manuscrit dans son sac à dos.

Après une heure de métro, ils descendirent à la station Russel Square et remontèrent la rue jusqu'à la place du même nom. Elle se situait au plein cœur de Londres, à deux pas du British Museum et d'Oxford Street.

La WB Fondation avait pris place dans un ancien hôtel. Ce monumental bâtiment de style victorien était magnifique avec sa façade de briques rouges, ses nombreuses cheminées qui ornaient son toit, de grandes et hautes fenêtres et une entrée somptueuse. Une énorme enseigne surplombait l'entrée, avec l'inscription en lettres d'or WB Fondation.

Il était dix-sept heures trente et la fondation fermait ses portes dans une demi-heure. Ils se séparèrent.

Lisa et son mari emprunteraient l'entrée du personnel, car ils possédaient toujours leurs badges d'accès qui leur permettraient de se rendre à leur laboratoire sans problème. Mais la sortie n'était pas programmée sur les badges et, une fois à l'intérieur et au deuxième sous-sol, ils seraient de nouveau prisonniers.

C'était le boulot de Cathy de trouver une solution pour les faire sortir. Cette dernière avait revêtu la tenue de Madi qu'elle avait récupéré dans son sac et Pierre était étonné par son changement d'attitude et d'apparence.

Sa tenue kaki, pratique et fonctionnelle, lui donnait un air sévère et les lentilles qui avaient remplacé les lunettes faisaient ressortir ses grands yeux verts. Son visage était tendu par la concentration et la douceur de ses traits, durcis par la crispation de ses muscles, lui donnait un tout autre visage.

Elle remarqua le regard appuyé de Pierre qui l'observait méticuleusement et lui dit :

– Ne t'inquiète pas, Pierre, c'est toujours moi Cathy. Je vais bien. Je suis juste soucieuse pour mes parents, car j'ai la responsabilité de les faire sortir de là, sans savoir comment je vais faire.

Elle posa sa main sur sa joue et lui fit un grand sourire, découvrant ses dents blanches et de nouveau, il retrouva le visage doux de Cathy.

– Tu trouves toujours des solutions.

– J'espère que tu as raison.

– Comment comptes-tu t'y prendre ? demanda Louis.

– Je suis venue ici à plusieurs reprises voir Walter. Sa fondation est ouverte au public car il souhaitait que tout le monde puisse admirer le travail de ses équipes de scientifiques. Il a fait aménager un couloir vitré qui fait le tour de tout le bâtiment. Il l'appelait le carrousel. Les visiteurs peuvent ainsi visiter gratuitement la fondation et voir le travail qui est fait pour améliorer et préserver notre environnement. Des centaines de badauds viennent tous les jours ici. Nous allons faire du tourisme et rejoindre mes parents. À l'angle sud-est du bâtiment, il y a une issue de secours avec des escaliers qui mènent au sous-sol. Là, on trouve la porte d'un local technique et mes parents m'ont expliqué que c'était l'accès secret au deuxième sous-sol. Nous passerons par la. Dans une demi-heure la fondation fermera et ensuite, nous aurons toute la nuit pour ressortir.

– Et tu as une petite idée de la manière dont nous allons ressortir ? demanda Louis.

– Tout le système de sécurité est informatisé et je possède un outil informatique de dernière génération pour le pirater. Avec Walter, j'étais toujours équipée avec le top de la technologie.

– Et les gardiens ? demanda Pierre.

– À la fermeture de la fondation, les vitres du carrousel sont obstruées par des panneaux d'acier, protégeant totalement l'ensemble des laboratoires. Toutes les issues sont protégées par un système de sécurité électronique. Il ne reste qu'un seul gardien dans le poste de contrôle qui surveille les caméras extérieures et celle qui est dans le hall. D'autres questions ?

Ils firent, tous les deux « non » de la tête.

– Bien, allons-y ! dit-elle en se dirigeant vers la grande porte.

Ils pénétrèrent dans l'immense hall de marbre, avec un accueil ultra moderne, fait en inox et éclairé par de grands panneaux verts sur lesquels des plantes et des arbres étaient représentés en filigrane, afin de rappeler aux visiteurs la vocation écologique de la fondation.

Un escalier monumental leur faisait face et un lustre d'argent et de cristal de trois mètres de haut était suspendu au centre du hall, accentuant le mélange d'ancien et de moderne.

Ils empruntèrent cet escalier pour se rendre au carrousel, se mêlant au flux incessant et dense qui descendait. Ils débouchèrent sur la galerie large de cinq mètres. Les visiteurs se pressaient contre les grandes vitres panoramiques pour observer les équipes de scientifiques au travail.

Pour éviter la bousculade et permettre à chacun de profiter du spectacle, une main courante délimitait un passage le long des vitres. Les derniers visiteurs se pressaient en file indienne et ils pouvaient ainsi voir les projets qui les intéressaient. Ils avançaient lentement en prenant connaissance des panneaux explicatifs, indiquant les recherches concernées : «bio carburant», «moteurs électriques», «éolienne», «hydrolienne»…

Chaque projet était concrétisé par une miniature de un à deux mètres de haut, plus vraie que nature. L'endroit le plus prisé, où la foule se pressait, en attendant de pouvoir passer devant les vitrines, concernait les prototypes de véhicules du futur. Des petites voitures aux formes futuristes, pas plus grandes que des autos tamponneuses, étaient placées sur des tapis roulants pour les tests. Un homme et parfois deux étaient à leur bord, surveillaient les capteurs et analysaient de nouveaux systèmes de propulsion. Le moteur solaire, dont l'énergie était captée par une peinture photo-voltaïque aussi jaune que le soleil, avait beaucoup de succès. Mais le clou du spectacle revenait à la voiture à moteur nucléaire qui pouvait rouler cent cinquante mille kilomètres avec cinquante grammes d'uranium.

Pierre et Louis ne pouvaient s'empêcher de regarder et ils devaient se tenir sur la pointe des pieds pour voir par-dessus les têtes. Cathy les avait distancé et elle dut revenir sur ses pas pour les retrouver. Elle attrapa chacun des deux hommes par le bras :

– Nous ne sommes pas là pour faire du tourisme. Dépêchez-vous un peu ! Honteux, ils s'exécutèrent.

– Angle sud-est, dit-elle. Nous y sommes.

La foule était peu importante, car la fermeture était proche et ils ne pourraient pas disparaître discrètement.

– Attendez là, je vous ferai signe lorsque vous pourrez venir, leur ordonna Cathy.

Elle s'approcha de l'issue de secours et, lorsqu'un groupe de touristes japonais approcha, elle leva le pouce en direction des deux hommes.

Ils se frayèrent un passage jusqu'à elle et ils disparurent tous les trois derrière la porte qui claqua avec un bruit sourd.

Ils se trouvaient maintenant dans l'escalier de secours et descendirent sans traîner. Ils passèrent devant le panneau « *ground floor* » et continuèrent leur chemin, plus bas. Au premier sous-sol, l'escalier s'arrêtait devant une porte métallique avec l'inscription « *technical room* ».

– Derrière cette porte, on accède au deuxième sous-sol et au local de mes parents.

Un boîtier avec emprunte digitale permettait l'ouverture. Cathy posa son sac sur le sol et en sortit un mini-ordinateur portable.

Elle prit un tournevis et retira le couvercle du boîtier. Ensuite, elle brancha des petites pinces câblées entre l'ordinateur et les connexions du boîtier.

Elle mit l'ordinateur sous tension et attendit le programme de décryptage. Elle commença à pianoter sur le clavier. Elle attendit un peu et recommença plus longtemps.

Pierre et Louis attendaient le moment où la porte se déverrouillerait.

– Ce n'est pas vrai ! pesta Cathy.

– Un problème ? demanda Pierre.

– J'étais convaincue d'avoir le bon logiciel, mais j'ai sous estimé Walter. Je ne peux pas ouvrir cette porte.

– Ça alors ! dit Louis avec dépit.

– Merde ! Merde ! Mes parents sont derrière cette porte et moi, je suis coincée ici comme une idiote.

– On va trouver une autre solution, lui dit Pierre avec le maximum de conviction.

Elle rangea son matériel en silence, cherchant désespérément une autre solution.

– Quand Walter venait ici, il devait bien se rendre au deuxième sous-sol sans éveiller les soupçons et sans disparaître dans un local technique ? demanda Louis.

– Un endroit tranquille où personne ne viendrait le déranger, ni le chercher, ajouta Pierre.

Cathy les regarda, tour à tour.

– Son bureau, bien sûr ! dit-elle.

– Et il est où, son bureau ? demanda Louis.

– Du côté de l'accueil. Mais on ne peut pas y aller sans passer devant.

Elle consulta sa montre qui indiquait dix-sept heures cinquante cinq.

– Dans cinq minutes, la fondation ferme au public. On remonte au rez-de-chaussée et on observe.

Ils remontèrent l'escalier d'un étage et Cathy entrouvrit la porte pour regarder le hall.

Un gardien était près de la porte, un trousseau de clés à la ceinture. Il attendait que les derniers visiteurs sortent, avant de retourner à la réception et Cathy remarqua le boîtier à droite de l'entrée, ainsi qu'un rideau de fer partiellement descendu qui indiquait aux personnes extérieures la fermeture imminente.

De l'autre côté du grand hall, trente mètres droit devant eux, elle reconnut le couloir donnant au bureau de Walter. Le gardien était juste entre eux et cet accès. Le hall était très large et, en rasant l'accueil, ils passeraient à vingt mètres de lui.

– Écoutez-moi bien, tous les deux, dit Cathy avec autorité. Lorsque le dernier visiteur sera sorti, le gardien va descendre le rideau de fer. Il lui faudra une dizaine de secondes et cela devrait faire du bruit. On fonce au ras du mur, tout droit dans le couloir en face. Regardez.

Elle entrebâilla la porte et leur montra la scène.

– Ce n'est pas une bonne idée, dit Louis.

– On n'a pas d'autre choix.

– On devrait enlever nos chaussures, dit Pierre. On ferait moins de bruit.

– Bonne idée, dit Cathy.

– Pas une bonne idée, du tout, répéta Louis.

– Trente mètres, Louis et on a quinze secondes. Tu n'es pas très rapide, mais cela devrait largement suffire, dit Pierre, en lui tapant sur l'épaule.

– OK, ça va ! Le dernier arrivé paie l'apéro, répondit Louis, pour se rassurer.

– Ne faites pas les andouilles, mes parents sont coincés au sous-sol. Il est presque dix-huit heures, préparez-vous.

Ils enlevèrent leurs chaussures et Cathy se colla à la porte.

– Je vous donne le signal du départ. Vous me suivez, en regardant droit devant vous.

Pierre poussa Louis devant lui.

– Passe devant, je te suis. Et ne te retourne pas !

Ils étaient tendus comme des sprinters, prêts à bondir.

Cathy donna le top départ au moment où le gardien tournait la clé, déclenchant la descente du rideau de fer, dans un bruit métallique.

Ils jaillirent de leur cachette, déboulant dans le hall, fixant le trou noir du couloir.

Ils avaient parcouru les trois quarts du chemin quand Louis laissa tomber une de ses chaussures, qui roula sans faire de bruit sur le sol.

Cathy et Louis arrivaient au couloir et Pierre passa devant la chaussure.

Il voulut s'arrêter, mais glissa sur le marbre poli et évita de tomber acrobatiquement.

Cathy et Louis l'observaient, atterrés : d'une seconde à l'autre, le gardien allait se retourner.

Pierre ramassa la chaussure et bondit en avant. Le gardien retirait déjà la clé. Il allait se retourner et le démasquer.

Louis ferma les yeux.

Pierre était à cinq mètres de l'obscurité protectrice du couloir et, du coin de l'œil, il voyait le gardien. Instinctivement, il plongea en avant, profitant de son élan et du marbre glissant. Il disparut du champ de vision du gardien à l'instant où celui-ci se retournait.

Cathy le réceptionna en douceur.

Ils s'attendaient à voir débarquer le gardien et ils retenaient leur respiration.

Mais ce dernier traversa le hall et rejoignit la réception.

– Je suis désolé, dit Louis, piteux.

– Ça va, dit Cathy, le pire a été évité. Ne perdons pas de temps, allons au bureau.

Ils trouvèrent la porte et, cette fois-ci, Cathy força sans problème la serrure traditionnelle.

La pièce était somptueuse, meublée dans le style victorien, avec une cheminée et un canapé. Tout le mur derrière le bureau de Walter était occupé par une bibliothèque.

Cathy fit le tour de la pièce à la recherche d'une porte cachée ou d'un passage secret.

Pierre posa son sac à dos sur le plan travail qui était devant la cheminée et s'approcha de la bibliothèque. Elle était totalement constituée d'ouvrages religieux. Certains devaient avoir des centaines d'années. Des couvertures de toutes sortes dans des dizaines de langues…

Cathy tâtonnait l'habillage de la cheminée et elle trouva un petit bouton dissimulé sur le côté.

– Je crois que j'ai trouvé quelque chose.

Ils s'approchèrent et elle appuya sur le bouton.

Le tableau, au-dessus de la cheminée, coulissa et un écran apparut.

Un homme était allongé sur une couchette. La pièce où il se trouvait était étrange. Le mobilier spartiate, le sol et les murs ressemblaient à une pauvre maison moyen-orientale ou africaine. L'homme barbu chevelu, habillé d'une tunique blanche, était branché à des capteurs et il semblait mal en point.

– Qui c'est, celui-là ? demanda Louis.

– Pas la moindre idée, répondit Cathy, mais il n'est certainement pas dans le coin, vu l'endroit où il se trouve. En attendant cela ne nous aide pas vraiment et il faut continuer à chercher.

Elle se dirigea vers la bibliothèque et la détailla scrupuleusement. Elle passa ses doigts sur les arrêtes du meuble et scruta le sol.

– Il y a quelque chose derrière. Regardez les traces sur le plancher.

Ils se penchèrent et ils constatèrent de légères rayures sur le bois.

– Et ça s'ouvre comment ? demanda Louis.

Cathy passait ses mains sur les côtés, sous les planches cherchant un loquet, un bouton semblable à l'autre. Ensuite, elle commença à tirer sur les livres, cherchant un mécanisme mieux caché.

– Il y a des milliers de livres, dit Pierre.

– Il faut trouver, dit la jeune femme, dont la voix trahissait l'angoisse.

Louis observait le titre des livres : la Sainte Bible, l'Évangile selon saint Thomas, The Holy Bible…

– Tu fais quoi ? demanda Pierre. Ce n'est pas le moment de bouquiner.

Louis semblait pensif. Il se gratta la tête et se tourna vers Cathy :

– Son nom d'Apôtre, à Walter, c'était quoi ?

– L'Apôtre Jean, pourquoi ?

– Il était un peu mégalomane, votre copain, répondit Louis.

Il trouva le livre qu'il cherchait : l'Évangile selon Saint-Jean.

Les deux autres le regardaient faire.

Il tira sur le livre et la bibliothèque s'ouvrit brusquement, découvrant un ascenseur.

– Yes ! lança Cathy, le poing serré.

Elle se jeta sur Louis, le prit dans ses bras, l'embrassa et lui dit :

– Je t'adore, Louis !

Pierre fit la grimace.

– Et moi, je sens le pâté ?

Ils éclatèrent de dire et Cathy se tourna vers Pierre.

– Toi, tu es mon héros !

– En plus, tu me dois l'apéro, rajouta Louis.

– Toi, ça va, répondit Pierre en riant.

La pression était retombée et ils étaient tous soulagés d'avoir trouvé le passage.

Ils pénétrèrent dans la cabine et Cathy appuya sur le bouton moins deux.

Dans son enthousiasme, Pierre avait oublié son sac sur le bureau de Walter.

Ils débouchèrent dans un couloir qu'ils suivirent jusqu'à une porte grise avec un nouveau boîtier digital.

– Là, il va nous manquer un doigt, dit Louis.

Cathy frappa sur la porte et, après quelques instants, elle s'ouvrit sur ses parents.

– Nous nous inquiétions, dit sa mère.

– Cela a été plus compliqué que prévu.

– Entrez, dit James.

Ils entèrent dans le laboratoire équipé d'une multitude d'ordinateurs et de matériels de toutes sortes.

– Alors, quoi de neuf ? demanda Cathy.

– Nous avons un problème, lui expliqua Lisa. Lazare a débranché ses perfusions et il est dans un sale état. Nous devions revenir il y plusieurs heures et avec l'ultracroissance il est complètement déshydraté. Ses besoins en eau sont permanents et sans ses perfusions il n'est plus alimenté. De plus, son traitement a été arrêté et l'on ne connaît pas les conséquences sur son organisme.

– Il va mourir ? demanda Pierre.

– Pour l'instant, le pronostic vital est engagé et ses chances de vivre sont très faibles, dit Lisa.

– Néanmoins, dit James, nous avons une opportunité unique de tenter quelque chose.

– Et quoi donc ? demanda Cathy.

– En partant de la théorie de Pierre, nous pouvons essayer de faire la même chose, répondit sa mère.

– C'est-à-dire ? demanda Pierre.

– Nous vous avons caché quelque chose, dit James.

– Quoi encore ? demanda sa fille inquiète.

– Les derniers échantillons d'ADN que nous avons utilisés pour Lazare viennent d'une source un peu particulière que Walter nous avait rapportée et sur laquelle il fondait d'énormes espoirs, dit Lisa.

– Et quelle est cette source ? demanda Louis à son tour.

– Celle-ci, dit James, en montrant du doigt un vase de terre avec des hiéroglyphes inscrit sur le côté. Il était surmonté d'un couvercle de terre prolongé par une tête de faucon.

– C'est un vase canope égyptien avec le symbole d'Horus sur le couvercle, une divinité, dit Pierre.

– Donc, dit Cathy, votre clone vient de ce vase.

– Exactement, dit James. Walter avait l'espoir insensé de cloner un homme âgé de deux mille ans, qui aurait pu nous faire partager son histoire et plus particulièrement celle de l'émergence du christianisme. Il a réussi à acquérir, je ne sais comment, ce vase canope trouvé au sud de Jérusalem, datant de l'époque où vivait le Christ. Lazare serait alors le premier témoin vivant de la vie du Christ. Quel meilleur moyen de relancer cette religion dont le culte est en plein déclin !

– C'est incroyable ! s'exclama Louis.

– Le problème, continua Lisa, comme nous vous l'avons déjà expliqué, est que le cerveau de Lazare n'a pas suivi son évolution physique, et qu'il n'a que six mois.

– Vous ne pensez tout de même pas que mes élucubrations pourraient changer quelque chose à cela ? demanda Pierre.

– Qu'est-ce que l'on risque ! répondit James.

– De le tuer, dit Louis.

– Si nous ne faisons rien, de toutes manières, dans quelques heures il sera mort avant de savoir parler.

– Et vous comptez faire comment ? demanda Cathy.

– Nous avons un séparateur de matière centrifuge, dit Lisa. Nous allons traiter le contenu de ce vase canope et en extraire tout le liquide qui s'y trouve. Ensuite, nous procèderons à la réhydratation de Lazare.

James s'exécuta. Il s'empara délicatement du vase et le posa à côté de la centrifugeuse. Il descella le couvercle et versa le contenu dans le récipient, referma la machine et s'assit devant le clavier.

Ils se tenaient tous autour de lui, observant son travail.

– Ça marche comment ? demanda Louis.

– Le principe est simple. Une fois la programmation faite, il suffit de sélectionner l'élément que vous souhaitez isoler. En ce qui nous concerne, il s'agit de H2O.

Il tapa sur le clavier les trois touches et appuya sur « enter ».

Le récipient se mit à tourner de plus en plus vite.

– Il faut attendre environ dix minutes avant la fin de l'extraction.

– Venez, je vais vous présenter à notre petit dernier, dit Lisa avec tendresse.

Accompagnée de son mari, elle déverrouilla la porte, protégée par un code digital à double empreinte. Ils entrèrent dans un autre monde en découvrant l'antichambre avec son immense pupitre et sa vitre carrée. Ils reconnurent instantanément la pièce derrière la vitre. C'était la même que celle qu'ils avaient observée sur l'écran, dans le bureau de Walter.

– C'est fou ! s'exclama Louis.

– Walter voulait favoriser le développement et stimuler le cerveau de Lazare, en reproduisant l'environnement de son époque. Il souhaitait aussi éviter un traumatisme dû au changement brutal de deux mille ans, dit Lisa.

Ils pénétrèrent dans la pièce et découvrirent la couchette portative sur laquelle reposait Lazare. Il était branché à des capteurs qui envoyaient les informations au pupitre. Son teint était livide, ses cheveux avaient poussé et formaient une crinière autour de sa tête. La barbe dévorait son visage.

– C'est impressionnant, dit Louis, on dirait…

– Une gravure antique, termina Pierre.

Ils avaient devant eux le premier clone humain jamais créé et une grande vague d'émotion les submergea, mélange de fierté et de honte.

Ils venaient de franchir la frontière de la science et d'entrer dans un monde inconnu, fait d'espoirs et de craintes. Le clonage ouvrait la porte de l'éternité aux hommes, le rêve de l'immortalité, de la jeunesse éternelle. Repousser la vieillesse, les rides, les kilos était devenu une obsession. La chirurgie esthétique, le culte du corps et de l'apparence permettaient de ralentir la course du temps et de profiter égoïstement de la vie.

Avec le clonage, ce rêve pourrait devenir réalité et le cercle naturel de la vie et de la mort se briserait. L'équilibre de la nature serait bouleversé et une nouvelle race pourrait voir le jour au détriment de la reproduction naturelle. Des clones égocentriques et mégalomanes, issus des couches sociales les plus favorisées, prendraient le pouvoir et règneraient sur le commun des mortels.

Le fossé social entre les peuples des pays riches et ceux des pays pauvres deviendrait un gouffre sans fond où l'homme ordinaire serait menacé d'extinction.

– Il est un peu comme notre enfant, dit Lisa. Nous lui avons donné la vie et il va nous montrer la voie du clonage. Il est le premier d'une nouvelle race qui permettra aux hommes de mieux comprendre les mystères de la vie.

Le malaise sembla se propager et tous, sauf Lisa, sortirent de la pièce pour rejoindre James.

Ils se regroupèrent autour de lui. Il surveillait l'écran de son ordinateur qui indiquait l'évolution de l'extraction de l'eau du vase canope.

Lisa les avait rejoint.

– Dans un corps humain de soixante-dix kilos, il y a quarante-cinq litres d'eau. Dans notre cas, nous allons extraire environ cinq litres, dit James.

La barre de pourcentage de traitement indiquait quatre-vingt-quinze pour cent.

– Cinq litres seulement ? demanda Louis.

– Nous avons à faire à des organes de deux mille ans et le vase canope est en terre. Il y a eu une forte déperdition.

– De plus, rajouta Pierre, les viscères étaient répartie dans plusieurs vases et vous n'en avez qu'un.

– Walter nous a parlé des éléments nobles, le cerveau et le sang, dit Lisa.

Le bip de la machine sonna, signalant la fin de l'opération. Le liquide trouble extrait du vase était maintenant dans un récipient de verre.

– Et maintenant ? demanda Cathy.

– Nous allons perfuser Lazare et le réhydrater avec ce liquide, en espérant que cela ne le tue pas, expliqua Lisa.

Elle s'empara du récipient, en versa le contenu dans des poches médicales à l'usage des perfusions et retourna dans la pièce voisine. Elle effectua les manipulations autour du corps toujours inerte du clone et régla le débit de la perfusion au maximum. Ensuite, elle programma la grande console informatique de l'anti-chambre, afin de contrôler ses fonctions vitales et l'évolution de l'opération.

– Il va se passer plusieurs heures avant que l'opération ne soit terminée, mais dans quarante-cinq minutes, nous saurons comment il va réagir au traitement, dit Lisa.

La tension était palpable à l'intérieur du labo et les avis étaient partagés sur le sort de Lazare.

– Nous commettons peut-être une énorme erreur en tentant cette expérience, dit James.

– Il est trop tard pour reculer, dit Lisa. Nous l'avons mis au monde et lui devons bien ça.

– Ce n'est qu'un cobaye, Maman, lança Cathy agacée par le ton de sa mère. Un rat de laboratoire avec l'apparence d'un être humain. Tu ne dois pas t'attacher à cette chose.

– Comment peux-tu dire ça ! hurla sa mère.

– Ça suffit, Lisa, la coupa James. Cathy a raison, notre seul enfant est devant toi, c'est ta fille. Lazare ou qui que ce soit, est une expérimentation scientifique et sa vie aura cessé avant même qu'il ne réalise.

– Peut-être pas, répondit-elle en sortant de la pièce.

Cathy fit un pas vers l'antichambre où était partie sa mère et dont la porte était restée ouverte, mais son père l'arrêta :

– Laisse-la, Cathy. Les derniers événements sont survenus trop vite pour ta mère et elle ne réalise pas encore ce qui lui arrive. Elle s'accroche encore à son ancienne vie de scientifique prisonnière et à son substitut d'enfant.

– Parle-moi de cette vie, Papa. J'ai besoin de comprendre.

Il lui raconta leur existence dans les sous-sols de la fondation : l'obsession de leurs recherches, l'espoir secret de partir de cette geôle et de la retrouver. Leur relation s'était détériorée et ils ne se parlaient presque plus, réfugiés dans leur silence. Lisa avait reporté son amour maternel sur les jeunes clones et lui, avait transformé toutes ses frustrations en une haine viscérale pour leur kidnappeur. Leur amour s'était dilué comme l'ADN dans le sang et, malgré leurs récentes retrouvailles, de larges plaies demeuraient encore ouvertes.

Lisa venait de revenir dans le laboratoire et James s'interrompit. Elle avait les yeux rouges et le regard perdu.

– Nous allons le perdre, gémit-elle.

Personne n'osait répondre et son mari se leva pour la rejoin-dre.

– Bonsoir, Messieurs-dames, dit une voix derrière eux.

James s'arrêta et se retourna, comme tous les autres.

Dans l'encadrement de la porte, Hector venait d'apparaître. Il tenait un revolver et il avait un petit sourire sur les lèvres qui tranchait avec la froideur de ses yeux bleu pâle, derrière les lunettes cerclées.

Cathy se leva.

– Non, non, la petite dame reste gentiment assise, le temps que je vous présente mes nouveaux patrons.

Derrière lui, entrèrent Marie-Jeanne de Galpi et le cardinal Heineker.

– Vous pensiez pouvoir me larguer comme ça ! dit Hector. J'avais caché dans vos ceintures un émetteur et, une fois remis de votre piqûre, j'ai retrouvé votre trace.

– Mais eux, que font-ils ici ? demanda Cathy.

– Je connais Madame de Galpi depuis l'époque où elle fréquentait mon patron, Walter Bevans. Elle et le cardinal Heineker m'ont convaincu de travailler pour eux. Leur cause est juste et leur projet plus sérieux que le vôtre.

– Vous ne savez rien ! lui dit James.

– Taisez-vous, la coupa Marie-Jeanne et donnez-nous le manuscrit. Nous avons déjà perdu trop de temps.

– Nous ne l'avons pas et…

Le coup de feu claqua et Pierre ne termina pas sa phrase.

Louis s'effondra sur sol.

– Non ! hurla Pierre qui avança sur Hector.

Ce dernier allait l'abattre sur-le-champ.

Cathy s'interposa et arrêta Pierre.

– Arrête, Pierre ! Il va te tuer.

Pierre avait les yeux écarquillés et il allait se jeter sur Hector.

– Ça va, Pierre, je vais bien, dit Louis dans son dos.

Pierre se retourna. Son ami se tenait l'épaule. Il était blessé, mais bien vivant.

– La prochaine balle sera dans ta tête, si tu ne t'exécutes pas tout de suite.

– D'accord, dit Pierre. Nous allons le chercher.

Il réalisait juste qu'il avait laissé son sac sur le bureau de Walter.

– Attendez ! les arrêta le cardinal.

– Monseigneur ? demanda Hector interrogatif.

Le cardinal venait de voir le vase canope posé sur la table. Il s'en approcha et le toucha avec une émotion évidente. Il prit le couvercle dans ses mains et observa la tête sculptée. Ensuite, il s'empara du vase et observa de près les hiéroglyphes.

– Ou avez-vous trouvé ceci ?

– Est-ce bien important ? répondit Marie-Jeanne. Prenons le manuscrit et partons d'ici.

– Taisez-vous ! la coupa le cardinal. Vous n'avez pas la moindre idée de ce dont il s'agit.

– Vous pouvez vous expliquer, répondit-elle impatiente.

– En 1980, au sud de Jérusalem, des ouvriers d'un chantier ont mis jour un tombeau du premier siècle contenant des dizaines d'ossuaires avec des vases canopes. L'un d'entre eux était gravé en araméen au nom de « Jésus fils de Joseph » et le couvercle représentait une tête de faucon. Ce vase canope est celui que je tiens dans mes mains.

Lisa, Cathy, James, Pierre et Louis se regardèrent incrédules.

Le cardinal continua son explication :

– J'ai passé toute ma vie à étudier la période de la vie du Christ. Pas sa vie en particulier, car on connaît déjà, au travers de nombreux écrits, le moindre de ses pas. En revanche, j'ai cherché ses traces au-delà de sa sainte histoire et des écrits religieux. Je devais devancer les historiens, les théologiens de tous genres qui cherchent à remettre en cause les origines divines du Christ.

– Et alors ? demanda Marie-Jeanne.

– Cette théorie absurde sur cette soi-disant tombe du Christ n'est pas dénuée de bon sens. L'histoire remonte à l'époque de Cléopâtre. Cette dernière a eu trois fils, dont un de César, Césarion: le dernier Pharaon. Ils ont tous été assassinés par Auguste, empereur de Rome. Avec la mort de Césarion disparaissaient les dynasties pharaoniques au détriment de l'occupation romaine. Néanmoins, Auguste épargna la fille que Cléopâtre avait eue avec Marc-Antoine, Cléopâtre Séléné. Cette dernière a vécu entre moins 40 ans avant JC et plus 6 et elle a eu trois enfants, dont un qui serait né en l'an 0. Il se peut que ce troisième enfant soit Jésus-Christ et que les ossements retrouvés soient les siens.

– Vous être en train de nous expliquer que le Christ aurait été un homme ordinaire ? demanda Marie-Jeanne.

– Comme bien des secrets, celui la restera aussi l'exclusivité du Vatican et les dernières preuves que vous avez en votre possession seront enfermées au Saint-Siège. Maintenant, vous allez me donner le contenu de ce vase. N'est ce pas, Hector ?

– Bien sûr, Monseigneur.

Il releva le canon de son arme vers Lisa et lui dit ironiquement :

– Ça, c'est pour le vilain tour que vous m'avez joué à l'aéroport.

Il suspendit son geste, car derrière elle se profilait une silhouette surréaliste.

Lazare se tenait debout, dans sa tunique blanche, le visage émacié, les cheveux sur les épaules, la barbe courte. Il était l'image même du Christ telle qu'elle est représentée dans les livres saints et les églises. Les bras étaient écartés paumes ouvertes et le regard clair passait au-dessus de leurs têtes, fixant un point invisible au plafond.

Le cardinal tomba à genoux et s'écria :

– Par tous les Saints !

– Voila le contenu de votre canope, dit Louis, en montrant Lazare du doigt.

Hector n'avait pas baissé son arme, mais il était, comme le cardinal, hypnotisé par l'apparition. Marie-Jeanne semblait perplexe et gardait son sang froid.

James, Pierre et Louis observaient la scène avec stupeur et détachement, car pour eux cette chose n'était qu'un clone et, quel que soit son ADN, il n'était ni le Christ, ni même un homme.

Lazare tituba et Lisa le rattrapa avant qu'il ne tombe. Le cardinal se précipita et l'aida.

– Nous devons le remettre dans son lit, il est encore très faible, dit Lisa.

Marie-Jeanne reprit les choses en main.

– Occupez-vous de lui, Monseigneur, je me charge du manuscrit.

Elle s'approcha d'Hector et lui dit dans l'oreille :

– Allez me chercher ce manuscrit avec les deux tourtereaux et ensuite, débarrassez-vous d'eux. Ils en savent trop. Ensuite, vous ferez de même avec les trois autres. Il ne doit pas rester de témoins.

– Bien, Madame.

Cathy les observait par-dessus l'épaule de Pierre et elle vit qu'Hector vérifiait son arme et en donnait une à Marie-Jeanne. Il ne lui en fallut pas plus pour en déduire qu'il allait se débarrasser d'eux.

Elle s'approcha de Pierre discrètement et lui souffla :

– Il est où, ton sac ?

– Dans le bureau de Walter.

– On va aller le chercher. Ensuite, à mon signal, sois prêt à me suivre.

– Allez, vous deux ! dit Hector. Donnez-moi le manuscrit.

– Très bien, répondit Pierre. Suivez-moi.

Ils sortirent du laboratoire et, avant de quitter la pièce, Pierre se retourna vers Louis et lui dit :

– Ne t'inquiète pas, on revient tout de suite.

– Papa, tu peux regarder sa blessure et arrêter le saignement?

– Bien sûr, Cathy, je m'occupe de lui.

– Ne faites pas les malins, leur dit Marie-Jeanne, sinon je m'occuperai d'eux.

– Voila que la politicienne devient une tueuse, lui dit Cathy.

– J'ai été à la même école que vous, Cathy. Celle de Walter et il nous a appris que tous les moyens étaient bons pour arriver à ses fins, du moment que la cause est bonne.

– Walter n'était pas un assassin et je n'en suis pas un non plus. Je ne suis pas comme vous, dit Cathy en quittant la pièce sans se retourner.

Ils retournèrent vers l'ascenseur et remontèrent dans le bureau plongé dans la pénombre.

– Toi, tu vas me chercher le manuscrit, lança Hector à Pierre et toi, tu ne bouges pas, ordonna-t-il à Cathy en la menaçant de son arme.

Pierre observa le mouvement de Cathy qui se déplaça légèrement à gauche de l'ascenseur, au niveau de l'Évangile selon Saint-Jean qui était proéminent dans la rangée. Elle le lui montra du regard.

Il se dirigea vers le bureau, sur la droite et attrapa son sac.

– Montre-moi le manuscrit.

Pierre le sortit du sac et lui présenta la pochette.

– Bien, laisse-le là, rejoins ta copine et mettez vos mains en l'air.

Il s'exécuta et rejoignit Cathy. Sans les quitter des yeux et en les tenant en joue, Hector recula. Au moment où il passait près de la porte tournante, Cathy enfonça le livre et la bibliothèque pivota brusquement, projetant Hector sur le canapé.

– Dans l'ascenseur ! cria Cathy.

Avant que les portes ne se ferment, ils plongeaient dans l'ascenseur.

– On récupère Louis et mes parents et on file, avant qu'il ne rapplique. Nous avons quelques secondes avant qu'il n'arrive par les escaliers.

– Marie-Jeanne est armée !

– Certes, mais ce n'est pas une professionnelle et elle ne s'attend pas à nous voir. Hector devait nous supprimer après avoir récupéré le manuscrit.

Ils débouchèrent de la cabine et remontèrent le couloir. Cathy cherchait quelque chose qu'elle finit par trouver, un extincteur à poudre. Elle s'arrêta devant la porte.

– Reste là, si ça tourne mal, va dans le hall prévenir le gardien.

Sans attendre, elle dégoupilla l'extincteur et se jeta dans la pièce.

En une fraction de seconde, elle analysa la scène. Son père était accroupi à côté de Louis et Marie-Jeanne se tenait à l'entrée de l'antichambre, gardant un œil sur le cardinal et sur Lisa. Par chance, elle regardait de leur côté et le temps qu'elle mit à se retourner lui fut fatal. Cathy lui aspergea le visage avec l'extincteur, l'aveuglant. Ensuite, elle roula sur le sol alors que Marie-Jeanne tirait, au jugé, de son côté. D'un coup de pied, elle la désarma et lui assena un coup de poing qui l'assomma.

Pierre bondit à son tour dans la pièce et constata que le plan de Cathy avait fonctionné à merveille.

Cathy tenta de récupérer le revolver mais il était inaccessible, ayant glissé sous une machine. Le cardinal se retrouva nez à nez avec Pierre, alors qu'il surgissait à son tour.

– Monseigneur, lui dit Pierre, je n'hésiterai pas une seconde à vous mettre mon poing dans la figure si vous avancez encore.

Il s'exécuta sans un mot, lorsqu'il aperçut Marie-Jeanne inconsciente, sur le sol.

– Dépêchons, Hector va être là d'une seconde à l'autre, lança Cathy.

Elle tira la femme qui reprenait ses esprits dans la pièce où était couché Lazare, plus livide que jamais et poussa, sans ménagement, le cardinal vers eux. Elle tira sa mère par le bras et ferma la porte, qui se verrouilla automatiquement. Elles passèrent devant la console au moment où l'électrocardiogramme de Lazare émettait un bip ininterrompu. Son cœur avait cessé de battre.

– Non ! gémit Lisa.

– C'est fini, Maman, il faut partir, l'encouragea Cathy.

Déjà, son père avait relevé Louis qui malgré son teint pâle, leur dit :

– Les femmes se font toujours attendre !

Pierre était dans le couloir et il cria :

– Vite ! Il arrive.

Ils sortirent du laboratoire et Hector apparut au bout du couloir. L'ascenseur était entre eux et lui. Cathy montra du doigt l'autre côté et demanda à son père :

– Il y a quoi par-là ?

– L'issue de secours.

Elle regarda au plafond et leur dit :

– Suivez-moi !

Ils se mirent à courir afin de rejoindre le coin au plus vite et de se mettre à couvert. Un coup de feu claqua dans leur dos et la balle s'écrasa dans le mur au-dessus de la tête de Pierre.

– Vous n'irez pas loin ! cria Hector dans leur dos. Rendez-vous !

Il ne se pressait pas, tenant fermement le sac contenant le manuscrit. Il savait qu'ils étaient coincés, car ils aboutiraient inévitablement dans un cul de sac.

Ils arrivaient dans une impasse et Cathy s'arrêta devant l'issue de secours. James essaya en vain son badge pour ouvrir la porte, mais la lumière resta rouge.

– Merde, c'est bloqué !

– Du feu, vite ! demanda Cathy.

– Du feu ? Mais personne ne fume, répondit Pierre.

Louis sorti un zippo de sa poche et le tendit fièrement à Cathy.

– Avec une tête de Maure, un vrai briquet corse.

Cathy leva la tête, alluma le briquet et dit à Pierre, en lui montrant le détecteur d'incendie au plafond :

– Aide-moi.

Il la souleva et elle plaça la flamme sous le détecteur. Après cinq secondes, une sirène se mit à hurler et de l'eau jaillit du système anti-incendie. Ils furent rapidement trempés, mais le voyant lumineux de la porte passa au vert et la serrure se déverrouilla. Pierre ouvrit la porte et poussa tout le monde à l'intérieur. Il se retourna et aperçut le visage trempé et furieux d'Hector qui tournait le coin.

Le petit groupe grimpa les escaliers à toute vitesse. Malgré son épaule douloureuse, Louis soutenait le rythme. Ils retrouvèrent le local technique et la porte par laquelle ils étaient descendus un peu plus tôt.

Ils pénétrèrent dans la galerie vitrée. L'eau tombait en pluie du plafond et le sol était détrempé. James se dirigea vers la porte des laboratoires qui étaient protégés du feu et de l'eau par les volets métalliques et, cette fois-ci, son badge fonctionna.

– Venez par-là, leur dit James. Dans le carrousel, nous serions à découvert. Une fois dedans, nous serons en sécurité, mais pris au piège.

– Ne t'inquiète pas, Papa, c'est dans ces conditions que j'ai le plus de ressources. On se sépare, ordonna-t-elle. Vous allez à gauche et moi je vais à droite.

– Je reste avec toi, lui dit Pierre.

James, Lisa et Louis partirent dans le dédale des laboratoires et Cathy attendit qu'Hector arrive pour l'attirer vers elle. Elle regarda Pierre et lui dit simplement :

– C'est le moment de vérité.

Hector apparut, leva son arme et tira.

Cathy poussa Pierre à l'opposé du côté où étaient partis les autres. Ils se retrouvèrent dans la dernière salle du laboratoire, dans le secteur des prototypes de mini-voitures. Hector était sur leurs talons et il savait qu'ils étaient coincés.

Cathy se dirigea vers les petits véhicules, suivi de près par Pierre.

Hector cherchait l'interrupteur : d'un instant à l'autre, la pièce allait être en pleine lumière. Ce serait alors un jeu d'enfant de les abattre.

Il trouva ce qu'il cherchait et appuya sur le bouton.

La lumière jaillit, en même temps qu'une mini-voiture jaune qui fonçait sur lui. Il eut juste temps de sauter sur le côté et de voir les têtes de Cathy et de Pierre.

Il tira dans leur direction, mais sans les atteindre. Il sauta lui aussi dans une mini-voiture rouge et se lança à leur poursuite.

Cathy et Pierre avaient prit de l'avance et ils débouchèrent dans le carrousel, mais le sol mouillé surprit la conductrice : la mini-voiture glissa et percuta le mur.

Elle voulut reculer mais la roue avant droite était coincée par la tôle froissée.

Pierre sauta du petit véhicule et tira de toutes ses forces sur la carrosserie. Il poussa l'avant dans la bonne direction et sauta à côté de Cathy, qui démarra en trombe.

Hector arrivait à toute allure et, anticipant le sol détrempé, il dérapa et se retrouva juste derrière eux.

La course s'engagea dans le carrousel. Les mini-bolides étaient incroyablement rapides et Cathy trouva vite ses repères. Elle négocia le premier virage en travers et frôla le mur, avant de remettre les gaz dans la ligne droite. Hector les talonnait, mais il avait besoin de ses deux mains et ne pouvait ouvrir le feu. Il percuta la voiture jaune par l'arrière ; elle fit une embardée et se déporta vers la main courante. Si elle frappait les barreaux métalliques, elle se disloquerait.

– Attention ! hurla Pierre qui voyait la barrière se rapprocher.

Cathy s'accrocha au volant et rectifia la trajectoire.

– Il commence à me chauffer les oreilles, celui-là ! dit Cathy, qui appuya sur l'accélérateur.

Elle distança un peu Hector et s'engagea dans un nouveau virage. Cinquante mètres plus loin, elle distinguait l'ouverture donnant sur l'escalier menant au hall. Elle ralentit intentionnellement et se déporta vers la main courante.

– Tu fais quoi ? demanda Pierre.

– J'ai une idée.

Hector revenait vers eux. Cathy accéléra progressivement le laissant se porter à leur hauteur. Il tourna la tête vers eux, content de sa manœuvre. Il allait les projeter dans les barreaux métalliques.

Cathy fut plus rapide et tourna brusquement le volant. Pierre s'accrocha au tableau de bord, se préparant au choc.

La petite voiture jaune percuta l'autre véhicule au niveau de l'escalier et Hector qui les fixait ne vit pas le piège se refermer sur lui.

Sa voiture fut projetée dans les escaliers et partit en tonneaux jusqu'au hall.

Cathy arrêta le prototype et ils en descendirent. Pierre avait les jambes molles et, avec un sourire un peu forcé, il lui dit :

– Je ne te prêterai jamais ma voiture !

À l'angle du couloir devant eux, Lisa, James et Louis apparurent. Ils se resserrèrent sous l'eau qui continuait à tomber du plafond.

Ils descendirent les escaliers, passèrent sans s'arrêter devant la petite voiture sous laquelle gisait Hector. Le sac à dos de Pierre avait été projeté plus loin sur le sol du hall. Il le ramassa et dit :

– C'est mon manuscrit !

– Attendez-moi un instant, j'ai quelque chose à récupérer, leur annonça Cathy en se dirigeant vers le bureau de Walter.

Le gardien, encore à moitié sonné par le coup qu'Hector lui avait assené en arrivant, venait vers eux, une arme à la main.

Au loin, les sirènes de pompiers hurlaient.

Épilogue

Ils étaient regroupés sur le parvis de la petite chapelle de Lapidena où venaient de se dérouler les obsèques du père Manuel. Angela était habillée de blanc car le prêtre avait été la lumière de sa vie et elle voulait lui rendre ainsi un dernier hommage.

À sa gauche, Louis le bras en écharpe, sa femme et ses enfants, à sa droite Pierre, Cathy et ses parents.

Le soleil était brûlant en ce vendredi après-midi et le Libeccu était provisoirement de repos. La cérémonie avait été simple, digne et légère. Le ton avait été optimiste et le discours du maire élogieux. Tout le monde gardait un souvenir heureux du prêtre et la tristesse passagère avait laissé la place au partage, car le village entier s'était déplacé pour honorer l'œuvre du père Manuel. Il avait apporté de la joie et réapprit aux habitants à vivre ensemble au-delà de leurs différences et de leurs petites querelles.

Mais le plus impressionnant était la foule compacte venue des quatre coins de la Corse et même d'au-delà de la Méditerranée. Des centaines de personnes se pressaient dans le petit hameau, tout autour de la chapelle.

Angela prit la parole:

– Vous êtes la foi que le père Manuel avait dans l'homme. L'espoir d'un culte meilleur qui rapproche les cœurs et cultive le partage, la simplicité et la joie. Il peut-être fier de son travail et de son intégrité à l'église. Il a certainement ouvert la voie du changement. Il vous a donné sa vie et son amour. À moi plus encore, car il m'a donné son cœur. Je le porterai dans le mien jusqu'à la fin de mes jours et je cultiverai cet amour pour mieux l'offrir aux autres. Je ne pleure pas sa mort car elle vous a ouvert les yeux, mais c'est avec une infinie tristesse que je dois fermer la chapelle de Lape-dina.

À cet instant, la foule se fendit et dix, vingt, peut-être trente prêtres en tenue apparurent.

Ils étaient de tous âges, accompagnés de leurs compagnes et entourèrent Angela d'un halo de soutanes protectrices.

Le premier d'entre eux prit la parole :

– Nous sommes venus du monde entier rendre hommage à celui qui nous a, comme vous l'avez si bien dit, montré la voie et ouvert les yeux. Nous reprendrons le flambeau du père Manuel à Pietra et nous transmettrons, au-delà de la Corse, les valeurs ancestrales et authentiques de cette chapelle, en créant de nouveaux sites identiques.

En effet, l'histoire de la chapelle Lapedina avait déjà fait le tour du monde à travers le blog du prêtre et attiré des centaines de sympathisants, qui avaient suivi passionnément son histoire à Pietra. Cathy était, en partie, responsable de ce mouvement d'une ampleur incroyable qui s'était propagé comme une traînée de poudre. Avant de quitter la Fondation WB, elle était repassée par le bureau de Walter afin de refermer le passage de la bibliothèque, l'écran vidéo et de récupérer les fichiers vidéo de la pièce où vivait Lazare.

Sachant que toute cette histoire risquait, comme celle de la mort du père Manuel, d'être étouffée, voire déformée, elle avait pris une assurance sur la vérité.

Après la folle poursuite du carrousel, ils avaient été interrogés par Scotland Yard, puis remis au Quai d'Orsay.

Ils avaient relaté dans les moindres détails les faits concernant la récupération du manuscrit de Pierre, omettant toute la partie relative à Lazare et au sous-sol secret de la fondation.

Une fois relâchés et blanchis, ils étaient retournés le mercredi, en fin d'après-midi, en Corse.

Durant la soirée, Cathy avait fait un montage avec les fichiers rapportés.

Elle avait sélectionné la conversation entre le cardinal Heineker et Marie-Jeanne de Galpi, alors qu'ils étaient bloqués avec Lazare.

Cette vidéo avait été envoyée, par Internet à plusieurs journaux français et anglais, ainsi qu'aux autorités.

La conversation avait fait le tour du monde avant même son interdiction par le Vatican. On les voyait dans la pièce intemporelle, debout devant le corps d'un homme inerte, dont tous les capteurs avaient été débranchés.

La scène était surréaliste et la conversation sans équivoque.

– Je n'aurais jamais dû vous écouter ! vociférait le cardinal.

– Je ne vous ai pas forcé la main et vous vous êtes détournés du manuscrit au profit de cette chose couchée devant vous, lui cracha Marie-Jeanne de Galpi au visage.

Elle sautait devant lui, gesticulant comme une furie les cheveux ébouriffés et le visage décomposé.

– Vous avez pactisé avec un terroriste, qui a tué sept personnes, pour arriver à vos fins. Et tout ça, pour un monumental fiasco ! lui lança le cardinal.

– Vous vous êtes bien arrangé de la mort du père Manuel qui faisait de l'ombre à votre église et vous avez cautionné la profanation d'une tombe par l'un de vos prêtres. Alors, vous êtes mal placé pour me faire la leçon ! lui rétorqua Marie-Jeanne avec un mauvais sourire.

Les cinq minutes de conversation étaient du même acabit et totalement accablantes pour le cardinal et la politicienne. La vidéo se terminait par un accès de colère de Marie-Jeanne de Galpi qui tentait de briser, en vain, le vitrage blindé de l'Œil de Dieu.

Les journaux de treize heures du jeudi avaient diffusé la vidéo en boucle et, le soir même, le Vatican condamnait les actes du cardinal déchu et le Président de la République française, ceux de Marie-Jeanne de Galpi.

Le clou du spectacle avait été la sortie, des sous-sols de la fondation, des deux protagonistes, encadrés par la police et filmés par des dizaines de journalistes.

Un mystère demeurait néanmoins dans le dénouement de cette sombre histoire, car lors de la sortie de Marie-Jeanne de Galpi et du cardinal Heineker de la fondation WB, un troisième individu, qui semblait avoir été retenu en otage durant des mois, les accompagnait.

Devant leur poste de télévision de la maison de Pietra, Lisa, Cathy, James, Louis et Pierre avaient découvert avec stupéfaction que Lazare était toujours vivant.

Il était soutenu par des policiers qui l'aidaient à marcher et lorsqu'un homme approcha un micro de son visage, il balbutia dans une langue inaudible : de l'arabe, de l'égyptien ou de l'araméen...

La mer était lisse comme un miroir et le soleil au zénith. L'embarcation tanguait doucement et une petite brise marine apportait un soupçon de fraîcheur.

– À quoi penses-tu ? demanda Cathy.

– Quand même, c'est bien étrange, répondit Pierre.

– Quoi encore ? demanda Cathy en souriant.

– Il a parlé devant le micro. Tu l'as bien entendu comme moi ?

– Oui ! Et alors ?

– Et si la réhydratation avait fonctionné ?

– Tu n'y penses même pas !

– Après, c'est terminé, je ne t'en parlerai plus jamais.

– Vas-y, déballe ton sac.

– Si ma théorie s'avérait juste... ?

– Avant c'était un fait de ton imagination et maintenant, c'est une théorie. Tu as pris du galon professeur Fontaine, dit Cathy pour se moquer de lui.

– OK, ça va, je sais que je ne suis qu'un pauvre petit cuistot ! Mais en attendant, imagine seulement que ce gars soit bien le clone de celui qu'on croit.

– Tu veux dire, le clone de Jésus-Christ ? dit-t-elle en chuchotant, feignant le mystère.

– Je préfèrerais qu'on l'appelle Jean-Christophe, si tu veux bien. Sinon, je ne vais pas pouvoir continuer, dit Pierre en riant.

– Il manquait plus que ça, répondit-elle hilare.

– Je continue, dit-il reprenant un peu son sérieux. Si c'est le fils de Cléopâtre Séléné et le neveu de Césarion, dernier Pharaon et fils de Cléopâtre et Jules César...

– Donc... ?

– ...Il aurait profité de la science des Égyptiens pour le transfert de l'ADN de son oncle, afin d'être son successeur et, par là-même, le dernier Pharaon d'Egypte.

– Tu veux dire...

– Que le dernier Pharaon, descendant de Cléopâtre et de Jules César, n'était autre que Jésus-Christ !!!

– Tu es un grand malade, tu sais ça !

– Non, je suis un écrivain ! Et le comble de l'ironie, ce sont les initiales : Jésus-Christ et Jules César : JC.

– Tu as terminé ?

– Pas vraiment.

– À quoi tu penses encore ?

– Devine ? lui dit-il, en rapprochant ses lèvres des siennes.

– Je vois, dit-elle.

Ils s'embrassèrent et glissèrent doucement sur le sol de l'embarcation.

Non loin, le couvent de Sainte-Catherine avait retrouvé son havre de paix et la statue semblait leur faire un signe de la main.

Le maquis diffusait ses senteurs bien au-delà des terres et la montagne semblait se baigner dans la mer…

FIN

www.ingramcontent.com/pod-product-compliance
Lightning Source LLC
Chambersburg PA
CBHW052022020726
47501CB00004B/1197